MODERN
MILITARY
DICTIONARY

MODERN MILITARY DICTIONARY

ENGLISH • ARABIC
ARABIC • ENGLISH

By
Maher S. Kayyali

HIPPOCRENE BOOKS
New York   1991

Hippocrene edition copyright © 1991

Copyright © 1986, 1990 by Maher S. Kayyali

Second edition, 1990

ISBN 0-87052-987-0

First published by the Arab Institute for Research and Publishing,
Carlton Tower, Sakiet El-Janzeer, Beirut-Lebanon

Published in the United States of America by Hippocrene Books, Inc.
in 1991 by arrangement with Third World Centre, 13 Prince of Wales
Terrace, London W8.

Printed in the United States of America.

CONTENTS

DEDICATION

This book is dedicated to the living memory of my late brother Dr. Abdul-Wahab Said Kayyali (1939 - 1981) founder of the Arab Institute for Research and Publishing and Third World Centre, in admiration of his knowledge, courage and patriotism and in appreciation of his commitment to the aspirations of his people and the Arab nation.

ACKNOWLEDGEMENT

This book took one year to compile. I have had a great deal of help in the preparation of the manuscript, for which I am most grateful.

First I must thank Mr Rashad Bibi for his invaluable assistance throughout the project. Special gratitude is due to Brigadier General Nabil Kuraytem for checking the final proofs. I should also mention with thanks the help of many friends and colleagues in the Arab Institute for Research and Publishing especially Dr Assad Razzouk, Lamis Kayyali, Mona Dayeikh, Hikmat Mashmoushi, Sumayya Hariri, Mounir Hammoudi, Samira and Amal Daher.

Finally I am indebted to my wife Sawsan for her assistance and patience while I was compiling the work early every morning, in odd hours and risky circumstances.

Despite the great help extended by these and many other people, I accept sole responsibility for any errors or shortcomings that may be found in this dictionary.

Maher S. Kayyali

PREFACE

Every field of human activity develops its own terms and jargon, and the military field is no exception.

To arrive at a commonly accepted language in any field of activity is no mean task, but achievement will never be accomplished if the effort is not started. It is in this sense that the present offering is made in the field of military science. There will be many users or readers of this dictionary ready to voice criticism and disagreement: fine, if this prompts them to send forward their constructive alternative for inclusion in a revised edition. By this means the acceptable dictionary will one day be achieved.

The problems of compiling the dictionary have been formidable. First, how far should the net be cast - where does military matters begin and end? To interpret it too literally would create too wide a canvas. In the context of a literature embracing many disciplines, it seems evident that a wide interpretation would imply terminology having no boundaries. A more restrictive view has therefore been taken so the dictionary attempts to include:

(a) Fundamental military terms, normally associated with military matters and theory.
(b) The more significant and commonly used terms from each of the specialist areas, such as politics, history, technology and personnel.
(c) Terms describing military techniques, though with no attempt to cater for the specialist.
(d) Terms from such allied subjects as economics, law, statistics and sociology, in as far as they are closely associated with military matters.

This brief description of the framework of the dictionary may help to explain why some words have been included and others omitted. The object has not been to collect and define as many terms as possible: terms which can be found in standard or commercial dictionaries have in the main been discarded since there is no point in unnecessary duplication. In some instances, alternative definitions are given so that the user can select tne interpretation fitting most closely to his needs.

Beirut - Jan 1986

A

ABC atomic, biological and chemical weapons	الأسلحة الذرية والجرثومية والكيميائية
aberration	زيغ (انحراف الضوء)
ablating material	مادة ازالة الحرارة (بالتبخر أو بالسيولة)
ablative	مستذاب
abort	إلغاء
about turn	الى الخلف در
absent without leave	غائب بدون إذن
absolute altimeter	مقياس الارتفاع المطلق
absolute altitude	ارتفاع مطلق
absolute angular momentum	الزخم الزاوي المطلق
absolute coordinate system	نظام الاحداثيات المطلق
absolute pressure	الضغط المطلق
absolute temperature	درجة الحرارة المطلقة
absolute zero	الصفر المطلق
absorbed dose	جرعة ممتصة
accelerating pump	مضخة التسارع
acceleration	تسارع
accelerometer	مقياس التسارع
accent	لهجة ، نبرة ، توكيد
acceptor	متقبل
accessible	سهل المنال
accessories	لواحق
accessory case	صندوق التوابع (صندوق المسننات في صدر المحرك لتشغيل الاجهزة الاضافية)
accessory defence	دفاع اضافي
accident report	تقرير حوادث
accommodation	مأوى ، تجهيز ، تكييف
accordion folding	طي المظلة (طريقة لطي المظلة)
accounts	حسابات
accumulator	مركم : حاشدة أو بطارية مختزنة ؛ ممتصّ للصدمات .
accuracy of fire	دقة توجيه النيران
ache-hour	ساعة الصفر
achromatic system	نظام لالوني
ackerman system	نظام اكرمان (نظرية التوجيه في الاليات)
acoustic excitation	اثارة صوتية
acoustic radiation pressure	ضغط اشعاع صوتي
acoustic velocity	سرعة صوتية
acquire	يلتقط
acquisition	التقاط ، اكتساب

11

acquisition and tracking radar رادار التقاط وتتبع
action at halts العمل عند التوقف
active فعّال ، ايجابي ، نشيط
active air defence دفاع جوي فعّال
active electronic measures اجراءات الكترونية فعالة
active guidance توجيه فعال
active homing عودة مباشرة
active jamming تشويش فعّال
active radar homing توجيه راداري فعّال
active satellite ساتل (قمر صناعى) نشيط
active tracking system نظام تتبع نشيط
actual practice against/on enemy رماية حقيقية على العدو
actual time of departure وقت المغادرة الفعلي
actuating system نظام التحرك
actuator مشغل
actuator spring نابض التشغيل (نابض الارجاع الرئيسي في السلاح)
adapter مُوَفِّق ، مُكَيِّف
adaptive control system نظام سيطرة توافقي
additional allowance علاوة اضافية
adhesive tape شريط لاصق
adjustable قابل للتعديل
adjustable spanner مفتاح شد (مفتاح انجليزي)
adjusted elevation ارتفاع معدل
administrative area منطقة ادارية (المنطقة الخلفية التي توضع بها الوحدات الادارية في مسرح العمليات)
adminstrative estimate تقدير موقف اداري
administrative exercise تمرين اداري
administrative map خريطة ادارية
administrative officer ضابط ادارة
administrative order امر اداري
adminstrative plan خطة ادارية
advance party جماعة المقدمة
advanced airfield base مطار ، قاعدة جوية متقدمة
advanced guard حرس امامي
advanced patrol دورية متقدمة
advanced position موقع متقدم
advanced section قسم امامي (اسلحة الاسناد)
advanced speed سرعة التقدم
advanced trainer طائرة تدريب متقدم
advanced warning انذار مسبق
advisory route ممر اجتيازي
aerial, antenna هوائي
aerial combat reconnaissance استطلاع لغرض القتال الجوي
aerial delivery (resupply) container حاوية الامداد الجوي
aerial survey مسح جوي
aeroballistic missile مقذوف جوي
aeroballistics القذافة الجوية
aerobatics العاب جوية
aerodrome, airport مطار
aerodrome level pressure الضغط الجوي على المدرج
aeronautical chart خريطة الملاحة الجوية
aeronautical information section قسم معلومات الملاحة الجوية
aerodynamic braking كبح بالحركية الهوائية
aerodynamic coefficient معامل الحركة الهوائية

aerodynamic heating	تسخين بالحركية الهوائية
aerodynamics	الحركية الهوائية
aerodynamic vehicle	مركبة هوائية
aeroelasticity	مرونة هوائية
aerofoil	شكل انسيابي
aeronautical satellite	قمر صناعي للملاحة الجوية
aerospace defence	دفاع الفضاء
aeronautics	الطيران
aerostromedicine	الطب الفضجوي
aerothermodynamic border	الحد الجوي للحرارة الاحتكاكية (حد انعدام حرارة الاحتكاك في الجو على علو (١٠٠ ميل)
aerothermoelasticity	المرونة الحرارية الهوائية (مرونة الهيكل تحت تأثير الحرارة والحركية الهوائية)
aerozine 50	ايروزين ٥٠ (وقود سائل للصواريخ)
after burning	حرق ثانوي ، لاحق
aide memoire	مفكرة
aileron	جنيح ، زعنفة
aiming position	موضع التسديد
air attack	هجوم جوي
air base	قاعدة جوية
air bleeding	تسريب الهواء
airborne	محمولة جوا أو منقولة جوّاً = مجوقلة
airborne alert	حالة الاستعداد بالجو
airborne data acquisition system	منظومة التقاط بيانات محمولة جوا
airborne early warning	انذار جوي مبكر
airborne integrated reconnaissance	منظومة استطلاع متكاملة محمولة جوا
airborne interceptor radar	رادار اعتراض

airborne troops	قطعات منقولة جوا = مجوقلة
airborne warning and control system	منظومة انذار ومراقبة محمولة جوا وتسمى الاواكس (awacs)
airbrake	كابح جوي او مكبح هوائي
air-breathing rocket	صاروخ متنفس (صاروخ يستعمل الهواء في الجو)
air bridge	جسر جوي
air cadet	طالب بكلية الطيران
air carrier	طائرة نقل
air combat maneuver	مناورة قتال جوي
air command and control squadron	سرب قيادة ومراقبة
air conditioned	مكيف للهواء
air control center	مركز سيطرة جوي
air cooler	مبرّد للهواء
air corridor	ممر جوي
aircraft (AC)	طائرة
aircraft bomb dispenser	موزع قنابل الطائرات
aircraft cannon ammunition	ذخيرة مدفع الطائرة
aircraft carrier	حاملة طائرات
aircraft performance	اداء الطائرة
aircraft rockets, missiles	صواريخ الطائرة
air crew	طاقم الطائرة
air cushion	وسادة هوائية
air defence	دفاع جوي
air defence data center	مركز بيانات الدفاع الجوي
air defence early warning	انذار مبكر للدفاع الجوي
air defence area sector	منطقة دفاع جوي
air defence artillery	مدفعية الدفاع الجوي

air defence command	قيادة الدفاع الجوي
air defence commander	قائد الدفاع الجوي
air defence data center	مركز بيانات الدفاع الجوي
air defence direction centre	مركز توجيه الدفاع الجوي
air defence headquarters	مقر قيادة الدفاع الجوي
air defence identification zone	قطاع التمييز في الدفاع الجوي
air defence operation centre	مركز عمليات الدفاع الجوي
air defence radar control	مراقبة رادار دفاع جوي
air defence supression missile	مقذوف موجه مضاد لاسلحة الدفاع الجوي
air drag	مقاومة هوائية
airdrop	اسقاط جوي
air electronic warfare	حرب الكترونية جوية
air effort	جهد جوي
airforce base	قاعدة قوات جوية
air frame	هيكل طائرة
air fuel ratio	نسبة الهواء الى الوقود (نسبة الوقود الى الهواء بالوزن في المزيج)
airglow	توهّج ليلي
air head	رأس جو
air head line	خط رأس جو
air intake	مدخل الهواء
air interdiction	منع جوي
air launch	اطلاق جوي
air launched cruise missile	صاروخ او مقذوف جوي
air launched decoy missile	صاروخ تمويه جوي
air liaison officer	ضابط اتصال جوي
air lines	خطوط جوية
air lock	انسداد هوائي
airlog	عدّاد المسافة الهوائية
air logistic support	اسناد اداري جوي
air mission intelligence report	تقرير استخبار مهمة جوية
airman	جندي جوي
air munitions	ذخيرة القوى الجوية
air movement column	رتل التنقل الجوي
air observer	راصد جوي
air sea rescue	انقاذ بحري بواسطة طائرة
air navigation	ملاحة جوية
air note	ملاحظة طيران
air photography	تصوير جوي
air photographic reconnaissance	استطلاع جوي تصويري
airport	مطار
air raid	غارية جوية
air route	ممر جوي
air reconnaissance	استطلاع جوي
air search radar	رادار للاستكشاف الجوي
air ship	مركبة جوية
air space	فضاء جوي
air speed	السرعة في الهواء (سرعة الطائرة بالنسبة الى الهواء حولها)
air start	التشغيل بالهواء
air supply	تموين جوي
air support	اسناد جوي
air support request	طلب المساندة الجوية
air supremacy, superiority	تفوق جوي
air target	هدف جوي
air test	اختبار جوي (للطائرة)
air to air firing	رماية جو / جو

air to air live رماية حية جو / جو
air to to air missile صاروخ جو / جو
air to ground firing رماية جو / ارض
air to ground live رماية حية جو / ارض
air to surface جو / سطح
air traffic control centre مركز مراقبة جوية
air transport نقل جوي
air umbrella مظلة جوية
air valve صمام هواء
alarm bell جرس انذار
alarm blast صفارة انذار
alert انذار
alignment محاذاة ، تراصف
all clear انتهاء الانذار
allocation تخصيص
allotment تعيين
alloy خليط ، سبيكة
alpha rays اشعة ألفا
allround defence دفاع جميع الجهات
all-up weight الوزن الاجمالي
alternate position موقع بديل (خلف الخطوط)
alternating current تيار مناوب
atternation تناوب
alternation mechanics اجراءات التبديل
alternator مولد التيار المتناوب
altimeter مقياس الارتفاع
alto cumulus ركام متوسط
alto stratus سحاب طبقي متوسط
ambush كمين
ambush patrol دورية كمين
ammeter اميتر (جهاز لقياس التيار الكهربائي بالامبير)
ammunition ذخيرة
ammunition depot مستودع ذخيرة
ammunition distributing point نمطة توزيع الذخيرة
ammunition point نقطة ذخيرة
ammunition supply point نقطة تموين الذخيرة
amnesty العفو العام
ampere امبير (وحدة قياس التيار)
ampere-hour امبير ـ ساعة
ampere-turn امبير ـ دورة
amphibian برمائية
amphibious برمائي
amplifier مضخم ، مكبّر
amplification تضخيم ، تكبير ، توسيع
amplification factor عامل التضخيم
amplify يضخم يكبّر
amplitude modulation تعديل السعة (للموجة) او تضمين السعة
analogue مشابه ، نظير ، مماثل
aneroid كبسولة لا هوائي (كبسولة مفرغة من الهواء تستعمل لقياس التأثير بالضغط الجوي)
angle of approach indicator مؤشر زاوية الاقتراب
angle of attack زاوية الهبوب (للهواء)
angle of incidence, descent زاوية السقوط
angle of lag زاوية التخلف
angle of lead زاوية السبق
angular distance البعد الزاوي
angular velocity سرعة زاوية
animal transport نقل حيواني
annealing تلدين
annual range practice تمرين رماية سنوي
annular wheel مسننة طوقية (دائرة معدنية ذات تسنين داخلي)

annulus	طوق ، حلقة
anode	مصعد
antenna	هوائي
anti aircraft	مضاد للطائرات
anti-aircraft artillery	مدفعية مضادة للطائرات
anti aircraft executive officer	ضابط تنفيذ مقاومة الطائرات
anti aircraft operations centre	مركز العمليات المضادة للطائرات
anti-ballistic missile	قذيفة دفاعية موجهة نحو اعتراض قذيفة منطلقة في الجو وتدميرها
anti-clockwise	عكس عقارب الساعة
anti clutter	مزيل التشويش (رادار)
anti freeze (fuel)	(وقود) مقاوم للتجمد
anti freezing oil	زيت مقاوم للتجمد
anti friction	مقاوم للاحتكاك
anti-handling device	جهاز مضاد للرفع
anti knock	مقاوم للخبط (مواد تضاف للوقود لضمان اكمال عملية الاختراق داخل الاسطوانية)
anti penetration	مضاد للاختراق
anti penetration force	قوة مضادة للاختراق
anti-personnel bomb	قنبلة ضد الاشخاص
anti radar	مضاد للرادار
antiseptic	مطهر
anti submarine	مضاد للغواصات
anti tank (gun)	(مدفع) مضاد للدبابات
anti tank obstacle	عائق للدبابات
anti tank regiment	كتيبة مقاومة للدبابات
anti tank trench	خندق مضاد للدبابات
anti tank weapon	سلاح مضاد للدبابات
anvil	سندان
apex	رأس ، قمة ، ذروة ، اوج
apogee	منطقة الأوج
application practice	رماية تطبيقية
appreciation (situation)	تقدير (الموقف)
approach formations	تشكيلات الاقتراب
approach march	مسير الاقتراب
appulse	قران (اجرام سماوية)
apron	موقف الطائرات (ساحة المطار)
archives	المحفوظات ، السجلات
arc welding	لحم بالكهرباء
area correlation	ارتباط المساحات
area defence	دفاع منطقة
area shelled, bombing	منطقة مقصوفة
area target	هدف منطقة
area weapons	الاسلحة ذات الانتشار
armature	ذراع (عمود الدوار) (عمود الانتاج في المولد)
armature control	التحكم بالعمود الدوار
armature reaction	رد فعل الذراع
arming cable	سلك التسليح (للمظلة)
armoured personnel carrier	حاملة افراد مدرعة
arrester hook	خطاف التوقيف
arrow head	رأس سهم
artillery fire plans	خطط رمي المدفعية
artillery intelligence	استخبارات المدفعية
artillery map	خريطة المدفعية
armour piercing	خارق للدروع
armour protection	حماية مدرعة
armoured cruiser	طراد مدرع
armoured division	فرقة مدرعة
armoured recovery vehicle	مركبة اصلاح مدرعة
artillery observer	مراقب مدفعية
«arms up»	قدم سلاحك

army form نموذج جيش
army front جبهة جيش
army group مجموعة جيوش
army maintenance area منطقة صيانة للجيش
army school of cookery مدرسة طهاة الجيش
army service area منطقة خدمات للجيش
artillery observer مراقب مدفعية
aspect ratio معدل امتداد
assault اقتحام ، إنقضاض ، هجوم
assault position وضع الاقتحام
assaulting case حالة الاقتحام
assaulting distance مسافة الاقتحام
assaulting troops قطعات الاقتحام
assembly position موضع الاجتماع
assistant chief of staff. administration
مساعد رئيس هيئة الاركان والادارة
assistant director of supply and transport
مساعد مدير التموين والنقل
assuming متغطرس
assumption of command تَسَلُّم القيادة
assumption of losses افتراضات الخسائر
assymetric landing هبوط غير متوازن
asteroid كويكب
astrodynamic انسيابي
astronaut رائد فضاء
astronavigation ملاحة فلكية
atom ذرة
atmometer مقياس التبخر
atomic bomb قنبلة ذرية
atomic warfare حرب ذرية
atomizer مرذاذ
atmosphere جو
atmosphere entry الدخول الجوي

atomization ترذيذ
attached-type parachute مظلة ذات حبل واق
attachement الحاق
attack aircraft طائرة هجوم
attack formation تشكيل الهجوم
attention انتباه
attenuation توهين ، ترقيق ، تخفيف
attrition, war of حرب الاستنزاف
audio frequency تردد سمعي او ذبذبة سمعية
authorized commander قائد مفوّض
authorized officer ضابط مفوّض
auto ignition temperature درجة الاشتعال الذاتي
auto pilot طيار آلي
automatic data processing system النظام الاوتوماتي لمعالجة البيانات
automatic direction finder موجد اوتوماتي للاتجاه
automatic flight control system منظومة تحكم آلي في الطيران
automatic ejector قذاف آلي
automatic frequency control الضبط الاوتوماتي للتردد
automatic fire رمي آلي
automatic gain control ضبط الكسب تلقائيا
(المحافظة على نتائج أي نظام بطريقة تلقائية)
automatic loader معبىء تلقائي
automatic pilot طيار اوتوماتي
automatic rifle بندقية آلية
automatic volume control مُنظّم اوتوماتي للصوت
automatic weapons اسلحة اوتوماتيكية
automation الاوتوماتية

auto mitrailleuse	رشاش ذاتي الأَمَد
automatic oil	زيت سيارات
auxiliary bore sight	جهاز تسديد مساعد
auxiliary engine	محرك مساعد
auxilliary external fuel	وقود إضافي
auxiliary power unit	وحدة طاقة ثانوية
auxilliary propelled weapons	اسلحة ذات دفع اضافي
average speed	معدل السرعة
aviation medicine	طب الطيران
avionics	الكترونيات الطيران
axis, axle	محور
azimuth	السمت

B

B-bomber	قاذفة
back axle	محور خلفي
back blast	انفجار خلفي
back firing	اشتعال مبكر (للوقود)
back flash	وميض خلفي
back sight	سدادة خلفية
back-type parachute	مظلة الظهر
backward bearing	اتجاه خلفي
backwoodsman	رجل الغابات
bacteriological warfare	الحرب الجرثومية
balanced reserve	احتياط متوازن
balanced supply	تموين متوازن
balanced support	استناد متوازن
bail out	قذف بالمظلة
bakery	مخبز ، فرن
balance of power	توازن دولي
ball bearing	حاملة كريات
ballast	صابورة ، ثقل موازنة
ball joint	وصلة كروية
ballistic cartridge	اطلاقة باليستية
ballistic drive	دفع قذافي
ballistic missile	قذيفة موجهة (ذاتية الدفع)
ballistic missile defence	دفاع المقذوفات الصاروخية
ballistic path	مسار قذافي
ballistic weapon	سلاح قذافي
ballistics	علم المقذوفات / مقذوفات
ballistic cartridge	اطلاقة باليستية
ballistite	طلقة دفع
balloon reflection	عاكس يحمله منطاد
ballute	جهاز انزال
band passfilter	مرشح امرار حزمة
bandwidth	عرض الحزمة
bank of cylinders	قاعدة اسطوانات
banner target	هدف تدريب
barbed wire	سلك شائك
barbed wire obstacle	عائق اسلاك شائكة
barber kit	عدة الحلاق
barge	صندل ، قارب مسطح
barochamber	غرفة الضغط
barometric (pressure)	الضغط الجوي
baroswitch	مفتاح الضغط
barrage	سدّ ، حاجز
barrage balloon	منطاد دفاع سلبي
barrage of fire	غلالة نيران
barrage jamming	حاجز تشويش
barotrauma	اصابة تعيير الضغط
barrack	ثكنة
barrel	سبطانة ، أسطوانة ، برميل
barrel group	مجموعة السبطانة

barrel length	طول السبطانة
barrier	حاجز
barrier minefield	حقل ألغام حاجز
barrier plan	خطة الموانع
base defence	دفاع القاعدة
base repairs	تصليحات القاعدة
base	قاعدة
baseball stitch	عرز متباعدة
base supply depot	مستودع تموين القاعدة
basic design	التصميم الاساسي
basic combat training	تدريب القتال الاساسي
basic intelligence	استخبارات أساسية
basic research	بحث اساس
basic training	تدريب اساسي
basic unit training	تدريب الوحدة الاساسي
basic war plan	خطة الحرب الأساسية
bastard file	مبرد متوسط الخشونة
basting stitch	غرزة تسريج
battalion	كتيبة
battalion signalling officer	ضابط اشارة الكتيبة
battery	بطارية ، حاشدة
battery charging	شحن البطارية
battery fire	رمي البطارية (المدفعيّة)
battery terminals	اقطاب البطاريات
battle	معركة
battle cruiser	طرّاد قتال
battle map	خريطة المعركة
battle formation	تشكيل المعركة
battle group	مجموعة قتال
battle inoculation	تطعيم المعركة
battle position	موضع المعركة
battle procedures	اجراءات المعركة

battle ship	بارجة
battalion	كتيبة
bayonet	حربة (اسلحة)
bayonet drill	تدريب او تعليم بالحراب
bayonet fix	تثبيت الحراب
bayonet standard	حامل الحربة
beach commander	آمر الساحل
beach defence	دفاع الساحل
beach head	رأس الساحل او الشاطىء
beach-head line	خط رأس الساحل
beach intelligence	استخبارات الساحل
beach party	جماعة الساحل
beach reconnaissance	استطلاع الساحل
beaching	جنوح
beacon	مرشد ملاحي
beacon stealing	تشويش داخلي
beacon tracking	تتبع ملاحي
beam attack	هجوم زاوي
beam power tube	صمام الحزمة القوية
beam riding	توجيه شعاعي
bearing	حاملة (قطعة معدنية على شكل اسطوانة تستخدم لحمل عمود المرفق)
bearing clock (loading)	دليل الاتجاه
bearing point	نقطة تحميل
bearing resolution	تحليل الاتجاه
bearing surfaces	أسطحة حاملة
beat frequency oscillator	مذبذب التردد التضاربي
bel	وحدة بل لقياس القدرة
belly landing	الهبوط على بطن الطائرة
belt	حزام
bench drill	ثقّابة منضدية
bench run	تشغيل اختباري
bench shears	مقص منضدي

bench vice ملزمة منضدية
beta rays اشعة بيتا
between perpendicular بين عامودين
bevel gear ترس مخروطي
beyond repair غير قابل للاصلاح
bias تحيز
bias construction خياطة مائلة (للمظلة)
big bird بيغ بيرد
bilge pump مضخة النزح
binary notation تدوين ثنائي
binary system نظام ثنائي
binder ربط
biographical intelligence استخبارات حياة الافراد
binder knot عقدة حزم
binoculars منظار ثنائي
bioastronautics علم الاحياء الفضائي
biodynamics الديناميكا الحيوية الحرب
biological (bacteriological) warfare الحرب البيولوجية
biomedicine الطب الحيوي
biometrics علم القياس الحياتي
bipod ركيزة للمدفع
blank charge حشوة صوتية
pistolet مسدس صغير
black box الصندوق الاسود (يوضع في الطائرات لتسجيل الملاحة)
blackout تعتيم
black out marker light مؤشر تعتيم (نور خافت)
blank ammunition ذخيرة خلبية (مراسم)
blank charge حشوة صوتية
blast عصف ، انفجار عنيف ، لغم
blast of a gun عصف المدفع

bleeder resistance مقاومة نازفة
blind bombing قصف أعمى (عشوائي)
blind charge حشوة عمياء
blind flying طيران اعمى
blind hole خرق غير نافذ
blind landing هبوط اعمى (دون استعانة بالأجهزة)
blind shell قذيفة عمياء
blinking beacon مرشد غماز
blister gaz غاز كاوي
blitzkrieg حرب خاطفة
blockade حصار
block buster قنبلة قادرة على تدمير تجمّع سكني في مدينة
blow-by تهرب الضغط
blower نافخ
blunt كليل ، ضعيف ، واهن
boat زورق
boat group جحفل الزوارق
boat tail عقب القذيفة
bobbing تموّج أو تعرج راداري مخبوءة ومفخخة
body بدن
bogies عجلات ، درجات
boiler مرجل
boiling water ماء مغلي
bolt ترباس ، رتاج ، مزلاج ، مسمار لولبي
bomb قنبلة
bombardment قصف
bombardment photography تصوير القصف
bomblet قنبلة صغيرة
bomb line خط القصف
bomb- proof واقٍ من القنابل

bomb rack	حامل القنابل
bomb sight	جهاز في الطائرة للتسديد والتصويب
bomb release line	خط اسقاط القنابل
bomb reconnaissance	استطلاع قنابل
bomb release line	خط اسقاط القنابل
bombing angle	زاوية القصف
bomber (plane)	قاذفة (طائرة)
bombing height	ارتفاع القصف
bombing report	تقرير قصف
bonding	ترابط
bonnet	غطاء (المحرك)
booby-trap	شرك الغفلة، قنبلة مخبوءة ومفخخة
boom	ذراع (الرابعة)
boost	يعزز
boost pressure	ضغط معزز
boost rocket	محرك صاروخي معزز
booster	معزز ، مُقَوٍّ ، منشط
booster charge	حشوة ابتدائية
booster engine	طيران معزز
boosted flight	طيران معزَّز
boot	صندوق السيارة الخلفي
bore	جوف
bore-cylinder	قطر الاسطوانة
bore length	طول التجويف
bore out	خرط
bore straight gauge	مقياس استقامة الجوف
boresighting	معايرة التسديد او التسديد من الجوف
bottom dead center	النقطة الميتة السفلى في محرك الاحتراق
boundary	حدّ
boundary layer	طبقة متاخمة
bow	طرف المقدمة
bowline knot	عقدة مِنفرجة
box formation	تشكيل الصندوق (تشكيل حركات طيران)
boxed mallet	مدقة خشبية
bracket	جسر تثبيت
bracket bridge	جسر تثبيت
brake	كابحة ، مُوقِف
brake bank	طوق الكابحة
brake drum	طبلة الكابحة (اسطوانة معدنية بداخلها مجموعة الكابحة)
brake fluid	زيت الكابحة
brake horse power	القدرة الحصانية للكابح
brake lining	بطانة الكابحة
brake master cylinder	مضخة الكابحة الرئيسية
brake shoes	نعل الكابحة
braking	كبح
brass foil	رقيقة نحاسية
brazing	لحم بالنحاس الأصفر
break cord (thread)	حبل الانقطاع
breakdown maintenance	صيانة اضطرارية
breakdown voltage	جهد الانهيار
break-off altitude	ارتفاع نقطة التحول
break-off height	علو نقطة التحول
break-through	اختراق
break water	كاسر الأمواج
breather	منفّس
breech	مؤخرة ، مغلاق
breech block	كتلة المغلاق (مدافع)
breech bore gauge	مقياس فتحة المؤخرة (اسلحة)
breech loader	سلاح يملأ من المؤخرة

breech mechanism آلية تلقيم من الخلف
breech ring حلقية المؤخرة
bridge عبّارة ، جسر
bridge broken جسر بفجوة متحركة
bridge closed جسر مغلوق
bridge head رأس جسر
bridgelayer tank دبابة حاملة جسور
bridge open جسر مفتوح
brigade landing team فرقة انزال اللواء
broadcast-controlled air interception تقاطع جوي مسيطر عليه لاسلكيا
briefing ايجاز
brigade (tank-inf) لواء (مدرع ، مشاة)
brigade chief of staff مدير اركان اللواء
brigade commander قائد اللواء
brigadier عميد
brightness سطوع
brisance قوة القصم
brittle هش
brush فرشاة (في المولّد)
buffer مِهْماد ، مُخمِّد
buffer amplifier مضخم مكبّر
buffer friction cups مصدات
buffer key مفتاح المصدات (جهاز يعمل على اقفال المغلاق وتنظيم تقدم المدفع النهائي)
built-up areas مناطق مبنية
bulges نتوءات ، انتفاخات
bulk breaking point نقطة توزيع الحمولة
bulkhead حاجز
bullet رصاصة
bullet proof واقٍ من الرصاص
bullet trap مصيدة الرصاص
bulk loading تحميل بالجملة
bull's eye مركز الهدف ، صحيح الهدف
bullstrap حمالة الأخمص
bult الأخمص
bumpy وعر
bunker مخزن الوقود
bunt مناورة عسكرية شديدة
buoyancy دفع صعودي
burning duration مدة الاحتراق
burnout خمود ، انطفاء
burp gun سلاح متبحش
burst انفجار
burr مثقاب ، حافة خشنة ، قراضة
burst fire regulator جهاز تنظيم الرمي السريع للنيران
bus bar مساعد التوزيع
bush دغل
butt اخمص
buzzer طَنّان (لتوقيت الشرارة)
by-pass تَجاوُز ، ممر فرعي
by-passing procedure اجراء تجاوزي

C

cabin مقصورة ، حجرة
cadastral map خريطة تفصيلية
calibre عيار
caliper اداة قياس ذات فكين ، سماك
call mission مهمة تحت الطلب
call sign نداء
calorific value القيمة السعرية
calory سعر (وحدة قياس حرارية)
cam حدبة
camber احديداب
camera gun آلة تصوير المدفع
camouflage تمويه ، تعمية
camouflage cream طلاء تمويه
camouflage discipline نظام التخفية أو التمويه
camouflage materials مواد التخفية او التمويه
campaign حرب ، مغزاة ، حملة
camshaft عمود الحدبات
canard اشاعة كاذبة
canned rations اطعمة معلبة للجيش
canopy قبة (المظلة)
canopy release افلات المظلة
cap قلنصوة
capacitive reactance مفاعلة سعرية
capacitor مكثف ، جهاز يختزن شحنة كهربائيّة
capacity سعة
capias order أمر حجر
capitulation التسليم بشرط
captive test تجربة مقيدة (اختبار مقيّد)
capture تقييد (ميكانيكا) ، التقاط
caravan movement حركة القوافل
carbon bils regulator منظِّم بصفائح كربونية
carbon dioxide extinguisher مطفئة ثاني اوكسيد الكربون
carbon tetrachloride pump مضخة كربون الكلوريد الرباعي
carbonising flame لهب كربوني
carrier حاملة
carburator المازج ، حارق الوقود
cargo parachute مظلة امداد
carpet bombing قصف مساحي
carriage حاضن
carrier wave موجة حاملة
carrying party جماعة نقل
carter analysis تحليل حفرة القنبلة
cartridge ظرف الطلقة
cartridge actuated device جهاز يشغل بالطلقة

cartridge in chamber	خرطوشة أو طلقة في مخزن الطلقات
cartridge guide	مجرى الطلقة
case-hardening	تقسية الغلاف
casmate	حجرة صامدة للقنابل ذات فتحات تطلق منها نيران المدافع
casing	غلاف الغواصة
cast	سبيكة مصبوبة
caster angle	زاوية الميل (للعجلات)
casting	سكب ، صب ، سبك
casualty clearing station	محطة اخلاء الخسائر
casualty collecting post	مركز تجميع الخسائر
casualty evacuation	اخلاء او نقل الخسائر
catapult	المنجنيق
catch operating rod	قضيب لاقط . مدكّ
cathode	المهبط
cathode-ray tube	صمام اشعة المهبط
causes of fire	مسببات الحريق
cease fire	وقف اطلاق النار
celestial	سماوي فلكي
celestial guidance	توجيه فلكي
celestial navigation	ملاحة فلكية
celestial sphere	الكرة السماوية
cell	خلية
center line	خط الوسط
centigrade	درجة مئوية
centimeter- gram- second	سنتمر / غرام / ثانية
centimetric radar	رادار سنتمتري
central bracing plate	صفيحة الربط المركزية
centralization	مركزية
centre of distribution	مركزي توزيع
centre of gravity	مركز الثقل
centre of percussion	مركز القدح
centre punch	وضع علامة المركز
centrifugal advance	تقدم بالطرد المركزي
centrifugal force	قوة طاردة مركزية
centrifuge	جهاز الطرد المركزي
ceramics	خزفيات ، فخاريات
ceremonial parade	عرض عسكري
cetane	سيتين (زيت لا لون له يكون في البترول)
cetane number	العدد الشبكي او السيتينيّ
chain reaction	تفاعل متسلسل
chain of command	سلسلة القيادة
chamber	غرفة ، مخزن أو حجرة
chamfering	ميلان
change lever	عتلة الرمي
characteristic curve	منحنى مميز
characteristics	خصائص
char d'assault	دبابة اقتحامية
charge	شحنة ، حشوة ، شرارة ، عبوة
charger case	مخزن ذخيرة
charging switch	مفتاح الشحن
charter	رحلة اضافية مؤجّرة
chassis	قاعدة أو هيكل
check point	نقطة تفتيش
chemical foam	رغوة كيماوية
chemical fuel	وقود كيماوي
chemical munition	ذخيرة كيماوية
chemical and biological warfare	حرب كيميائية وجرثومية
chest parachute	مظلة الصدر
chest strap	حزام الصدر
chief controler	كبير المراقبين
chief of staff	رئيس الاركان
chief provision officer	ضابط امداد
chip	رقيقة أو شريحة

chisel ازميل
chivalry الفروسية
chlorosulphuric acid mixture مزيج الكلور وحامض الكبريتك
choke مخنقة اسِدَاد
choke coil لفيفة خانقة
choke coupling وصلة الخانق
chord وتر
chord line وتر الجناح
chromiun كروم
chuck ظرف ، قابض ، رأس المخرطة
chute مظلة
cipher telegram برقية شيفرة أو رمز
circuit دائرة كهربائية
circular error probable الخطأ الدائري المحتمل
circular orbit مدار دائري
circular velocity سرعة دائرية
cirro cumulus سحاب ركامي
cirro stratus سمحاق طبقي
cistern صهريج ـ خزان
civil defence دفاع مدني
civil war الحرب الأهلية
clamp مشبك
class فئة ، مرتبة ، صنف
classified documents وثائق مصنفة
clean aircraft حمولة محادية للطائرة
cleaning rod قضيب التنظيف
clearance فرجة (مسموح بها)
clearance volume حجم حجرة الضغط
cleared route طريق مطهر او منظّف
clearing station محطة اخلاء
clinometer مقياس الميل
clip مشط الذخيرة
clock ray تراجع الانكشاف (للدوريات)
clock work حركة ساعيّة
clogged مسدود
close air support اسناد جوي قريب
close fitting plug سدادة وثيقة التوافق
close formation تشكيل قريب (احدى تشكيلات المقاتلات الجوية)
close quarters operation عمليات القتال عن قرب
close reconnaissance استطلاع عن قرب
close support مساندة قريبة
closed circuit tv دائرة تلفزيونية مغلقة
cloth table قطعة قماشية يرسم عليها منطقة التمرين والمعركة
cluster عنقود
cluster bomb قنبلة عنقوديًة
clutch واصل فاصل
coach مدرب رياضة
coast artillery مدفعية السواحل
coast defence بارجة الدفاع عن السواحل
coasting flight طيران انسيابي
coaxial cable اسلاك متحدة المحور
coaxial machine gun رشاشة متحدة المحور
cocking handle مقبض النصب
cocking rod قضيب النصب
cockpit حجرة الطيار
code designation تسمية رمزية
cohesion تماسك
coil ملف
coil spring نابض لولبي
cold launch قذف بارد
coincidence مطابقة
cold storage تخزين بارد
collecting station محطة تجمع
collective fire رمي جماعي

collective security أمن جماعي
collective training تدريب جماعي
collector ring حلقة جامعة
collimation error خطأ التسديد
collision اصطدام
collusion تواطؤ ؛ مؤامرة
colonel عقيد ، مقدم
colour blindness عمى الوان
colour code رمز لوني
column formation تشكيل بالرتل
command report تقرير قيادة
combat aircraft طائرة قتالية
combat air patrol دورية قتال جوي
combat drill تدريب للمعركة
combat formation تشكيل قتالي
combat functions وظائف قتالية
combat intelligence officer ضابط استخبارات القتال
combat operation عملية قتالية
combat team فريق قتال
combat reconnaissance استطلاع المعركة
combat training تدريب قتالي
combat troops قطعات قتالية
combat zone منطقة قتال
combined operations عمليات مشتركة
combustibles محروقات
combustion احتراق
combustion chamber غرفة الاحتراق
comet مذنب نجم ذو ذنب
command قيادة
command alternation تبديل القيادة ، تناوب القيادة
command change تغير القيادة
command control قيادة المراقبة
command element عنصر القيادة
command vehicle مركبة قيادة
commander, commanding officer قائد
commander in chief القائد العام
commander's override control جهاز المراقبة
command guidance توجيه قيادي
commanding position مركز المراقبة
commanding officer القائد (الآمر)
command signal قيادة الاشارة
commissioned personnel مِلاك الضباط
commutable مبدل (التيار) قابل للاستبدال
company سرية
compass calibration معايرة البوصلة
compatible منسجم
compatibility انسجام
competition practice تمرين المباراة
completed انهاء الوضع في الخدمة
components مكونات
composite air defence battalion كتيبة دفاع جوي مختلطة
composite charge حشوة مركبة
composite explosions انفجارات متراكبة
composite ration مؤن مرزومة (للطوارىء)
compound winding لف مركب
compressibility قابلية الانضغاط
compression ratio نسبة الانضغاط
compression rings اطواق الانضغاط
compression stroke شوط الانضغاط
compression wave موجة ضغط
compressor ضاغطة
compromise weapons اسلحة التوافق
compulsory military service التجنيد الإلزامي
computator, comptometer آلة حاسبة ،
computer حاسب الكتروني ، حاسوب

communications control تحكم في المواصلات
concentric متّحد المركز
communication sattellite قمر اتصالات
communication zone منطقة مواصلات
commutator مبدل كهرباء
concave مقعر
concealed area منطقة مخفية أو محجوبة
concentrations تجمعات
concussion bomb قنبلة ارتجاجية
condenser مكثف
conductance, conductivity مواصلة
conduct of operations ادارة العمليات
conductor موصل
conduit انبوب اسلاك
cone (locking cone) مخروط (قفل المظلة)
confinement to barracks الحجز بالمعسكر أو داخل الثكنات
conic section قطع مخروطي
connecting rod ذراع الوصل
connecting rod cap وسادة ذراع الوصل
connecting trenches خنادق ايصال
connection وصل ارتباط
conning tower برج مصفح
consignment وديعة ، ارسالية
console منضدة تحكم
constant pressure burning احتراق ثابت الضغط
constant of gravitation ثابت الجاذبية
constituent مقوم
consumable قابل الاستهلاك
contact تماس
contact avoidance تجنب التماس
contact breaker قاطع التماس
contact lost فقدان الاتصال
contact report تقرير تماس
container حاوية ، خزان
contingency plan خطة طوارىء
continuity test اختبار الاستمرارية (كهرباء)
continuous wave radar رادار متصل الموجات
contours مناسيب
contractor cooling متعهد تبريد
control circuit دائرة التحكم
control grid شبكة التحكم
control of space السيطرة على الفضاء
control surface سطح التحكّم
control tower برج القيادة ، المراقبة
controller (air) مسيطر (جوي)
contro torpilleur مطاردة النسافات
convalescent center مركز نقاهة
conventional signs اشارات اصطلاحية
convergent divergent nozzle مسرب تجميع وتفريق
convergent nozzle مسرب تجميع
convex محدّب
convoy قافلة
convoy discipline انضباط القافلة
convoy guard حرس القوافل
cooking kit عدة الطهي
cooks training wing جناح تدريب الطهاة
coolant مبرد
cooling apparatus جهاز التبريد
cooling fins زعانف التبريد
cooling ring طوق التدريب
cooling system نظام التبريد
coordinates احداثيات
coordination line خط التنسيق
cordage حبال (السفينة)
cordite كورديت (نوع من المتفجرات الانبوبية)

core قلب ، جزء مركزي
core plug سداد مركزي
cornflour طحين
corona loss فقد التفريغ النهائي
corporal عريف
corps maintenance area منطقة صيانة الفيلق
corps sector قطاع أو مركز الفيلق
corrective maintenance صيانة تصحيحية
corrosion التآكل
corvette خافرة او سفينة حراسة صغيرة
cosine جيب التمام
cosmic كوني
cosmonaut رائد فضاء ،
cosmos الكون
cost and freight الكلفة والشحن
cost effectiveness مردود مادي
cost insurance and freight الكلفة والتأمين والشحن
cost price سعر التكلفة
cotter pin مسمار مشقوق
coulomb كولومب (وحدة قياس الشحنة الكهربائية)
count-down العدّ العكسي او التنازلي
counter attack هجوم مضاد
counter bombardment قصف مضاد
counter force قوة مضادة
counter insurgency operations عمليات مقاومة العصيان
countermeasure تدبير مضاد
counter military potential القدرة العسكرية المضادة
counterpoles أقطاب مضادة او متقابلة
counter silo مضاد للصوامع
counter sinking silo مقياس التخويشة
counter sinking تخويش اسطواني (ربط مسطحين بلولب بحيث يتم اخفاء سطحه)
counter sunk screw لولب غائر
counter surveillance مراقبة مضادة
counter weight ثقل موازن
coupler خطّاف ، جهاز ربط العربات
coupling ربطٌ ، وصْل
court martial مجلس عسكري
cover غطاء
covering operation عملية تغطية
covering position موقع تغطية
covering troops قطعات تغطية
cramped اكتظاظ
crane رافعة
crank ذراع تدوير
crank case علبة ذراع التدوير حوض المحرك)
crankcase dilution اختلاط (اختلاط الماء والزيت في علبة المرفق)
crankshaft ذراع تدوير
crew بحّارة ، ملاّحون
crew escape module كبسولة انقاذ الملاّحين
Crimean war حرب القرم
critical mass كتلة حرجة
critical moment اللحظة الحرجة
critical point نقطة حرجة
critical zone منطقة حرجة
cross-country march مسيرة عبر الضواحي
cross-feed valve صمام تزويد مصلب
crossing control organization منظمة ضبط العبور
crossing equipment معدّات او تجهيزات
crossing situation موقف العبور

cross modulation	تضمين متخالط
cross roads	تقاطع طرق
cross wind landing	هبوط متعاقد مع الريح
cruciform	صليبية الشكل
cruise missile	صواريخ طوافة
cruiser	طراد المطوِّفة
cruising level	المستوى المناسب للطيران
cruising speed	سرعة التحليق بحراً وجوا
cryogenic	شديد البرودة
cryptography, cryptanlaysis	علم الشيفرة
crystal	بلور ، بلوري
cumulonimbus	سحب متراكمة
current limiter	محدد التيار
current regulator	منظم التيار
cushion back assembly	مجموعة وسادة الظهر
cushion seat assembly	مجموعة وسادة المقعد
cutoff	فصل التيار
cut-out	قاطع واصل (كهرباء)
cycle	دورة (٣٦٠ درجة)
cyclic rate	معدل الرمي النظري
cylinder	اسطوانية
cylinder block	كتلة الاسطوانة
cylinder capacity	سعة الاسطوانة
cylinder head	غطاء الاسطوانة
cylinder liner	قميص الاسطوانة
cylindrical	اسطواني

D

daily alarm	انذار يومي
daily combat supply rate	معدل تزويد المعركة اليومي
daily narrative	الحدث اليومي
damage radius	دائرة الاضرار
damper	مخمّد
damping	تخميد
dash panel	لوحة العدادات
data	معلومات ، معطيات
data collection	جمع المعلومات
data link	خط بيانات
data processing	تحليل المعلومات
date time group	خانة الوقت والتاريخ
day's march	مسيرة يوم
D-day	يوم بدء الهجوم
deactivated	أخمد
dead axle	مِحْور خامد (لا يتم نقل الحركة اليه)
dead centre	النقطة الميتة
dead centre bottom	النقطة الميتة السفلى
dead centre top	النقطة الميتة العليا
dead ground	ارض ميتة
dead point center	نقطة ميتة
dead reckoning	تقدير الموقع أو حسبان الموضع
dead weight	حمل ساكن
dead zone	منطقة ميتة
debriefing	استخلاص المعلومات
debris clearing	ازالة الانقاض
debussing point	نقطة نزول الجنود (نقطة نزول الجنود من الاليات)
decarbonising	ازالة الكربون
decay	تضاؤل
decay resistant	مقاوم للتعفن
deceleration	تباطؤ
deceleration chute	مظلة التباطؤ
decentralization	لا مركزية
deception	خداع ، تضليل
deceptive electro counter measures	اجراءات الكترونية مضادة خداعية
decibel	(ديسيبل) (وحْدة لقياس نسبة شدة الأصوات)
deck	سطح
declaration of war	اعلان الحرب
declination	انحدار
decisive battle	الموقعة الحاسمة
de-coding a cipher message	حل رسالة بالشفرة
decompression	ازالة الضغط
decontamination	تطهير
decoupling	فصل

decoy الخدع والتضليل
decoy warhead الرأس الحربي المضلل
deep penetration اختراق عميق
defence plans خطط دفاعية
defence دفاع
defence suppression القضاء على الدفاعات
defence works أعمال دفاعية
defensive area منطقة دفاعية
defensive electronics وسائل دفاع الكترونية
defensive fire نار دفاعية
defensive position موقع دفاعي
defensive warfare حرب دفاعية
definitize يحدد
deflagrate يفجّر (الانفجار الشديد المصحوب باللهب والقصف)
deflector جارفة
defoliant رذاذ كيميائي لتعرية أوراق ـ الشجر والنبات
defoliate يعرّي الغابات للحيلولة دون ـ اختباء القوات المعادية ومنعا للتمويه
degassing تطهير من الغازات
degeneration وهن (توليد القوة)
degree of sensitiveness درجة الحساسية
delay تعويق ، تأخير
deliberate defence دفاع مدبر
delivery capabality مواد التدمير
delivery point نقطة التسليم
delivery terms شروط التسليم
delta connection وصل ثلاثي
delta wing جناح مثلث
demands طلبيات ، مقتضيات
demilitarisation تجريد من السلاح
demodulation ازالة التضمين (استرداد الرسالة الصوتية من الموجة الحاملة)
demolition تخريب ، تدمير
demolition box صندوق تدمير
demolition charge حشوة تدمير
demolition guard حرس التدمير
demolition materials مواد التدمير
demonstration battalion كتيبة التطبيق
density كثافة
departure runway ممر اقلاع
deployment انفتاح (نشر القوات الى مواقع القتال (انتشار)
depolarization ازالة الاستقطاب
depressed trajectory المسار المنخفض
deprivation policy سياسة الحرمان
depth charge قنبلة الاعماق
depth gauge مقياس العمق
deputy director of desert operation نائب مدير عملية صحراوية
design تصميم
destroyer مدمرة
destroyer escort مدمرة حراسة
destruct اتلاف
detachment مفرزة
detector كاشف
detent حابسة ، ماسكة ، سقاطة
deterrence ردع
deterrent رادع
detonation تفجر (ميزان الوقود داخل الاسطوانة قبل وصول الشرارة)
detonator صاعق
development تطوير
deviation انحراف
device أداة ، وسيلة ، جهاز
diagram رسم بياني
dial indicator دوّالة (وسط كهربائي عازل)

diaphragm غشاء
dibber مقذوف التدمير مدرجات الاقلاع
dielectric عازل كهربائي (وسط كهربائي عازل)
dielectric constant ثابت العازل الكهربائي
diesel ديزل
differential gear مسننات تفاضلية
differentiation circuit دائرة تفاضلية (دائرة كهربائية ناتجها يتغير نسبيا مع الاشارة المعطاة لها)
diffractometer مقياس (مقياس اقطار الاجسام الصغيرة)
digital رقمي
digital computer حاسبة رقمية
dilute يخفف او يرقق السائل
dimensions أبعاد
dinghy, dingey زورق النجاة
diode صمام ثنائي
dipping sonar سونار غاطس
dipole antenna هوائي ثنائي القطب
dipstick سبار مقياس الزيت
direct current تيار مباشر ، تيار ثابت
direct fire رمي مباشر
direct fire support الدعم المباشر بالنيران
direct pressure الضغط المباشر
direct process اسلوب مباشر
direct tracking aiming التسديد المتتابع المباشر
direct laying position موضع التسديد
directional gyro الموجه الجيروسكوبي
direction finder موجة الاتجاه
direction of force اتجاه القوة
direction of landing اتجاه الهبوط
direction of lay اتجاه التسديد
direction of march اتجاه السير او الحركة
direction of rotation اتجاه الدوران
direction stake شاخص الاتجاه
disassemble يفك
disc قرص
discharge يفرغ ، يطلق النار او السراح
discharge nozzle فتحة القذف
discharging تفريغ
disconnect يفصل
discriminator مميز
disembarkation النزول من الباخرة
disengage يفك (الاشتباك)
dish طبق (هوائي الرادار)
dish center تجويف في المنتصف
disinfectant مطهر
dismantle ينزع ، يجرد ، يفكّك
dismounting area منطقة الترجل
dispatch rider ساع راكب
dispersive power قدرة التشتيت (ضوء)
displacement ازاحة ، عزل ، نقل
distance chart لوحة المسافات
distance covered المسافات المقطوعة
distance measuring equipment جهاز قياس المسافة
distance of burst مسافة الانفجار
distance of reconnaissance مسافة الاستطلاع
distort يشوّه ، يحرّف
distortion تشويه أو تحريف
distributer موزع
distributing نقطة التوزيع
distribution of load توزيع الحمولة
distribution of pressure توزيع الضغط
distribution point توزيع نقطة
district supply and transport officer ضابط

تموين ونقل المنطقة

diurnal march سير نهاري

divergent متباعد

dive انقضاض

divergent nozzle فوّهة منفرجة

division فرقة

divisions cuirassed فرق مدرعة

divisional staff اركان الفرقة

division maintenance area منطقة صيانة الفرقة

division rear boundaries الحدود الخلفية للفرقة

division sector قطاع الفرقة

docking التحام (مركبات الفضاء)

dockyard ترسانة بحرية

dog fighting قتال متلاحم مهارشة (جوا)

Doppler's effect ظاهرة دوبلر (اتحاد موجات صادرة مع موجات مرتدة عن جسم معين)

double action weapon سلاح مزدوج الفعل

double loading تلقيم مزدوج

double quick march هرولة

dove inverting prism منشور قلاب (للصور)

dovetail تعشيقة

dowel مسمار تثبيت

drafter's name اسم المنشىء (في البرقيات)

drain plug سداد تفريغ

drag مقاومة

draught غاطس السفينة

draw from stores السحب من المستودعات

drawing سحب

drift طاردة (قطعة من الحديد المبروم تستعمل لطرد الاجزاء المستعصية)

drill, punch مثقب ، تمرين ، تدريب

drill book كتاب التدريب

drill formations تشكيلات التدريب

drill grenade قنبلة تدريب يدوية

drill ground ارض التدريب

drill hall قاعة التدريب

drill in the open country التدريب في العراء

drill uniform بزة التدريب

driven gear سير التدوير

driver-gunner سائق مدفعي

driver's hatch كوة السائق

drivers selection and training انتخاب السواقين وتدريبهم

drivers wing جناح السواقين

driving band طوق الدّفع

driving chain سلسلة التدوير

driving gear ترس التعشيق (للسيارة)

drogue chute مظلة توجيه (المظلة الابتدائية التي تسحب المظلة الرئيسية)

drone طائرة دون طيار

dropping zone منطقة الاسقاط

drop سقاط

drop tank (اسقاط خزان وقود تحمله الطائرة ويمكنها التخلص منه)

drop test تجربة انزال

drum برميل ، طبلة

dry-dock الحوض الجاف

dry rations ارزاق جافة

dry run تجربة عسكرية دون ذخيرة حية

dry sump حوض جاف

dry weight وزن بلا حمولة

dual-key system نظام المفتاح المزدوج

duct مجرى ، قناة

ductility قابلية التطريق او المط

dummy grenade قنبلة يدوية وهمية

duming message	رسالة صورية
dummy parachute	المظلة الدمية
dumping	تكديس ، اغراق
duplexer	جهاز مزدوج (دائرة تمكن من استعمال الهواء « للاستقبال »)
duty battalion	الكتيبة المناوبة
duty controller	المراقب المناوب
duty rosters	قوائم الواجبات
dwell angle	زاوية السكون (الزاوية التي يكون خلالها البلاتين في حالة اغلاق)

dynamic	دينامي ـ حركي
dynamics	الحركيات
dynamo	دينامو (مولد التيار الثابت)
dynamometer	ديناموميتر (جهاز فحص قدرة المحرك)
dynamotor	محرك ، مولد
dynode	دينود (صمام مفرغ يعمل كمذبذب او مضخم يصدر الكترونات ثانوية)

E

early burst	انفجار مبكر
early security	تكتم مبكر
early warning radar	رادار الانذار المبكر
early warning satellite	قمر صناعي للانذار المبكر
earth orbit	مدار ارضي
earth satellite	تابع ارضي
ebb and flow	المد والجزر
echelon	نسق
eclipse	كسوف أو خسوف
eddy current	تيار دوامي
Edison effect	ظاهرة اديسون (خاصة اشعاع الكتروني من سلك اذا شحن وهو موضوع في مكان مفرغ من الهواء)
effective ceiling	الارتفاع المؤثر
effective exhaust velocity	سرعة العادم الفعالة
effective range	المدى المؤثر للسلاح
effective thrust	الدفع الفعال
effector	جهاز توجيه
efficiency	فعَّالية ، كفاية
efflux	سريان
egress	الخروج من مركبة فضائية
egress maneuver	السير في الفضاء
eject release unit	آلية الاسقاط
ejection	قذف ، اخراج
ejection capsule	قمرة القذف
ejection opening	فتحة القذف
ejection seat	كرسي النجاة
ejector pin	مسمار قذاف
elastic	مرن
elasticity	مرونة
elastomer	مادة لدنة
elbow	مرفق ، وصلة مرفقية
electric bias	ترجيح كهربائي
electric induction	تيار دوامي
electric oscillation	ذبذبات كهربائية
electric oven	فرن كهربائي
electric rocket	صاروخ كهربائي
electrical bias	ترجيح كهربائي
electrical resonance	مسنن كهربائي
electrode	قطب كهربائي
electro explosive device	اداة تفجير كهربائي
electro harmonic analyser	محلل الذبذبات الكهربائي (جهاز تحليل الاشارة مهما كان نوعها الى مركباتها الأساسية)
electrolysis	تحليل بالكهرباء
electrolyte	محلول استقطاب (الكتروليت) (محلول يتم بواسطته التوصل الكهربائي بمرافقة تفاعل كيماوي)
electromagnet	مغناطيس كهربائي

electromagnetic كهرومغناطيسي
electromagnetic induction حث مغناكهربي
electromagnetic pulse النبض الكهرومغناطيسي
electromagnetic radiation اشعاع كهرومغناطيسي
electromagnetism مغناكهربية
electrometer كاشف الكهرباء
electromotive force قوة دافعة كهربائية
electron الكترون (وحدة الشحن السالبة)
electron affinity انجذاب الالكترونات
electron beam حزمة الكترونية
electron bomb قنبلة الكترونية
electron gun قاذف الالكترون ، مدفع الكترونات
electronic counter measures اجراءات الكترونية مضادة
electronic fuel injection حقن الوقود الكترونيا
electronic interference تداخل الكتروني
electronic jamming تشويش الكتروني
electronic microscope مجهر الكتروني
electronics علم الاكرتونات او الالكترونيات
electronic reconnaissance استطلاع الكترونيات
electronic security أمن الكتروني
electron tube صمام الكتروني
electroplating الطلي بالكهرباء (طلي المعدن بالكهرباء)
electrostatic field مجال كهربائي ساكن
electrostatics الكهربائية الساكنة
elevated tank خزان مرفوع
elevating mechanism جهاز الرفع (للمدفع)
elevation gear ارتفاع زاوية
elevation quadrant مسواة الارتفاع (بصريات)
eligibility اهلية او جدارة للانتخاب
elite نخبة ، صفوة
embankment إقامة سد ، جسر
embargo حظر ، احتجاز السفن
embarkation ركوب ، تحميل ، اركاب
embossed نافر ، ناتىء
embussing point نقطة ركوب
emergency alarm for hazards انذار طوارىء بالخطر
emergency changes تغيرات طارئة
emergency rations ارزاق طوارىء
emergency road طريق طوارىء
emergency stores مستودعات طوارىء
emery disc قرص صنفرة (زجاج الصقل)
emission
emission control order أمر سيطره البث
emitter باث
emplacement موضع ، محلّ ، مكان
emplane حمّل الطائرة
empty weight الحمل الفارغ
emulsion استحلاب
endurance تحمل (الطيران) (أقصى وقت للبقاء في الجو بكمية الوقود الموجودة في الطائرة)
enemy location تعيين موقع العدو
enemy situation موقف العدو
engineer مهندس
engine mounting قاعدة المحرك
engine nacelle حجرة المحرك
engine oil زيت المحرك
engine specifications مواصفات المحرك
engine strokes اشواط المحرك
engine test stand منصة فحص المحرك
engine timing توقيت المحرك

enhanced radiation الاشعاع المعزز
engraved محفور
en-route في الطريق
enthalpy الانثلبية (المحتوى الحراري) (السعة الحرارية لوحدة الكتلة)
entraining table جدول الحمولة
entrainment تحميل القطار
entrances and exits المداخل والمخارج
environment بيئة ، محيط
environmental engineer مهندس بيئة
epicyclic gear مسنن دوران فني
equalizer circuit الدائرة المكافئة
equipment collecting point نقطة جمع المعدات
equipment depot مستودع المعدات
erector قاذف ناصب
error signal اشارة انحراف
escalation تصعيد
escape hatch كوة النجاة
escort ship سفينة حراسة
estimated time of arrival الوقت المقدّر للوصول
estimated time of completion الوقت المقدر للانجاز
estimated time of departure الوقت المقدر للمغادرة
estimated time of return الوقت المقدر للعودة
estimate of the situation تقدير الموقف
etch يخدش
evacuate يخلي ، يُجلي ، يُفرغ
evacuation (stages) اخلاء (مراحل)
evacuator chamber حجرة تفريغ الغاز
evaluation of information تقييم المعلومات
evaporation تبخر
evasive action عملية فرار ، تملّص
examination of canned food فحص المعلبات
exchanger مبادل
excitation اثارة
exhaust, velocity عادم (سرعة)
exhaustion انهاك
exhaust stroke شوط العادم
exhaust valve صمام العادم
exhaust velocity سرعة العادم
expansion تمدد
expansion, linear تمدد طولي
expansion of gases and liquids تمدد الغازات والسوائل
expansion wave موجة تمدد
expendable قابل للتمدد او للانبساط
expiry date تاريخ انقضاء الأجل المحدد
exploder مفجّرة
exploitation استثمار ، استغلال
explosion تفجير
explosives متفجرات
explosive bolt برغي متفجر
explosive equivalent معادل الانفجار
explosive safety distance مسافة الامان من المتفجرات
extended order ترتيب منتشر
extension adapter منظِّم تمديد
extension on target التوسع على الهدف
external control مراقبة او سيطرة خارجية
extinguisher مطفئة
extra charges نفقات اضافية
extra load حمل زائد
extra low frequency التردد المبالغ الانخفاض
extract يقلع ، ينزع ، يستخرج

extractor	لقّاف ، نتاش
extra duty	عمل اضافي
extrapolation	استنتاج ، استخلاص
extrusion	طرد ، ابعاد ، دفع
eye	حلقة ثقب ، عروة ، فتحة
eyebolt	مسمار ذو عروة
eye guard	حامي العينية
eyes left!	يسارا انظر !
eye lens	عدسة
eyepiece	العينية ، عدسة المجهر
eyes right!	يمينا انظر!
eye shield	واقية للبصر

F

fading خفوت ، اضمحلال

fail safe مؤمن ضد العطل

falling block breech مغلاق قلاب لأسفل

false alarm rate معدل الانذار الزائف (معدل التشويش ويظهر على ساعة معينة في جهاز الرادار)

farad فراد (وحدة السعة الكهربائية)

farm gate operations مساعدة لتنفيذ عمليات وتدريب تعبوي متخصص

fascist فاشي

fastener, interlocking slide رباط انزلاقي

fast moving items مواد سريعة الاستهلاك

fast patrol boat زورق دوريات سريع

fatigue اعياء ، تعب

fatty دهني ، بدين

feedback التغذية الراجعة ، تلقيم ارتجاعي

feed index دليل التغذية

feeding تلقيم (اسلحة)

feel (unit) شعورية (وحدة)

feint attack هجوم مخادع

fender جناح المركبة

ferret satellites اقمار متتبّعة

ferromagnetic عالي النفاذية المغناطيسية

ferrous حديدي

ferry مركب عبور ، ممر

ferry range مدى الانتقال الاقصى

fiberglass زجاج ليفي الشكل

fictive raid غارة وهمية

fidelity دقة اداء ، وفاء ، أمانة

field مجال ، مهبط ، ميدان ، ساحة ، حقل

field artillery observer راصد مدفعية الميدان

field bakery مخبز ميداني

field butchery مسلخ ميداني

field camouflage تمويه الميدان

field coils ملفات المجال (كهرباء)

field cooker on lorry مطبخ ميداني متنقل

field craft مهارة الميدان

field defence دفاعات الميدان

field dressing ضماد الميدان

field equipages تجهيزات الميدان

field equipment معدات الميدان

field exercise تمرين ميداني

field force قوات الميدان

field frame اطار المجال

field glass منظار ميداني

field intelligence officer ضابط استخبارات الميدان

field manœuvers مناورات الميدان

field mines chart لوحة حقول الغام

field of fire ميدان الرمي

field rations أرزاق الميدان
field repairs تصليحات الميدان
field sanitation procedures اجراءات صحيّة ميدانيّة
field training تدريب الميدان
field transport النقل الميداني
field uniform بزة الميدان
field wire سلك ميدان
fifth column الطابور الخامس (عملاء العدو)
fifth wheel صينية سحب (المقطورات)
fighter aircraft طائرة مقاتلة
fighter bomber مقاتلة قاذفة
fighter cover مظلة طائرات
fighter sweep قنص جوي
filament سلك شعري ، خيط
file round مبرد مبروم
filling حشوة
filling and discharging التعبئة والتفريغ
film طبقة رقيقة
filter مصفاة ، مرشِّح
filter element خلية المصفاة
fin زعنفة ، جُنَيْح
final approach اقتراب نهائي (مرحلة هبوط الطائرة)
final bomb release line خط اسقاط القنابل النهائي
final drive ناقل حركة نهائي (دبابة) عجل نقل القوة الى الزنجير (مجنزرات)
final objective الهدف النهائي
final protective fire نار الحماية النهائية
finite deterrence ردع محدود
fire arch قوس الرمي
fire and forget missile مقذوف ذاتي التوجيه
fire and manœuvers الرمي والمناورة

fire control chart مخطط السيطرة على الرمي
fire direction ادارة الرمي
fire control equipment مطفئة حريق ثابتة
fire extinguisher hand pump type مطفئة حريق ذات مضخة يدوية
fire fighting party فريق مكافحة الحريق
fire fighting wing جناح مكافحة الحريق
fire insurance التأمين ضد الحريق
fire orders اوامر الرمي
fire picket party فريق الحماية من الحريق
fire plan خطة نارية
fire power القوة الناريّة (كثافة النيران)
fire prevention منع الحرائق
fire relay مبدلة الرمي
fire retardant مؤخر الحريق
fire salvage party فريق الانقاذ من الحريق
fire section قسم الاطفاء
fire strength قوة النار
fire superior مشرف الاطفائة
fire support coordination centre مركز تنسيق نار الاسناد
fire support coordination line خط تنسيق نار الاسناد
fire tender سيارة اطفاء
fire wall جدار الحريق
firing landyard حقل الرمي
firing order ترتيب الاشعال
firing pin ابرة الرمي
firing position وضع رماية
firing squad شرذمة الاعدام رميا بالرصاص
first line الخط الأول
first line defence خط الدفاع الأول
first line transports نقليات الخط الأول
first lieutenant ملازم اول

fitted for radio communication مجهزة للاتصال اللاسلكي
fixed defense دفاع ثابت
fixed pin إبرة ثابتة
fixed target هدف ثابت
fixed wing gloves قفازات الجناح
flag ship سفينة قيادة
flame bucker حفرة العادم للصاروخ
flame deflector عاكس اللهب
flame out انطفأ المحرك
flaming arrow السهم المشتعل
flange خانة دائرية
flank attack هجوم جانبي او على الجناح
flank protection حماية الاجنحة
flanking headquarters قيادات جنبية
flame out انطفأ اللهب
flame thrower قاذفة اللهب
flap قلاب ، جناح مساعد ، جنيح
flapless landing هبوط دون قلاب
flare قنابل الانارة ، وميض
flash supressor, hide مخفّض الوميض او مانعه
flat circular canopy مظلة دائرية منبسطة
fleet اسطول
flexibility, elasticity مرونة ، لين
flight رحلة جوية
flight commander قائد الرحلة
flight control system نظام السيطرة على الطيران
flight deck سطح طيران
flight information centre مركز معلومات الطيران
flight level علو الطيران
flight path مسار الطيران

flight plan خطة الطيران
flight planning section قسم تخطيط الطيران
flight profile صورة بيانية للطيران
flight routes طرق الملاحة الجوية
flight rules قواعد الطيران
flight safety officer ضابط سلامة الطيران
flight simulator طيران زائف او وهمي
flight surgeon جراح في الطيران
flight test فحص الطيران
flight test vehicle مركبة فحص الطيران
flight visibility مدى الرؤية للطيران
flight worthy صالحة للطيران
fissile bomb قنبلة انشطارية
flint lock الزند المصوَّن
flinty land ارض صوانية
float نتوء (في قماش المصله)
floatation screen ستار تعويم
flow سيل (عدد المركبات في الساعة)
flotilla اسطول صغير
fluid سائل
fluid coupling وصلة سائلة
fluidity and flexibility السيولة والمرونة
flush فيض
flush deck سطح مسطح
fluting تخديد
flux صهيرة اللحم (مادة تساعد على تصهير اللحم وتمنع تأكسده عند ارتفاع حرارته)
flux-cored folder قضيب لحام ذو صهيرة
flux gate بوابة الدفق
flying bomb قنبلة طائرة
flying squadron سرب جوي
flying stress اجهاد الطيران ، إرهاق الطيران
flying wing جناح جوي
flywheel عجل التوازن

flywheel effect خاصية الحذافة (خاصية سريان التيار في دائرات الملف المكثف الموصلة على التوازي)
flywheel housing غلاف عجل التوازن
flywheel rim حافة عجل التوازن
foam extinguisher مطفئة رغوية
focus بؤرة
focal length الطول البؤريّ ، البعد البؤري
foil مزلاق ، رقاقة معدنية
folds of the ground طيات الأرض
folding squads غوارز قابلة للطي
food packing رزم الارزاق
food preparation and cooking تحضير الطعام وطبخه
food program برنامج الطعام
food store مستودع ارزاق
food stuff مواد غذائية
food supplies امدادات او تموينات غذائية
force de frappe القوة الضاربة
foot troops قطعات راجلة
foot withdrawal انسحاب على الأقدام
force ratio نسبة القوى
force structures تشكيل القوة (العسكرية)
forced landing هبوط اضطراري
force maintenance area منطقة صيانة القوى
foreign tender عطاء اجنبي
force foot القائمة الامامية
foresight بعد نظر ، بصيرة
forfeiture (rank or pay) حرمان (الرتبة او الراتب)
forge كور حدادة
forging تشكيل بالطرق (للمعادن)
formation تشكيل
formation of assembly تشكيل التجمع
forming up area منطقة تشكيل
forming up place مكان التشكيل
form of goose eggs شكل موقع بيضوي
fortified position موقع محصن
forward bearing موقع أمامي محصن
forward company سرية امامية
forward control position موقع سيطرة امامي
forward defended positions مواقع دفاعية امامية
forward edge of battle area الحد الأمامي لمنطقة المعركة
forward line الخط الأمامي
forward observing officer ضابط رصد امامي
forward repair time فريق تصليح امامي
four stoke engine محرك رباعي الأشواط
four wheel drive ذو أربع عجلات محركة
fox hole حفرة فردية
fps (ft/sec) قدم / ثانية
fractional charge حمولة مجزأة
fractional orbital bombardment system منظومة القصف المداري الجزئي
fragmentation bombs قنابل انشطارية
fragmentation grenade قنبلة يدوية متشظية
fragmentation shell قذيفة تشظية
fragment distance مدى الشظية
fragments شظايا
frame شكل ، هيكل
free board الجزء الطافي من السفينة
free electron الكترون حر (الكترون موجود في المدار الأخير من مدارات الذرة)
free-fall weapons اسلحة ذات سقوط حر
free from-acid خال من الحموضة
free frontal attack هجوم امامي حر
free lance order دورية حرة

free on board التسليم عن ظهر الشاحنة أو السفينة
free-type parachute مظلة حرة
frequency تردد (كهرباء) او ذبذبة
frequency modulation تضمين التردد
frequency modulator مضاعف التردد
fresh rations ارزاق ، غضة ، طرية (طازجة)
friction احتكاك
friction drive تحريك بالاحتكاك
friendly troops قطعات صديقة
frigate سفينة حربية (فرقاطة)
frog ضفدع ، دؤابة
front axle المحور الأمامي
front bearing حمالة امامية
frontiersmen رجال حدود
front line خط امامي
front of attack جبهة الهجوم
front of operations جبهة العمليات
front of penetration جبهة الاختراق
front sight شعيرة
front unit وحدة امامية
frozen meat لحم مجمد
fuel air explosive وقود جوي متفجر
fuel capacity سعة خزانات الوقود
fuel cell خلية وقود
fuel cooled مبرّد بالوقود
fuel dump مستودع وقود
fuel efficiency فعالية الوقود
fuel filter مصفاة الوقود
fuel filter bowl حوض مصفاة الوقود
fuel gauge مقياس الوقود
fueling تزويد بالوقود
fuel injection حقن الوقود
fuel lines خطوط الوقود
fuel mixture مزيج الوقود
fuel oil زيت معدني
fuel pipes انابيب الوقود
fuel pump مضخة الوقود
fuel rate معدل الوقود
fuel return عودة الوقود رجعة الوقود
fuel shut off وقف الوقود
fuel station محطة وقود
fuel supply تزويد بالوقود
fuel system نظام الوقود
fuel tank خزان الوقود
fuel to oxidizer ratio نسبة الوقود الى المؤكسد
full board حمولة كاملة
full-dress uniform بزة مراسم
full floating كامل التمركز (محور الالية)
full pressure suit بزة ضغط كاملة
full speed سرعة قصوى
full throttle height ذروة الصمام الخانق
full tracked مزنجرة
full wave rectification التقويم الكلي للموجة
fumes أبخرة
functional وظيفي
function check flight رحلة تفقد الاداء (رحلة جوية لفحص اداء اجهزة الطائرة)
fuse (fuse) صهيرة (كهرباء) ، صمام ، مفجر
fuselage بدن الطائرة أو جسمها
fusiliers حملة بنادق

G

gain	كسب (بواسطة دائرة كهربية)
galaxy	مجرة
gallon	جالون
galvanometer	جلفانوميتر (جهاز للكشف عن التيار الكهربائي)
gama rays	اشعة جاما
ganged tuning	تضبيط جماعي
gaps	ثغرات (الفجوات التي تنفتح في حقول الألغام لتأمين المرور الامين للقطعات المتقدمة)
gas alarm	انذار من الغازات
gas attack	هجوم بالغاز
gas cylinder	اسطوانة غاز
gas mask	كمام أو قناع الغاز
gas shell	قذيفة غاز
gas turbine	عنفة غازية
gaseous propellant	دافع غازي
gasket	حشية
gas port	ممر الغاز
gasoline	غازولين او بنزين
gauge	مقياس ، معيار
gauss	جاوس (وحدة قياس من الحث المغناطيسي)
gear	مسنن
gearbox	صندوق المسننات
gear down and locked	العجلات نازلة ومقفلة
gear ratio	نسبة التشبيك
gear shift lever	عتلة التيارات
geiger counter	عداد جايجر (عداد للمواد المشعة)
general	
general headquarter	القيادة العامة
general purpose machine gun	رشاش متعدد الاغراض
general reconnaissance	استطلاع عام
general reserve	احتياط عام
general situation	الموقف العام
general situation map	خارطة الموقف العام
general traffic office	مكتب السير العام
general transport	نقليات عامة
general transport company	سرية النقل العام
generate	يولّد
generator	مولّد
geographic north	الشمال الجغرافي
georef reference system	نظام جيروف (للخرائط)
geo-synchronous	المدار المتزامن مع الارض
geophysical warfare	الحرب الجيوفيزيائية
gilbert	جلبرت (وحدة قياس القوة الدافعة المغناطيسية)
gimbals or gymbals	ذات المحورين

gimbelled متوازن على محاور
gland غدة ، سدادة
glide ينساب ، ينزلق
glide bomb قنبلة شراعية ، انزلاقية
glide path ممر انحداري ، مسار شراعي (زاوية الانحدار الصحيحة للهبوط في الطيران الالي)
glider طائرة شراعية
glideslope منحدر الانسياب ، انحدار شراعي
gliding ration نسبة الانحدار
glim lamps مصباح خافت (مصابيح على البطارية السائلة توضع حول الطائرات في موقعها في الليل)
goggles نظارات واقية
goniometer مقياس الزوايا
goose necks انوار مدارج (مصابيح تعمل على الزيت)
gore مغزل (المظلة)
governor جهاز تحكم
gox اكسجين غاز
grade crossing ممر على مستوى واحد
gradient resistance مقاومة الميلان
graduated vessel وعاء مدرج
grain حبة ، مقدار ضئيل
graph رسم بياني
graphite جرافيت
gravity الجاذبية
gravity bomb قنبلة جاذبية
gravity suit بزة الجاذبية
graze-action fuse صمامة تعمل بالتأثير الاحتكاكي
grease شحم
grease nipple حلمة التشحيم
greasing gun مسدس التشحيم
greasing point نقطة التشحيم
Greenwich meantime توقيت جرينيتش
grenades (hand) قنابل يدوية
grid شبكة
grid north الشمال التربيعي (الشمال المنسوب الى خطوط التربيع (المساحة) على الخرائط)
grinding compound paste معجون السجح او الطحن
grinding stone حجر التجليخ
grip safety أمان المقبض
gripping surface سطح مُنْشِب
grommet عروة معدنية
ground alert انذار ارضي
ground arms! ارضا سلاح!
ground attack هجوم ارضي
ground clearance الفرجة عن الأرض (للمركبة)
ground controlled approach اقتراب متحكم به من الارض
ground equipment failure تعطيل المعدات الأرضية
ground forces القوات الأرضية
ground handing equipment معدات ارضية
ground leader قائد المجموعة
ground observer ضابط ارتباط ارضي
ground reconnaissance استطلاع ارضي
ground resistance مقاومة ارضية
ground sheet مشمع ارضي
ground speed السرعة الأرضية
ground station محطة ارضية
ground support اسناد ارضي
ground support equipment معدات الدعم الارضي

ground straffing ضرب الأهداف الجوية من الارض
ground test فحص أرضي
ground-to-ground ارض ـ ارض
ground visibility مدى الرؤية الارضية
ground wave موجة ارضية
ground zero نقطة الصفر
growler نقارة (جهاز يستعمل لفحص عضو الانتاج في المولد)
growth potential قابلية للنمو
gudgeon pin مسمار المكبس
guerilla warfare حرب عصابات
guerre classique حرب تقليدية
guide stud مهماز موجه
guidance توجيه
guidance radar رادار توجيه
guidance system نظام التوجيه
guide rollers عجلات دليل الجنزير (مزنجرة)
guide surface parachute مظلة موجهة
guided bomb missile قنبلة موجهة
guided weapon سلاح موجه
gun مدفع
gun attack هجوم بالرشاشات
gun boat زورق حربي
gun-out-line قاصر عن المدى (عدم تمكن السلاح من ضرب هدف معين لكون الهدف خارجا عن مدى السلاح)
gun ship دارعة
gun sight مهداف المدفع او البندقية
gun trunnion cantilever مركز الرفع والخفض للمدفع
gust هبة ريح ، تقدير ،
gyroscope, gyrostat جيروسكوب
أداة لحفظ توازن السفينه او الطائرة ولتحديد الاتجاه

H

hacksaw	منشار يدوي (معادن)
hacksaw blade	نصل منشار المعادن
hail	برد
half ration	نص جراية (نصف تعيين)
half track vehicle	نصف مزنجرة
halt	وقفة
halving knob	مفتاح التنصيف
hammer	مطرقة
hammer spring	نابض المطرقة
hammer strut	وصلة المطرقة الانضغاطية
hand brake	مكبح يدوي
hand guard	واقية اليد
hand to hand fight	التحام ، قتال بالسلاح الأبيض
hand wheel	عجلة يدوية
handy hint	دليل مختصر
handy	سهل المنال
handyhint	دليل مختصر
hangar	حظيرة الطائرة
hanging reservoir	خزان معلق
harbour drill	تدريب الالتجاء (للحرب النووية)
hard landing	هبوط مباشر (الهبوط على كوكب دون مساعدة صاروخية مضادة للجاذبية)

hard target	الهدف الصلب
harmonic	توافقي
harmonic analysis	تحليل توافقي
harness	جديلة اسلاك (كهرباء)
harness fittings	تجهيزات الحزام القماشية
harness, (parachute)	حزام المظلة
hasty defence	دفاع عاجل ، سريع
hatch	فتحة ، باب
hatcher	البليطة ، فأس قصيرة
haversack rations	ارزاق طوارىء
hazard classification	تصنيف الخطورة
hazardous fragment density	خطر كثافة الشظايا
head	رأس ، فرد الجزء الضارب من السلاح
head cook	رئيس الطهاة
head resistance	مقاومة الطليعة
head stock	رأس المخرطة
head up display	لوحة / جهاز عرض المعلومات او جدول عرض المعلومات
head wind	ريح معاكسة
headquarters exercise	تمرين قيادات
heat	حرارة ، وطيس ، ضغط
heat and light allowance	بدل تدفئة وانارة
heat engine	محرك حراري
heat exchanger	مبادل حراري

heat of the flight اوار المعركة
heat of vaporization حرارة التبخر
heat resistant مقاوم للحرارة ، مانع الاحتراق
heat shield واقي الحرارة
heat sink مسرب حراري
heat transfer نقل حرارة
heavy assault اقتحام ثقيل
heavy bombardment قصف كثيف
heavy cruiser طراد ثقيل
heavy load حمل ثقيل
heavy water الماء الثقيل
height علو الطائرة
heel of the butt عقب الاخمص
height finder موجد أو مقدّر الارتفاع
helical gear مسنن لولبي
helicopter طائرة عمودية ، مروحية ، سمتية ، حوامة
helicopter drop point نقطة اسقاط من الطائرات العمودية
helium هيليوم ، عنصر غازي خفيف
helix angle زاوية اللولب
helmet خوذة
Henry هنري (وحدة كهربائية)
Hertz هيرتز (وحدة تردد)
hesitator loop انشوطة التوائية ترددية
heterodyne اقتران متغاير (في التردد)
heterogeneous propellant دافع متغاير العناصر
hexode صمام سداسي
high altitude bombing قصف من ارتفاع عال
high angle زاوية عالية
high degree of control درجة عالية من السيطرة او المراقبة
high explosive شديد الانفجار
high level battle combat قتال جوي على ارتفاع عال
high level battle formation تشكيل قتالي على ارتفاع عال
high level cross country طيران ضواح عال
high morale معنويات عالية
high range indicator مؤشر المدى العالي
high-sea عرض البحر ، أعالي البحر
high speed سرعة زائدة او فائقة
high trajectory خط مرور عال
highest possible score اعلى درجة ممكنة
highway code قانون السير على الطرق
hinge and fabling butt ترباس مفصلي ومنخفض
hinge frame اطار مفصلي
hit and run اضرب واهرب
holding operation عملية تأخير
holding point منطقة احتجاز
hollow charge حشوة مجوفة
holy war حرب مقدسة ، الجهاد المقدس
home defence دفاع عن الوطن
homing guidance الالتقاط ، التوليف ، توجيه آلي نحو الهدف
homogeneous propellant دافع متجانس العناصر
honey comb structure بنية خلية النحل
hook scraper مقشاط أعقف
hopper tank خزان ذو قاع مصرِّف
horizontal sliding انزلاق افقي
horn بوق النفير
horse power قدرة الحصان ، وحدة قياس (تساوي ٥٥٠ ليبرة قدم في الثانية)
horse power loading الحمولة للحصان الواحد
hose خرطوم ، انبوب ، وصلة

hostile	عدائي ، عدواني ، معاد
hot configuration	على اهبة الاطلاق
hot launch	الاطلاق الساخن
hot point	النقطة الساخنة (مكان تسخين
	شحنة الهواء قبل دخولها المحرك)
hot pursuit operations	عمليّات التعقّب
	الساخن
hot-wire meter	مقياس ذو سلك ساخن
house clearance	تطهير المنزل (المباني)
housing	غلاف ، مأوى ، مسكن
hovercraft	حوامة (زورق)
howitzer	مدفع قذاف هاوتزر
hull	هيكل (السفينة)
human engineering	هندسة بشرية (فرع يبحث
	في حركة الانسان حول المعدات الالية)
humidity	الرطوبة
humites-killer (submarine)	غواصة قابضة ومدمرة

hybrid	هجين
hybrid engine	محرك هجين
hydraulic system	نظام سوائل
hydraulics	علم السوائل
hydrodynamics	علم حركية السوائل
hydrofoil	حوامة (زورق زلّاق)
hydrogen bomb	قنبلة هيدروجينية
hydrogen peroxide	فوق اكسيد الهيدروجين
hydrostatic level	ميزان الاستواء الهيدروستاتي
hydrometer	حوامة (زورق) زلاقة مائية
hydiene level	مكثاف السوائل
hyperbola	قطع زائد
hypergolic	تلقائي الاشتعال
hypersonic	فرط صوتي
hypotenuse	وتر المثلث
hysteresis	تخلف (مغناطيسي)

I

ice formation	تكوّن الجليد
ice plant	مصنع ثلج
identification friend or foe	تمييز الصديق من العدو
idle speed	السرعة البطيئة (المحرك)
idler	مسنن طليق
idler wheel	العجلة الوسيطة
idling adjustment	ضبط الدوران البطيء
igloo magazine	مخزن ذخيرة
ignite	يشعل
igniter	جهاز اشعال
ignition, advanced	إشعال متقدم
ignition, retarded	اشعال مؤخر
ignition switch	مفتاح الاشعال
ignition timing	توقيت الاشعال
illuminate	ينير
illuminate shell, round	قذيفة انارة
image frequency	تردد صورة الاشارة
image intensification	تركيز التصور
immediate replensishment group	مجموعة التعويض الفوري
impact	اصطدام ، ارتطام ، أثر
impact area	منطقة الاصابة
impedance	معاوقة ، مقاومة التيار الكهربائي
import duty	رسم الاستيراد
imprest	سلفة ، قرض
impromptu support	اسناد مرتجل
impulse	دفع
in charge of inclination	مسؤول عن ميلان
incapacitating agent	عامل شل قدرة
incendiary bomb	قنبلة حارقة
incendiary cartridge	طلقة حارقة
incidence	ورود ، وقوع
incidence angle	زاوية السقوط
indicated air speed	السرعة المبينة
indirect fire	الرمي غير المباشر
individual weapons	اسلحة فردية
inductance	تجنيد ، كهربائية مُحاثّة
inductance coil	ملف محاثة
inductor	محث
inelastic collision	تصادم غير مرن
inert	خامل ، غير فعّال
inert projectile	قذيفة خاملة
inertia	القصور الذاتي
inertial force	قوة القصور الذاتي
inertial guidance	التوجيه بالقصور الذاتي
inertial navigation	ملاحة بالقصور الذاتي
infiltration	تسلسل
inflammable	قابل للاشتعال
information centre	مركز معلومات

information officer ضابط استعلامات
infraction مخالفة ، نقص
infrared light ضوء تحت الأحمر
infrared detector, sensor مجس الأشعة تحت الحمراء كاشف الأشعة
infrared surveillance مراقبة الاشعة تحت الحمراء
infrasonic تحت المسموع
inhibited burning combustion احتراق مكبوح
inhibitor كابح
initial climb تسلق اولي
initial operational capability قدرة التشغيل الأولية
injection system engine محرك يعمل بالحقن
injector محقن
injector nozzle فتحة المحقن
inland water transport نقل مائي داخلي
insecticide مبيد للحشرات
inshore patrol دورية ساحلية
insignia شارة الرتبة
insignia of command شارة القيادة
insignia of merit شارة الاستحقاق
inspection تفتيش
inspection report تقرير التفتيش
installations منشآت ، تركيبات
instructions تعليمات
instruction batallion كتيبة التدريب
instruction plan خطة التعليم
instrument أداة ، آلة
instrument flying طيران آلي
instrument flying rules قواعد الطيران الآلي
instrument landing system جهاز الهبوط الآلي
insulator عازل
insurance policy وثيقة تأمين

integral متكامل ، شامل
integral tank خزان اساسي
integrated circuit دائرة تكاملية
intelligence استخبارات ، اتصال سري ، ذكاء
intelligence annex ملحق استخبارات
intelligence collection plan خطة جمع المعلومات
intelligence diary مفكرة استخبارات
intelligence directorate مديرية الاستخبارات
intelligence estimate تقدير الاستخبارات
intelligence plan خطة الاستخبارات
intelligence records سجلات الاستخبارات
intelligence situation map خارطة موقف الاستخبارات
interception, interdiction اعتراض ، منع
interceptor طائرة معترضة
interceptor missile قذيفة معترضة
intercontinental ballistic missile قذيفة عابرة للقارات
interelectrode capacitance مواسعة الاستقطاب (المواسعة الناتجة عن الأقطاب في صمام)
interface السطح البيني
interference تداخل ، تشوش
interlocking نيران متقاطعة
intermagazine distance فواصل اكداس الذخيرة (المسافات التي تفصل بين مخازن الذخيرة لأجل الأمان من التفجير)
intermediate air command قيادة جوية متوسطة
intermediate objective قذف متوسط
intermediate range missile قذيفة متوسطة المدى
internal security امن داخلي (امن الوحدة)
international date line خط التاريخ الدولي

interpole	قطب بيني
interrupted threads	براغي متقطعة اللولبة
intersection roads	طرق تقاطع
intervalometer	منظم صفيحة التصوير
inverter	عاكس
invulnerability	مناعة
ion	ايون
ionic propulsion	دفع ايوني
ionization	تأيّن ، تأيين
ionize	يتأين ، يؤين
iron fist	القبضة الحديدية
iron-van movement	حركة مؤشر العداد
island bridge	عبّارة جزيرة
issue of rations	صرف الأرزاق
issue voucher	سند صرف

J

jack	رافعة ، مطواة ، مدية جيب
jack cylinder	حامل الرافعة
jacket	سترة ، غلاف معدني لقنبلة او قذيفة
jamming, distortion	تشويش
jerk	نخعة ، رجة ، هزة
jet	نفاث
jet-assisted take-off	إقلاع بمساعدة نفاث
jet engine	محرك نفاث
jet pipe	عادم النفاث
jet propellant	وقود النفاثات
jet propulsion	دفع نفاث
jet stream	تيار العادم ، تيار متدفق (ظاهرة نكون فيها حركة الريح سريعة في اتجاه معين)
jettison	تخفيف الحمولة
jetty	حاجز الماء ، محط السفينة في البحر
jihad	حرب مقدسة
jink	يروغ ، يتفادى
joint	مفصل ، مشترك
joint chiefs of staff	هيئة الاركان المشتركة
joint exercise	تمرين مشترك
joint land/air operations	العمليات البرية / الجوية المشتركة
joint operation center	مركز العمليات المشترك
joule	جول (وحدة طاقة او شغل)
joy stick	عصا القيادة
judge advocate general	نائب احكام
jump jet	طائرة اقلاع وهبوط من مدرجات قصيرة
jumper	وصلة
junction box	صندوق الوصل
junction transistor	ترانزستور الوصل
jury strut	قائم انضغاط

K

kaiser	قيصر ، امبراطور
kaki	لون اصفر مسمر
kamikaze	طائرة انتحارية ، طيار انتحاري
karate keeger	كراتيه ، تدريب رياضي مرتكز على تربية الارادة والسيطرة على الجسم ويستعمل بخاصة للدفاع عن النفس
keel	سفينة
kelvin scale	مقياس كالفن
Kern or kerne	جندي مشاة
kerosine	كيروسين ، كاز
keying	ابراق (طريقة ارسال المورس)
khaki drill	قماش تيل كاكي
kilogram	(١٠٠٠ غم)
killing ground	منطقة قاتلة
kilometer	كيلومتر (١٠٠٠ متر)
kiloton	كيلو طن
kilt	تنورة يرتديها الجنود الاسكتلنديون
kinetic energy	طاقة حركية
kit-bag	كيس مهمات ، حقيبة تجهيزية
klystron tube	صمام كليسترون (صمام ذبذبة سنتمترية)
knapsack	حقيبة الظهر
kneeling supported	الارتكاز على الركبة
knife-type bayonet	حربة ذات نصل
knot	عقدة ، عروة ، مُشكل ، مفتاح
knowledgable	حسن الاطلاع
Kremlin	حصن

L

laboratory	مختبر
laboratory test	فحص مخبري
lack of taper	نقص في دقة الصنع
lagging	متأخر
lance-corporal (sergeant)	جندي اول
	(رقيب)
land defence	دفاع ارضي
landmarks	علامات ارضية
landing gear	عجلات الهبوط
landing group	جحفل انزال
landing zone control party	جماعة سيطرة او
	مراقبة النزول
landing zone marking team	جماعة
	تأشير منطقة النزول
landing point	نقطة النزول
landing zone, area	منطقة النزول
landscape sketch	مخطط منظر ارضي
land warfare	حرب برية
lanyard ring	الحبل العنقي
large scale map	خريطة ذات مقياس كبير
laser	ليزر ، اشعة
laser tracking	تتبع ليزري ، شعاعي
last light	حلول الظلام ، الغسق
lash	جلدة ، مهماز ، ضربة عنيفة ومفاجئة
latch	مزلاج ، سقاطة الباب

latent heat	حرارة كامنة
lateral axis	محور جانبي
lateral boresighting knob	مقبض تسديد
	السبطانة
late scramble	اقلاع فوري متأخر
lathe	مخرطة
latitude	خط عرض
lattice structure	بنية شبكية
launch	يطلق ، اطلاق
launch area, site	منطقة الاطلاق
launch control	السيطرة على الاطلاق
launch tubes	انابيب الاطلاق
launch vehicle	مركبة الاطلاق
launcher	قاذف ، جهاز اطلاق
launch of an attack	شن الهجوم
launching pad	منصّة الإطلاق
launching rail	سكة الاطلاق
launching site	موقع الاطلاق
lay down	الوضع في حوض الميناء
laws of motion	قوانين الحركة
L.C. circuit	دائرة توليف
leading edge	حافة الاقبال ، حافة الهجوم
leaflet	نشرة أو منشور
leaguer	ملجأ دبابات ،
	معسكر حربي ، حصار

leakage	تسرب ، ترشيح
lean mixture	مزيج خفيف
learner driver	سائق مبتدىء
leather washer	حلقات جلدية
left handed	أعسر
leg strap	حزام للساق
length of column	طول الرتل او الصف
lens	عدسة
lens combination	مجموعة عدسات
let down procedures	اجراءات الانزال (للطائرة)
lethal radius	الدائرة الخطرة
lethal dose	جرعة مميتة
level head engine	محرك ذو رأس مستو (محرك ذو صمامات جانبية)
levelling device	جهاز تسوية
lever	عتلة ، رافعة ، مخل
leverage	فعل الرافعة ، فعالية ، قوة
lieutenant	ملازم اول
lieutenant-general	فريق
life-boat	قارب نجاة
life-support system	نظام حفظ الحياة
lift	يرفع ، يُعلّي ، يرقّي
lift force	قوة رفع
liftoff	صعود
light aircraft	طائرة خفيفة
light bomber	قاذفة خفيفة
light cruiser	طراد خفيف
light line	خط الضوء
light repair detachment	مفرزة الاصلاح الخفيف (مجموعة صغيرة من الافراد الفنيين مزودة بقطع غيار للاليات)
light repairs	تصليحات خفيفة
light trolley	عربة خفيفة
lights out	اطفاء الانوار
limber	الجزء الامامي من عربة الدفع
limit load	الحمل النهائي
limit of trace	مدى السير ، صلاحية الطرق
limit switch	مفتاح حدي (كهرباء)
limited attack	هجوم محدود
limited movement	حركة محدودة
line	خط ، صف ، طريق ، سلك ، خيط
line abreast	تشكيل مواجهة (تشكيلات طيران)
line astern	تشكيل تتابعي (تشكيل بالتتابع احده متأخر قليلا وفي نفس المستوى والخط)
line of approach	خط الاقتراب
line of arrival	خط الوصول
line of battle	خط المواجهة
line of departure	خط الخروج
line of deviation	خط الارتفاع
line of fall	خط السقوط
line of flight	خط الطيران
line of impact	خط الاصابة
line of retreat	خط التراجع
line of sight	خط النظر
line of supply	خط الامداد
lineal list	قائمة الاقدمية
lines of communication	خطوط المواصلات
lines of flux	خطوط المجال
linkage	توصيلة الرَّبط
link stripper	نازع الفقرات (اسلحة)
liquid	سائل
liquid coolant	مبرد سائل
liquid hydrogen	هيدروجين سائل
liquid nitrogen	نيتروجين سائل
liquid propellant	وقود سائل
liquid state	حالة السيولة
listening post	نقطة تسمع ـ تَنَصُّت

litre ليتر

litter نقالة يدوية للجرحى ، ركام

load حمولة ، اجلاء

load centre مركز التحميل

load factor عامل الحمل (نسبة معدل الحمل الى الحمل الاكبر)

load line diagram مخطط تحميل (للصناعات الكهربائية)

load record سجل الحمولة

loader جهاز تحميل

loading تحميل

loading plan خطة التحميل

loadline خط التحميل

local air defence commander آمر الدفاع الجوي المحلي

local defence دفاع محلي

local intelligence استخبارات محلية

local internal security column رتل الامن الداخلي المحلي

local warning انذار محلي

localizer محدد الموقع

local oscillator مذبذب موضعي

local protection حماية محلية

location مكان ، موضع

lock bolt ترباس التثبيت

lock mechanism آلية الغلق

locking اغلاق (اسلحة) استعصاء

locking pin مسمار التثبيت

lock stich غرزة اغلاق

lock washer حلقة تثبيت

logbook سجل الطيران والسفينة والاداء

logsheet سجل الحوادث

logging تسجيل

logic circuit دائرة برمجة

logistical training تدريب اداري او لوجستي

logistics الامداد والتجهيز والنقل = السوقيّات

long distance march سير طويل

long halt استراحة طويلة

long range (bomber) بعيدة المدى (قاذفة)

long range patrol دورية بعيدة المدى

long range radar رادار بعيد المدى

longitude خط طول

longitudinal grove تجويف طولي

longitudinal strength صلابة طولية

look-out trench خندق للمراقبة

loop انشوطة ، لفّة

loop antenna هوائي انشوطي

loopstick antenna هوائي بقضيب انشوطي

loose formation تشكيل متباعد

loran (long range navigation) ملاحة بعيدة المدى

loss estimation تقدير الخسائر

lot number رقم المجموعة

low-altitude missile مقذوف منخفض الارتفاع

low angle زاوية منخفضة

low angle fire رمي بزاوية منخفضة

low level area منطقة الطيران المنخفض

low level cross country طيران منخفض فوق الضواحي

low level penetration اختراق على ارتفاع منخفض

low oblique photography تصوير جوي مائل

low order detonation تفجير او صعق بطيء

low-pass filter مرشح ترددات منخفضة

low tension جهد واطىء

lowerslingswivel حلقة الحمل السفلي

lox plant مصنع اكسجين سائل

lox storage خزان اكسجين سائل

lozenge معين (شكل هندسي)

lubricate	يشحّم
lubricant	مشحّم
lubricant film	طبقة تشحيم
lubrication	تشحيم تزييت
lubrication system	نظام التشحيم
luminance	نصوع ، اشراقية
lunar day	يوم قمري
lying position	وضع الانبطاح

M

Mach ماخ (وحدة قياس سرعة متحرك بالنسبة الى سرعة الصوت)
mach wave موجة ماخ (موجة تتكون على أجسام تسير بسرعة فوق الصوتية)
machine آلة ، ماكنة
machine gun مدفع رشاش
machine pistol مسدس رشاش
machinist عامل ماكينة
machmeter عداد ماخ
magamp مضخم مغناطيسي
magazine مخزن ، مستودع
magazine area منطقة المخزن
magazine rifle بندقية ذات مخزن
Maginot line خط ماجينو الدفاعي (فرنسا)
magnetic disc قرص مغناطيسي
magnetic field مجال مغناطيسي
magnetic north الشمال المغناطيسي
magnetic tape شريط مغناطيسي
magnetisation مغنطة
magnetism المغناطيسية
magneto قادح (مغناط) (جهاز لتوليد الشرارة ببعض المحركات)
magnetomotive force القوة الدافعة المغناطيسية
magnetron tube صمام مجنترون

magnification تكبير
magnify يكبر
main armamant تسليح رئيسي
main dressing station محطة التضميد الرئيسية
main fearing الحمالة الرئيسية (مركز دوران عمود المرفق)
main filter المصفاة الرئيسية
main line of supply محور التموين الرئيسي
main line of resistence خط المقاومة الرئيسي
main nozzle فتحة رئيسية
main objective الهدف الرئيسي
mainoperatingbase قاعدة العمليات الرئيسية
main repair تصليح رئيسي
main supply depot مستودع التموين الرئيسي
main supply roads طرق التموين الرئيسية
main tank خزان رئيسي
main wheel عجلة رئيسية
maintain يصون ، يموّن ، يحافظ على ، يتحمل ،
maintenance صيانة . ادامة ، عناية ، حفظ ، تموين ، إعاشة
maintenance area منطقة الصيانة
maintenance instructions تعليمات الصيانة
major رائد
major assembly مجموعة رئيسية

major control السيطرة الرئيسية
major general, brigade لواء
major operation عملية رئيسية
maladjusted سيء الضبط
malfunction سوء الاداء
malinger ادعاء المرض ، يتمارض تهرّبا من الواجب
mandrel مُمْسِك او مساكة العدة
maneuver مناورة
maneuverability القدرة على المناورة
manifold انبوب ، متشعب قنوات ، مُجمِّع
manmade من صنع الانسان
manned aircraft طائرة بقيادة انسان
manned interceptor معترضة يقودها طيار
manning تجهيز بالرجال
manual يدوي ، كتيب ، موجز
manual shift عيار يدوي
map, chart خريطة
map exercise تمرين خريطة
map-matching guidance الاسترشاد بالخارطة
map reading قراءة خارطة
map reconnaissance استطلاع على الخارطة
map scale مقياس رسم الخارطة
map setting توجيه الخارطة
march سير ، زحف
march discipline ضبط السير
maritime marine aircraft طائرة بحرية
marker beacon جهاز دلالة ملاحية (يستعمل في المطارات)
market price سعر السوق
marking team جماعة تأشير
marking of routes تأشير الطرق
markmarship فن التنشين ، مهارة في الرمي
marshaller مرشد الطائرة
marshalling point نقطة الارشاد (نقطة الدخول لأول المدرج للاقلاع)
marshland مستنقع
maser ميزر (تكبير امواج الميكروويف باشارة انبعاث الاشعاع)
mass كتلة ، صخامة ، الجزء الرئيسي
mass detonating (explosives) مشعل عام (المتفجرات)
mass fire رماية كثيفة
mass production انتاج بالجملة
mass ratio معدل كتلي
mast صاري المركب
master aerodrome مطار رئيسي
master console منضدة تحكم رئيسي
master radar station محطة رادار رئيسية
master switch مفتاح رئيسي
match lock اشتعال فتيلي
mate يقترن
material specifications مواصفات المواد
maximum ceiling اقصى ارتفاع للمقذوف
maximum deterrence ردع أقصى
maximum ground range أقصى مدى ارضي
maximum permissible dose الجرعة القصوى المسموح بها
maximumspeed السرعة القصوى
mean sea level مستوى سطح البحر
measures تدابير ، اجراءات
measuring by dipping القياس بالغمس
mechancial advantage الفائدة الالية
mechanical efficiency الفاعلية الالية
mechanical energy الطاقة الالية
mechanism آلية
mechanized infantry unit وحدة مشاة آلية

mechanized reconnaissance unit وحدة استطلاع الية
mechanized patrol دورية آلية
medical supplies امدادات طبية
medium altitude ارتفاع متوسط
medium bomber قاذفة متوسطة
medium observation رصد متوسط
medium range radar رادار متوسط المدى
medium scale map خريطة بمقياس متوسط
message رسالة
medium range air-to-air missile صاروخ جو ـ جو متوسط المدى
meeting engagement معركة مصادمة ، معركة التلاقي
meeting point منطقة الالتقاء
mega (multiplied by one million ميغا، مليون
megaton bomb قنبلة الميغاطن
megaton ميغاطن (مليون طن)
membrane غشاء
meshing تشبيك ، تعشيق (تروس الآلة)
metacenter مركز الطفو
metal hardening تقسية المعدن
metal heat treatment معالجة المعدن الحرارية
metallic fuel وقود معدني
meteor شهاب (نيزك)
meteorite نيزك (يسقط على الارض)
meteorological radar رادار أنواء جوية
methane ميثان ، غاز المستنقعات والمناجم
method of challenging by sentries اسلوب الخفراء في التحدي
metric system نظام القياس المتري
micro- ميكرو بادئة بمعنى « دقيق مكبر »
microwave موجة دقيقة (موجة قصيرة جدا من ٣٠ سم ـ ١ م)

midcourse guidane التوجيه خلال المسار
midget submarine غواصة صغيرة
Mig طائرة ميغ نسبة لميكويان غروينتش
mildew عفن فطري
mild steel فولاذ مطاوع او لينّ
mile per hour ميل بالساعة
mileage table جدول المسافات بالاميال
military attaché ملحق عسكري
military censorship رقابة عسكرية
military correspondance مراسلات عسكرية
military custody التحفظ العسكري
military decoration وسام عسكري
military defence دفاع عسكري
military discipline ضبط عسكري
military district منطقة عسكرية
military drill تدريب عسكري
military duty واجب عسكري
military establishment مؤسسة عسكرية
military estates ممتلكات عسكرية
military intelligence استخبارات عسكرية
military justice القضاء العسكري
military leadership القيادة العسكرية
military mission مهمة او بعثة عسكرية
military occupation احتلال عسكري
military police الشرطة العسكرية
military power القوة العسكرية
military road طريق عسكري
military service خدمة عسكرية
military stores مستودعات الجيش
military symbols رموز عسكرية
military tactics تعبئة عسكرية
military terminology مصطلحات عسكرية
military training تدريب عسكري
military tribunal محكمة عسكرية

militia قوات شعبية وحدات شبه عسكرية
milled ear اذن مخرشة
milling machine آلة التفريز
mine clearing tank, minesweepers كاسحة الغام
mine counter-measures تدابير الغام مضادة
mine aefence دفاع الألغام
mine layer زارعة الغام
minefield حقل الغام
mineral oils زيوت معدنية
mines and body traps الالغام ومصائد الغفلين
ministry of supply وزارة التموين
minimum detterence ردع ادنى
minimum elevation ارتفاع أدنى
minimum safe altitude ارتفاع أمني أدنى
minor assembly مجموعة فرعية
minor repairs تصليحات صغرى
misfire فساد طلقة او اخفاق الاطلاق
missed interception اعتراض خاطىء
missile صاروخ ، مقذوف
missile decoy صاروخ تمويهي
missile strike ضربة بالصواريخ
missile threat تهديد بالصواريخ
missiletrackingradar رادارتعقيب المقذوفات
missile transporter ناقلة صواريخ
missing in action مفقود في القتال
missing pick منسالة
mission accomplished انجزت المهمة
mission report رير المهمة
miter كسحة (متر) (تلاقي السطوح على زاوية)
mix خليط
mixed force قوة مختلطة
mixed minefield حقل الغام مختلط

mixture of weapons خليط من الأسلحة
MKS system نظام متر - كغم - ثانية
mobile air operations team جماعة العمليات الجوية المتنقلة
mobile defence دفاع متحرك
mobile field surgical hospital مستشفى جراحة ميداني متنقل
mobile internal security column رتل الأمن الداخلي السيّار
mobile support group جحفل اسناد سيّار
mobile tank killer patrol دورية
mobility chart لوحة او قائمة الحركة
mobilization تعبئة ، نفير
mobilization plan خطة التعبئة العامة
mock alert انذار وهمي او زائف
mock test فحص تشبيهي
mockup نموذج مشابه او بالحجم الحقيقي
mod تعديل
model, type نموذج ، طراز
modernize يحدِّث
modification تعديل ، تكييف
modified معدل
modulation تنغيم ، تضمين
module وحدة
moment عزم (القوة × المسافة العمودية لمركز الدوران)
momentum زخم (مقدار الحركة)
monitor جهاز المراقبة
monopode احادي القدم
monthly training report تقرير التدريب الشهري
mortar هاون ، مِلاط ، مِهْراس
mortar report تقرير قصف الهواوين
mosaic photography تصوير جوي شامل
motivation حفز ، عرض الأسباب
motive power قدرة دافعة

motor محرك

motor oil زيت محرك

motor starter مشغل المحرك

motorized infantry مشاة ميكانيكية

mottling تخشين ، ترقيط

mould قالب

mount منصب ، قاعدة تركيب

mounted infantry مشاة محمولة

mounting pintle محور ارتكازي محمول

movement control officer الضابط المسؤول عن النقل

movement indentification officer ضابط تمييز الحركة

movement liason section قسم الارتباط للحركة

movement order امر حركة

movement program برنامج الحركة

moving traget هدف متحرك

moving target indicator مؤشر الهدف المتحرك

movement via streets الحركة عبر الشوارع

muffler مخفف الصوت (اشكمان)

multi-cylinder engine محرك متعدد الاسطوانات

multi fuel engine محرك متعدد الوقود

multi role متعدد الأدوار

multi-section charge حشوة مجزأة

mutual assured destruction التدمير المتبادل الأكيد

mutual deterrence ردع متبادل

mutual inductance محاثة تبادلية

mutual support اسناد متبادل

muzzle فوّهة

muzzle attachment متمم الفوهة

muzzle booster معزز الفوهة

muzzle brakes كابح الفوهة

muzzle burst انفجار الفوهة

muzzle loading rifle بندقية تملأ من الفوهة

muzzle velocity السرعة الابتدائية (للطلقة)

N

name plate لوحة هوية السيارة
napalm نابالم ، مادة شديدة الالتهاب
Napoleonic wars الحروب النابليونية
narrow beam شعاع ضيق او محصور
narrow path ممر ضيق
(NASA) national aeronautics and space administration وكالة الفضاء والطيران الامريكية
national command authority سلطة القيادة القومية
national security أمن قومي
natural obstacles موانع طبيعية
nature of land طبيعة الأرض
nautical map خريطة بحرية
nautical mile ميل بحري (١٨٥٢ مترا)
naval assault group جحفل الهجمه البحرية
naval beach group جحفل الساحل البحري
naval gun fire liaison team جماعة ارتباط نيران المدفعية البحرية
naval gun fire spotting team جماعة رصد نيران المدفعية البحرية
navigation ملاحة
navigational chart خريطة الملاحة
navigation head رأس جسر الملاحة
navigator ملاح
needle gun ابرة البندقية
negatron الكترون سالب
neglecting to obey orders الاهمال في اطاعة الاوامر
net explosives weight الوزن الصافي للمتفجرات
net identification sign رمز الهوية على الشبكة
network piping شبكة تمديدات
neutralization اسكات ، إبطال ، شلّ
neutralization fire رمي شل
neutrino نيوترينو (نيوترون ذو كتلة صفرية)
neutron نيوترون
new assumption فرضية جديدة
Newcombes tables جداول نيوكمب (المسافات بين الاجرام السماوية)
nickname اسم رمزي ، لقب تهكمي
night flying طيران ليلي
night interception تقاطع ليلي
night movement الحركة ليلا
night operation عملية ليلية
night practice تمرين ليلي
night stop توقف ليلي
night visibility الرؤية الليلية
night visual reconnaissance استطلاع ليلي
nil degree angle of incidence زاوية اصطدام قدرها صفر

nitroglycerine زيت شديد التفجر
no-fire line خط عدم الرمي
no-mans-land الاراضي الحرام
nominal bomb قنبلة ذرية تقليدية (طاقتها على طن ت . ن . ت)
non-battle injury اصابة خارج المعركة
non-commissioned officer ضابط صف
non-directional radio beacon مرشد لا اتجاهي
non-military resistance مقاومة غير عسكرية
non-scheduled period حصة غير مُدْرجة
normal charge حشوة اعتيادية
North Atlantic Treaty Organization (NATO) منظمة حلف شمال الأطلسي (ناتو)
north pole القطب الشمالي
north seeking effect ظاهرة الاتجاه شمالا
North Star نجم الشمال او نجم القطب
northing السير شمالا
nose انف (مقدمة الشكل الانسيابي)
nose drag اعاقة المقدمة
nose wheel العجلة الأمامية
notam(noticetoairmen) ملاحظة الجنود الجو
noxious gas غاز ضار
nozzle مسرب ، فتحة ، فوهة
nozzle efficiency فاعلية الفتحة
nozzle throat عنق الفتحة
nuclearaircraft حاملة طائرات نووية
nuclearattacksubmarine غواصة نووية هجومية
nuclear bomber قاذفة نووية
nuclear burst report تقرير انفجار نووي
nuclear cloud طائرة نووية تقدير التدمير النووي
nuclear damage تدمير نووي
nucleardamageassessment تقدير التدمير النووي
nuclear dazzle البهر النووي
nuclear defence دفاع نووي
nuclear exchange محرك نووي
nuclear fission انشطار نووي
nuclear fuel وقود نووي
nuclear fusion التحام نووي
nuclear killing zone منطقة القتل النووي
nuclear missile صاروخ أو قذيفة نووية
nuclear-powered يعمل بطاقة نووية
nuclear propulsion دفع نووي
nuclear radiation اشعاع نووي
nuclear reactor مفاعل نووي
nuclear reconnaissance استطلاع نووي
nuclearround قذيفة اوقنبلة نووية
nuclear safety line خط الأمان النووي
nuclear strike warning انذار الضربة النووية
nuclear surface burst انفجار نووي على السطح
nuclear targets analysis تحليل الأهداف النووية
nuclear vulnerability assessment تقدير مدى التعرض النووي
nuclear warfare الحرب النووية
nuclear weapon سلاح نووي
nucleon نوكلون (احد مكونات النواة للذرة)
nucleus نواة
nuisance minefield حقل الغام ازعاج
null باطل ، معدوم
nursing تمريض
nut صمولة ، بندقة ، جوزة

O

objection	اعتراض ، معارضة
objective	واجب ، هدف
objective test	اختبار موضوعي
oblique aerial photograph	صورة جوية مائلة
observation of fire	رصد النيران
observer	مراقب ، راصد
observer balloon	منطاد الرصد
observer centre	مركز الراصد
observer line	خط الرصد
observer-target line	خط راصد ـ هدف
obstacles	موانع
obsolete clogged	قديم ، تجاوزه الزمن
obstructed	مسدود
obturation	انسداد
occultation	حجب ، ستر
octane number	نسبة الاوكتين (بالبنزين)
	(لقياس نسبة صفاء البنزين)
octane rating	درجة الاوكتين (بنزين)
odometer	عداد المسافة او الدورات
offensive air support	اسناد جوي تعرضي
offensive avionics	اجهزة الملاحة الهجومية
offensive combat	قتال تعرضي
offensive defence	دفاع تعرضي
offensive fire plan	خطة نارية تعرضية
offensive operations	عمليات تعرضية

offensive patrol	دورية تعرضية
offensive spirits	معنويات القتال ،
	الروح الهجومية
office hours	ساعات الدوام أو العمل
officer evaluation report	تقرير تقويم الضابط
officer in charge of pay	ضابط رواتب ،
	ضابط امين صندوق
officer's day	يوم الضباط
officer's duty	مناوبة الضباط
officer's record	سجل الضباط
officer's record of service	سجل خدمة
	الضباط
off route	خارج عن المسار
offshore patrol	دورية بحرية
ohmeter	مقياس المقاومة الكهربائية
Ohm's law	قانون اوم
oil bath airfilter	مصفاة هواء زيتية
oil buffer	مخمد زيتي
oil cooler	مبرد الزيت
oil depot	مستودع زيوت
oiler	مزيتة
oil film	غشاء زيتي
oil flow	دفق الزيت
oil gauge	مقياس أو بيان الزيت
oil index	مؤشر الزيت

oil leakage	تسرب الزيت
oil level	مستوى الزيت
oil pan	حوض الزيت
oil pipe	انبوب الزيت
oil piping	تمديدات الزيت
oil pressure	ضغط الزيت
oil pump	مضخة الزيت
oil rings	حلقات الزيت
oil seal	حافظة زيت
oil sump	الحوض السفلي للزيت
oil thrower	قاذفة الزيت
on active service	في الخدمة
one day's supply	تموين يوم واحد
one-sided exercise with troops	تمرين بقطعات بجانب واحد
one up (tank)	دبابة في الامام
opaque	معتم
open	مكشوفة ، مفتوحة
open breech system	اسلوب المغلاق المفتوح
open front sight	فتحة التسديد الامامية
open ground, country	ارض مكشوفة
open head spanner	مفتاح ربط
open line	خط الفتح
opening assumption	فرضية افتتاحية
opening of fire	فتح النار
open rear sight	فتحة التسديد الخلفية
operating	المطلوب عمله (كمبيوتر)
operating lever	عتلة التشغيل
operational rod	قضيب المدك (اسلحة)
operational analysis	تحليل العمليات
operational command	قيادة العمليات
operational duties	واجبات العمليات
operational environment	بنية العمليات
operational intelligence	استخبارات العملية
operational reserve	احتياط العمليات
operational room	غرفة العمليات
operational readiness platform	منصة الطائرات المتأهبة للعمليات
operational value	القيمة التعبوية
operation order	امر عمليات
operation plan	خطة العمليات
operative	فعّال ، جراحي ، شرطي سري
ophthalmic	عيني
optical	بصري
optics	علم البصريات
optimum height	ارتفاع أمثل
optimumheightofburst	ارتفاع امثل للانفجار
option	خيار
oral order	امر شفوي
orange force	قوة برتقالية اللون
orange sour	برتقال مر
orange sweet	برتقال حلو
orbit	مدار
orbital frequency	التردد المداري
orbital glider	حركية انزلاق مدارية
orbital speed	دورة مدارية
orbital period	سرعة مدارية
orbital velocity	سرعة مدارية
ordnance	معدات حربية ، عهدة
ordnance workshop	ورشة تسليح
order	أمر
orderly officer	ضابط خفر
order of battle	نظام المعركة
order of deployment	اوامر الانفتاح
order of the day	امر يومي
orders group	جماعة الاوامر
orienting line	خط التوجيه

origin points نقاط الأصل
o-ring gasket حشية دائرية
orion كوكب الجبار ، الجوزاء
orsted اورستد (وحدة شدة مجال المغناطيسي)
oscillate يتذبذب
oscillator مذبذب
oscillograph راسم الذبذبات
oscilloscope مكشاف الذبذبة او راسم كهربائي
outburst انفجار
outer band سوار خارجي
outer planet الفضاء الخارجي
outline plan خطة مجملة
outer space الفضاء الخارجي
out flanking التفاف من الجناح
out going mail البريد الصادر
outleap يهاجم (للمحاصرين)
out of action معطل
out of phase متفاوت الطور
out of range خارج المدى
outputshaft عمودنقل الحركة
out riggers مصاطب ناتئة ، ركيزة
outskirts مشارف

outstanding points نقاط بارزة
oval بيضوي
overall بزة او لباس العمل
over flow, flush فيض
overhaul تصليح او ترميم شامل
over head spanner مفتاح ربط
over head valve صمام علوي
over heating فرط احماء
over kill اسراف في القتل او التدمير
overlap تراكب ، تشابك ، تداخل
overlay شفاف (ورق شفاف يعد لنقل المعلومات المتعلقة بخطة توضيح برسم رموز عليه معينة ومتعارف عليها)
overrunning clutch قابض منزلق (قابض يعمل ابعد سرعة دوران محددة)
overshoot الغاء عملية جاوز الهدف ، رمى طويلا الهبوط بعد الاستعداد ، بتجاوز الحد
overstrain اجهاد زائد
oxy-acytelene welding اللحم بالاوكسجين والاستيلين
oxidant مؤكسد
oxidizing flame لهب مؤكسد

P

pack opening bands	اشرطة فتح المظلة
«pack-up»	للرحيل استعد !
pad	منصة الاطلاق ، وسادة
paint thinner	مخفف الدهان
pair landing	هبوط زوجي
palm	رمز الانتصار العسكري
pamphlets	كراسات
panorama	منظر شامل ـ بانوراما
panoramic	شامل الرؤية ـ بانورامي
parabolic	قطع مكافىء
parabrake	مظلة ايقاف
parachute assembly	مجموعة المظلة
parachute, chute	مظلة
parachutedeployment height	ارتفاع فتح المظلة
parachute dropping	نمط انزال المظليين
parachute logistics regiment	لواء اداري مظلي
parachutists	جنود المظلات
parade	عرض ، استعراض ، موكب
parallax	اختلاف المنظر ، زيغان
paraxllax erro r	خطأ الاختلاف النظري
parallel circuit	دائرة متوازية (كهرباء)
parallel tapered	مفروز بالتوازي
parapet	حاجز ، ساتر ، متراس
paratrooper	مظلي
paravane	جرافة الالغام (في البحار)
parking area	منطقة الوقوف
parking plan	خطة الوقوف
party	حضيرة (جماعة)
passing lights	اضواء المرور
passive counter measures	اجراءات مضادة سلبية
passive defence	دفاع سلبي ، مستكن
passive guidance	توجيه ضمني (توجيه بواسطة جهاز يبرمج مقدما قبل الانطلاق)
passive homing	اعادة ضمنية (العودة الى الهدف بعد تسليم الاشارة)
passive jamming	تشويش سلبي
passive night vision system	جهاز سلبي للرؤية الليلية
passtime	وقت الاجتياز
password	كلمة السر
patent	ترخيص براءة اختراع
patrol	دورية ، خفر
patrol aircraft	طائرة دورية
patrol boat	زورق دورية
pattern, model	نموذج ، نمط ، طراز
pawl	مخلب ، كلّاب ، ممسكة
payload	حمولة بأجرة
peace establishment	مِلاك السلم

peak inverse voltage ذروة الفولتية العكسية
pedal دوّاسة ، دعسة
peening الطرق (بحد المطرقة)
peep sight assembly مجموعة التسديد البصرية
peg وتد ، إسفين ، ملقط
penetration اختراق
penetrative power قدرة الاختراق
penetration aids وسائل الاختراق المساعدة
pentagrid شبكة خماسية
pentode صمام خماسي
penumbra شبه الظل
percussion cap كبسولة (غطاء المصادمة)
percussion charge حشوة القَدْح
percussion fire رمي المصادمة ، التهاب بالقدح
percussion hammer مطرقة القدح
percussion rifle بندقية تعمل بالقدح
performance انجاز ، أداء
performance analysis تحليل العمل
perigee الحضيض القمري (اقرب نقطة في مدار القمر الى الارض)
perimeter defence دفاع دائري
periscope مرقب الغواصة
permanent echo صدى ثابت أو دائم
permeability نفاذية (للضوء المغناطيسي)
permitivity قابلية التمرير (كهرباء)
personnel grenade قنبلة يدوية ضد الافراد
personnel management ادارة شؤون الافراد
personnel radio communication اتصالات لاسلكية للافراد
petroleum oil and lubricant نفط أو زيت معدني وتشحيم
petroleum point نقطة بنزين
petroleum pump مضخة البنزين
phase angle زاوية الطور
phase compensator معادل او معوض الطور (تعويض الاختلاف في طور الموجة في اثناء مرورها من وسط الى آخر انعكاسها)
phase delay distortion تشوه التعوق الطوري (تشويه شكل الموجة في اثناء انتقالها من مرحلة تكبير الى اخرى داخل الاجهزة .
phase in متوافق الطور
phase inverter محول زاوية الطور
phase line خط التبليغ او التقارير
phase, out of متفاوت الطور
phobos, phoebus فوبوس (احد اقطار المريخ)
phony minefield/dummy minefield حقل ألغام صوري
phony war حرب كاذبة
photo cell خلية ضوئية
photocopying استنساخ فوتوغرافي
photograph interpretation تحليل الصور
photographic reconnaissance استطلاع تصويري
photography تصوير
photo map خريطة تصويرية
photometer مقياس شدة الاضاءة
photometry القياس الضوئي (الفوتومترية)
photon فوتون ، وحدة الكم الضوئي
physical fitness لياقة بدنية
physicalsecurity الأمن البدني او المادي (الاجرائي)
physical training رياضة بدنية
pickling معالجة بمحلول حمضي
pick up message رسالة ملتقطة
picofarad بيكوفاراد (جزء من المليون من الفاراد)
piercing cartridge خرطوشة خارقة

piezoelectric effect ظاهرة كهربائية الاجهاد (الضغط)
pigeon to base من الطائرة الى القاعدة (نداء عودة)
piggyback satellite قمر محمول
piling up تكديس ، تكويم
pillar نصب تذكاري ، دعامة عمود
pill-box دشمة ، مترسة للمدافع
pilot طيار ، مُرشد
pilot chute (pilot parachute) المظلة المساعدة
pilotless aircraft طائرة دون طيار
pincer movement حركة الكماشة
pinion مسننة ، مسنن صغير
pinpoint يحدد بدقة
pin point photography تصوير نقطوي او مُحكَم
pin vice ملزمة يدوية
pintle محور ارتكاز رأسي
pipe coupling قارنة انابيب
pipe fittings وحدات الانابيب
pipe head رأس انبوب
pistol مسدس
pistol grip قبضة المسدس
piston clearance خلوص المكبس (المسافة بين المكبس والاسطوانة)
piston displacement ازاحة المكبس
piston head رأس المكبس
piston pin مسمار المكبس
piston ring طوق المكبس
piston rod ذراع المكبس
pitch فرجة التسنين (المسافة بين مسننين متتالين) ، تموج ، مَيْل ، انحدار
pitch circle دائرة الفرجة او الخطوة
Pitman arm ذراع توصيل ، عامل منجم

pivot محور ارتكاز ، قطب
plan خطة ، مخطط ، مشروع ، تصميم
plan of defence الخطة الدفاعية
plan of occupation طريقة الاحتلال
plan of maneuver خطة المناورة
plane position indicator محدد موقع الطائرة ، شاشة تحديد الموقع (جهاز رادار يظهر على شاشة ارتفاع الهدف وبعده واتجاهه)
planet كوكب
planetary gears مسننات كوكبية او تابعة
planishing hammer مطرقة تسطيح
plano-convex lens عدسة محدبة مستوية
plasma بلازما (خليط من ايونات موجه والكترونات ونيترونات)
plastics لدائن ، بلاستيك
plate مهبط ، صفيحة ، لوحة ، طبق ، قرص
plate resistance مقاومة المهبط
plate saturation اشباع المهبط
platoon فصيلة ، شرذمة
platoon and company weapons اسلحة الفصيل والسرية
pliers زردية ، كماشة
plug سدادة ، مصَدّ ، قابس
plugtap محبس سدادي
plunger دافعة ، مكبس
plunging fire رمي غاطس
pluto بلوتو (الكوكب التاسع للشمس)
pneumatic مختص بالهواء والغازات
pocket band شريطة تقوية
pocket battleship بارجة صغيرة
pod tank خزان خارجي
point check نقطة التفقد
point command مكان القيادة
point defence دفاع نقطوي

pointer	مؤشر الخريطة
point of accumulation	نقطة التجمع
point of attack	نقطة الهجوم
point of balance	نقطة التوازن
point of disembarkation	نقطة النزول من الاليات
point of no return	نقطة اللاعودة
point target	هدف نقطي
poison gas	غاز سام
polarity	قطبيّة
polarization	استقطاب
pole	قطب
pole charge	حشوة تدفع أو تُدَكّ بعصا
poppet	صمام قفاز (لاقط يعمل بواسطة نابض)
poppet valve	صمام قفاز
port arms	حملا سلاح او « عاليا احمل »
portable	قابل للحمل
position defence	دفاع موضعي
posture	وضع ، وقفة ، جلسة
potential difference	فرق الجهد
potentiometer	الطاقة الكامنة
potential energy	مقياس فرق الجهد
power	قدرة ، طاقة
power assembly	مجموعة القدرة
power circuit	دائرة القدرة
power factor	عامل القدرة
power of endurance	القدرة على التحمل
power plant	مجموعة او قوة محركة
power steering	سياق آلية
powerstroke	شوط القدرة او الشوط المحرك (الشوط الناتج عن احتراق الوقود داخل المحرك)
power supply	مصدر القدرة او التغذية
power train assembly	مجموعة نقل القدرة
power unit	وحدة طاقة
practice bomb	قنبلة تمرين
pratice charge	حشوة تمرين
practice flame out	التدريب على اطفاء المحرك
practice forced landing	التدريب على الهبوط الاضطراري
practice grenade	قنبلة يدوية للتمرين
practice interception	اعتراض تدريبي
practice lying down	رمي الانبطاح
practice shell	قذيفة التمرين
practice shot	طلقة تمرين
pre-amplifier	مكبر اولي
pre-arranged fire	رمي مدبر
precision fire	رمي دقيق
predicted fire	رمي التنبؤ او رمي بحسب الخريطة
predicted firing	رمي متوقع
pre-emptive attack	الهجوم الوقائي
pre-flight check	فحص قبل الطيران
preliminary demolitions	تخريبات تمهيدية
preliminary instructions	تعليمات اولية
premature discharge	رمي مبكر او سابق لأوانه
preplanned air support	اسناد جوي مدبر
presentation of situation	عرض الموقف
prestet arm	سلاح مضبوط مسبقا
pressure suit	بزة ضغط
pressurized suit	بزة مكيفة الضغط
pressurized water reactor	مفاعل الماء المضغوط
preventive maintenance	صيانة وقائية
primary cell	خلية اولية او ابتدائية

primary coat دهان اساسي
primary target هدف اساسي
primary windings لفائف اولية
primer, torch مشعل ، فتيل
primitive atmosphere جو بدائي
prisoner اسير ، سجين
prisoner of war اسير حرب
prism منشور
prismatic منشوري ، لماع ، براق
private venture مجازفة خاصة
probable line of deployment خط الانفتاح المحتمل
probe مسبار ، مجس
procedures اجراءات ، خطط ، مناهج
procurement adjutant ركن التزويد
production control السيطرة على الانتاج
prohibited area منطقة محظورة او محرمة
program evaluation and review technique اسلوب تقييم البرنامج ومراجعته
projectile مقذوف ، قذيفة
prominent post مركز هام او بارز
promotion ترقية تقدُّم ، نشْر
promulgation of proceedings نشر او اذاعة الاجراءات
prone position وضع الانبطاح
proof shot طلقة تجربة
propagating explosion انتشار التفجير
propellant activated device جهاز يشغل بالدفع
propellant charge حشوة دفع
propeller shaft, fan مروحة دافعة
propeller عمود الدفع
propulsion دفع
protection at rest الحماية في الاستراحة
protective clothing الملابس الواقية
protective minefield حقل الغام وقائي
protective patrol دورية الحماية
proton بروتون ، جزء من الذرة
protoplanet كوكب ناشيء
protosun شمس ناشئة
prototype نموذج اولي ، بدائي
providing تموين ، إمداد
proximity تقاربية ، تقارب
psychological warfare intelligence استخبارات الحرب النفسية
pulley بكرة ، اسطوانة
pullover gauge مقياس الجوف (اسلحة)
pull-up cord رباط الشد
pulse نبْض
pulse generator factor عامل مولد النبضات
pulse jet محرك نفاث
pulse length discriminater مميز طول النبضة
pulse per second نبضة في الدقيقة
pulse reoccurence frequency تردد تكرار النبضات
pulse width عرض النبضة
pump منفاخ ، مضخة
punch مثقب
punch card بطاقة تثقيب
purge pump مضخة تنظيف او تفريغ
push rod قضيب الدفع
putty معجونة
pylon عمود الحمولة (على بطن الطائرة وجناحها)
pyropheric fuel وقود يشتعل بملامسة الهواء
pyrotechnics علم المتفجرات او الأسهم النارية وصناعتها

Q

quasar كوازر (مجموعة المجرات على بعد ٢ - ١٠ مليون سنة ضوئية من درب التبانة وتظهر كأنها نجم)

quenching تبريد بالسقي

quick fire رمي سريع

quick fire plan خطة نارية سريعة

quick march سريعا سر

quick release valve صمام سريع الفتح

quick snub connector وصلة خطف

quoit حلقة الرمي لتطويق الاوتاد

QDM (magnetic bearing) الاتجاه المغناطيسي

Q.H.H (aerodrome level pressure) الضغط الجوي على المدرج

Q.T.E true bearing الاتجاه الحقيقي

quadrant elevation زاوية الارتفاع

qualified medical aid علاج طبي مؤهل

quality control مراقبة النوعية ، ضبط الجودة

quality standard معيار الجودة

quarry كل ما يطارد او يهاجم

quarter master ضابط العهدة

quarters معسكرات ، تكُن

R

race سباق ، سلالة ، شوط ، سرعة
rad وحدة قياس الجرعة الشعاعية
radar رادار
radar altimeter مقياس ارتفاع راداري
radar area guidance system رادع
radar bombing قصف باستخدام الرادار
radar counter-measures تدابير رادار مضادة
radar cross section رادار ذو قاطع عرضي
radar coverage تغطية رادارية
radar fire رمي باستخدام الرادار
radar homing موجه راداريا ، توجيه راداري
radar lock on الهدف محصور
radar netting شبكة رادار
radar ranging تحديد المدى راداريا
radar surveillance مراقبة رادارية
radar prediction control جهاز تنبؤ راداري
radial شعاعي
radial engine محرك دائري
radial fins زعانف نصف قطرية
radiant energy طاقة اشعاعية
radiation اشعاع
radiation dose جرعة الاشعاع
radiation hazard خطر الاشعاع
radiation situation map خريطة موقف الاشعاع
radiator مشع (للتبريد والتسخين)
radio control تحكم لاسلكي
radio frequency تردد راديوي
radio jamming تشويش لاسلكي
radiological defence دفاع اشعاعي
radiological safety أمن الاشعاع
radiological survey party جماعة المسح الاشعاعي
radio vehicle مركبة لاسلكية
radius of action مدى العمل
radius of combat mission مدى قتالي
radome غطاء هوائي الرادار
rafts عوامات ، أطواف
raid patrol دورية الغارة
rail head رأس سكة
rail loading تحميل القطار
rain return تشويش مطري
railway transporatation officer ضابط الحركة في المحطة
raising تعويم
ram pocket propulsion دفع صاروخي تضاغطي
ramjet engine محرك نفاث تضاغطي (محرك يولد قوة دفع بواسطة ضغط الهواء باتساع مجرى الهواء ثم حرق الوقود به)

ramjet missile	قذيفة تضاغطية
rammer	مدك
ranged	مدى (السلاح)
range card	بطاقة المدى
range drum	اسطوانة أو طبلة المدى
range finder	مُقَدِّرة المدى ، جهاز تقدير المسافات
range finder end windows	فتحات مقدِّرة المدى
range resolution	تحليل المدى
range table	جدول الرمي
rapid demolition device	وسيلة تفجير سريعة
rasp	مبرد الخشب
ratchet	سقاطة
rated altitude	ارتفاع مقدر
rate gyro	جهاز نسبة جايرو
rate of fire	سرعة الرمي
rate of marching	معدل السير
rate signal	نسبة تغيير الاشارة
ration meter	مقياس النسبة
ration	ارزاق ، جرابة ، تعيين
ration book	بطاقة تموين
ration indent	طلب ارزاق
raw recruit	مجنّد مستجد
rayon	حرير اصطناعي (الريون)
R.C. circuit	دائرة مكثف ومقاومة
reaction time	زمن التفاعل
reactor	مفاعل
readiness condition	حالة الاستعداد
ready reserve	احتياط جاهز
reamer	مقوّرة ، موسع الثقوب
reap	يجني ، يكسب،
rear, breech	مؤخر ، مغلاق
rear area	المنطقة الخلفية
rear area protection	حماية المنطقة الخلفية
rear area security	أمن المنطقة الخلفية
rear axle	محور خلفي
rear cover	الغطاء الخلفي
rear party	جماعة المؤخرة
rear sight	مُسدِّدة خلفية ، موجِّه
rebounding hammer	مطرقة وثابة
rebroadcasting	اعادة البث
recce (officer)	استطلاع (ضابط)
receipt voucher	سند ايراد او تسليم
receiver	مستقبلة ، علبة الترباس
receptacle	مقيس علبة توصيل كهرباء (مجمع اسلاك كهربائية)
recess for ammunition	حفرة الذخيرة
reciprocating engine	محرك ترددي
reclassification	اعادة تصنيف
recoiless	عدم الارتداد
recoil mechanism	آلية الارتداد
recoil system	جهاز ارتداد
reconnaissance	استطلاع
reconnaissance and under water demolition group	جحفل الاستطلاع والتخريب تحت الماء
reconnaissance battalion	كتيبة استطلاع
reconnaissance by fire	استطلاع بالرمي
reconnaissance group or patrol	جماعة الاستطلاع
reconnaissance in force	استطلاع بالقوة (وسيلة عسكرية تستخدم للتقدم باتجاه العدو ، لاجباره على الرماية لتحديد اسلحته ومواقعه)
reconnaissance mission	مهمة استطلاع
reconnaissance of position	استطلاع الموضع
reconnaissance party	جماعة استطلاع

reconnaissance photography تصوير استطلاعي
reconnaissance plane طائرة استطلاع
reconnaissance report تقرير اسبوعي
reconnaissance satellite قمر استطلاع
record firing مباراة رمي
records of administration سجلات الادارة
recovery tank دبابة انقاذ
recovery team فريق انقاذ (بخدة)
recreation camp معسكر استجمام
recruiting centre مركز تجنيد
rectruiting officer ضابط التجنيد
recruiting party مفرزة التجنيد
rectified air speed السرعة الجوية المصححة
rectifier مصحح ، مقوم (مادة تقوم التيار المتناوب الى تيار مباشر)
Red Planet Mars المريخ
reduced charge حشوة ناقصة
reduction انقاص ، تخفيف ، تصغير
reduction socket وصلة تنقيص (لتدقيق الجهد الكهربائي)
re-entry العودة الى جو الارض
reference مرجع ، وثيقة ، مستند
reference line خط دلالة أو مرجع
refit ترميم ، تجديد ، اصلاح
reflecting sight نظارة عاكسة
reflection انعكاس
reflector عاكس
reflex sight جهاز الرؤية العاكس
refraction انكسار الضوء
refractive index معامل الانكسار
refueling اعادة التعبئة
regiment كتيبة ، فوج
regimental aid station محطة اسعاف الكتيبة
registration fire رمي تسجيل
regrouping اعادة التجميع
regulation of movement تنظيم الحركة
regulator منظم
rehearsal تجربة ، تمرين ،
re-home العودة الى القاعدة
rehostat مقاوم متغير (كهرباء)
reinforcement تعزيز ، تقوية
relative permeability النفاذية النسبية
relay وسيط ، تناوُب ، ترحيل
relaxation oscillator مذبذب التراخي
release altitude ارتفاع الاسقاط او الاطلاق
release bearing حماية الفصل
release point نقطة انطلاق
releasing commander آمر الاطلاق
reliability وثوقية
relief battalion كتيبة التبديل او التعزيز
relief in contact التبديل في اثناء التماس
relief map خريطة بارزة
relief valve صمام الأمن
reluctance ممانعة
remote control التحكم او السيطرة عن بعد
removable connector link وصلة عزل (حلقة عزل في الموصل يتم التوصيل لدى عزلها)
rendezvous ملتقى ، موعد
rendezvous of meeting موعد الاجتماع
repair تصليح
repeating gun سلاح تكراري
replacement of contract تبديل العقد
replenishment تعويض ، سد النقص
report تقرير ، بيان ، محضر ، مذكرة
report line خطة تقرير او تبليغ
repulse صدّ ، دحر ، رفض

resection	تقاطع خلفي
rescue station	محطة انقاذ
reserve	احتياط ، ابقاء ، حفظ
reserve platoon	فصيلة احتياط
reservoir	خزان ، حوض
residual pressure	الضغط المتبقي
residual radiation	اشعة متبقية
resistor	مقاوم
resonance	رنين
rest area	منطقة الاستراحة
restricted area	منطقة محظورة او ممنوعة
retaining lug	لاقط المخزن (اسلحة)
retaliatory	نيران انتقامية
retired reserve	احتياط المتقاعدين
retraceable	ارتدادي
retraction	انكماش ، انضواء ، ضم
retrieval system	جهاز خزن المعلومات
retrograde	متراجع ، تراجعي
retrograde defence	دفاع تراجعي
retrograde motion	حركة تراجع
retrograde movement	حركة تراجعية
retrogression	تراجع
retrothrust	دفع رجعي
return spring rod	ساق نابض الارجاع
reverse-current relay	مبدل تيار عكسي
reverse slope defence	دفاع السّفح الخلفي
reverse thrust	دفع عكسي
revetment	جدار حاجز (للمتفجرات)
revolution	دورة ، ثورة ، دوران
revolution per minute	دورة في الدقيقة
revolver	مسدس
rheostat	مقاوم متغير ، مُنظِّم
rhumb line	خط السير المنحرف
rich mixture	مزيج مشبع ، ثقيل

ricochet	طلقة مرتدة
ricochet burst	انفجار تنططي
ricochet fire	رمي تنطط
rifle	بندقية
rifled arm	سلاح محلزن
rifling	حلزنة (لولبة السبطانة)
rill	اخدود (في القمر)
rim	حافَة ، حرف ، إطار
ring wall	حافة السور او الحائط
riot control agent	اداة السيطرة على الشغب
rip-cord assembly	حبل الفتح (للمظلة)
rip-cord grip	مقبض حبل الفتح
rip-cord housing	غلاف حبل الفتح
rip-cord pin locking	مسمار الامان
ripple	مويجة ، خرير
rip-stop nylon	مانعة تمزق (نوع من النايلون)
river crossing	عبور الانهار
river line	خط النهر
rivet	يبشم ، يثبت باحكام
road discipline	ضبط السير
road guide	مرشد الطريق (دليل)
road junction	ملتقى الطرق
road reconnaissance	استطلاع الطريق
road/route reconnaissance report	تقرير استطلاع طريق
road space	فسحة الطريق
road tankers	صهاريج نقل
road time	وقت المرور
rocker	عتلة تأرجح
rocker shaft	عمود عتلات التأرجح
rocket	صاروخ
rocket assisted take-off	اقلاع بمساعدة الصواريخ
rocket launch	اطلاق الصاروخ

rocketing رماية الصواريخ

rod bearing حمالة العمود (حمالة ذراع المكبس)

Roger استلِم ـ شيفرة

roll لفة ، لائحة ، سجل ، تقلّب

roller اسطوانة ، ملاّسة ، محدلة

roller bearing حمالة اسطوانية (حمالات اسطوانية تمتاز بقوة تحمل كبيرة)

rolling friction احتكاك التدحرج

rolling resistance مقاومة التدحرج

rotary arm sander قرص جلخ دوار

rotating combustion engine دوار محرك

rotor دوّار ، مروحة

rotor arm ذراع دوارة

rough land ارض وعرة

round طلقة ، جولة

route back طريق العودة

route column رتل المسير

route of advance طريق التقدم (المواصلات)

route order ترتيب السير

route out طريق الذهاب

route reconnaissance استطلاع الطرق

routine message رسالة اعتيادية

routine orders اوامر اعتيادية

routing shipment طرق الشحن

rover group جماعة الجوّالة

ruck sack حقيبة ظهر

rudder دفة ، دفة التوجيه (لانعطاف الـطائـرة الى اليمـين او الى اليسـار في اثنـاء الطيران)

runner عدّاء ، ساعٍ ، رسول ، جدول

runway مدرج الإقلاع

rush وثبة ، قفزة ، اندباع ، هجمة

ruptured case ظرف او حقيبة او محفظة ممزقة

S

sabotage	تخريب سري
sabotaged weapons	اسلحة مخرَّبة
safety card	بطاقة أمان
safety catch, pin	سقاطة او مسمار الأمان
safety device	أجهزة أمان
safety limit	حد الأمان
safety line	خط الأمان
safety meeting	اجتماع الأمان
safety regulations	تعليمات الأمان
safety value	صمام الأمان
safety washer	حلقة الأمان
salute to the front	الى الأمام سلام
salute to the left	الى اليسار سلام
salute to the right	الى اليمين سلام
saluting of the Colour	تحية العلم
saluting with the rifle at the slope	تدريب اداء التحية والسلاح متنكب
salvage group	جحفل انقاذ
salvo	رشقة
salvo fire	رمي الرشق
samples	عينات ، نماذج
sand blast	سفح رملي
sand dunes	كثبان
sand paper	ورق صنفرة
satellite	جرم سماوي ، قمر اصطناعي
satellite defence	دفاع الأقمار الاصطناعية
satellite link	حلقة الاتصال بالأقمار الصناعية
satelloid	قمر صناعي صغير
saturation	تشبع
Saturn	زحل
save	انقذ ، نج ومر ، خلّص
saw blade	نصل المنشار
saw-tooth wave	موجة سِنّ المنشار
scan	يمسح (بالرادار)
scanner	ماسح راداري
scantlings	اخشاب مربعة
scavenge	يكنس ، يكسح
scene matching	مطابقة المشاهد
scheme of command	خطة القيادة
scheme of manoeuvre	خطة المناورة
scientific intelligence	استخبارات علمية
scintillating	عداد شعاعي
scintillator	مشعاع
scooter	سكوتر ، دراجة عسكرية
scope	مدى ، مجال
scout boat	زورق استكشاف
scramble	اقلاع فوري
scrap	خردة ، نفاية ، قراصنة
scraper	كاشطة ، مجرف

screaming زعيق
(صوت يصدر من الصاروخ ذي الاختراق غير المتزن)
screen شاشة ، ستار ، حجاب ، حاجز
screen grid شبكة حاجزة
screening elevation ارتفاع الحجز
scrwdriver مفك
screw plug سدادة لولبية
screw elevation mechanism آلية لولبية للحركة في الارتفاع
screw thread سن اللولب
scrub يلغي ، يشطب
scuttling اغراق السفينة بخرقها
seaborne محمول بحرا
sea clutter تشويش بحري
sea land vehicles آلية برمائية
seamless tube انبوب غير ملحوم
seaplane طائرة مائية
sear ظُفر ، يابس ، جاف
searching fire رمي تفتيش
search light ضوء كشاف
search and rescue بحث وانقاذ
searing تلسين
sear release حل قطعة الأمان
seat belt حزام المقعد
seaward defence دفاع عرض البحر
sea worthiness صلاحية الإبحار
secondary cell خلية ثانوية
secondary channel قناة اتصال ثانوية
secondary coil ملف ثانوي ، بث ثانوي
secondary radar رادار ثانوي
secondary target هدف ثانوي
second lieutenant ملازم ثان
second line transport نقليات الخط الثاني
second strike ضربة مضادة / ضربة ثانية
section مقطع ، جزء ، فصل ، شعبة
نصف سرية مدافع او هاونات في العادة مؤلفة من مدفعين الى ثلاثة مدافع ، يقودها ملازم ، وتشكل وحدة نار . ويمكن ان ترمي على هدف وتؤثر فيه
section commander قائد شعبة او قسم
section of a trench مقطع خندق
section post قسم او شعبة (مدفعية)
sector command آمر قطاع
sector of attack قطاع الهجوم
sector of defence قطاع الدفاع
sector operation center مركز عمليات القطاع
secure arms! إبطاً سلاح !
securing nut صمولة التثبيت
security, safety أمن ، حماية ، تدابير وقائية
security classification تصنيف السرية
security counter-measures تدابير أمن مضادة
security procedures اجراءات امنية
security requirements متطلبات الأمن
seeker باحث
seismometer مقياس الزلزال
selection knob زر الانتقاء او الاختيار
selective fire device رمي انتقائي ، جهاز تحديد
selective loading نوع الرمي ، تحميل اختياري
selectivity انتقائية
selector المختار ، المنتخب ، المنتقي
selector switch مفتاح الانتقاء او الاختيار
selenoid تابع قمري
selenology علم قمري
selenium rectifier مقوم لعنصر لافلزّي
self-adjusting ضبط ذاتي
self-cocking revolver مسدس ذو نصب تلقائي

self-contained cartridge خرطوشة مكتفية ذاتيا
self destruction تدمير ذاتي
self-inductance حث ذاتي
self loading ذاتي الإملاء
self propelled ذاتي الحركة
self-propelled artillery مدفعية ذاتية الحركة
self-propelled gun مدفع ذاتي الحركة
self-sealing ذاتي الإنسداد
selvage حاشية
semi-active نصف ايجابي
semi-automatic شبه تلقائي
semi-automatic fire رمي نصف آلي
semi-automatic supply تموين شبه طوعي
semi-floating نصف عائم
semi official شبه رسمي
semi-tracked vehicle مركبة نصف مُسرَّفة
semi trailer نصف مقطورة
senior الأعلى رتبة
senior controller مسيطر أعلى
senior officer الضابط الأقدم
senior umpire حكمٌ أقدم
sensible atmosphere الجو المحسوس
sensing system جهاز الإحساس
sensor مجس ، مكشاف ، جهاز الاحساس
sensory mission رحلة استكشاف
sentry's orders تعليمات الحرس
separate loading ammunition ذخيرة منفصلة الأجزاء
sequencer جهاز تتابع
sergeant رقيب
sergeant of guard آمر الحرس
series circuit دائرة التوالي
serrate يسنن
serviceability قابلية الاستخدام
service group جحفل خدمة
service line خط خدمة
service message رسالة خدمة
service-type parachute خدمة خدمات
serving تغليف (للحبال)
servo (control) مضاعف الحركة او الدوران
servo-mechanism مضاعف الآلية
set screw لولب تثبيت
shaft جذع
shaft horse power القدرة على الجذوع
shake-table test فحص بالمنضدة ، الرجاجة
shaped charge حشوة تشكلية
shaping machine آلة تشكيل ، مقشطة
shear stress جهد القص
sheave مجرى او ملفّة البكرة
sheet metal stampings رقائق معدنية مسكوكة
shell plating تبطين خارجي
shelling report تقرير قصف مدفعي
shield ترس
shim رقيقة ضغط ، صفيحة ، شفرة
shimmy اهتزاز ، تمايل ، تخلُّع
اهتزاز العجلات الأمامية نتيجة خطأ في جهاز التوجيه
shipboard aircraft طائرة محمولة على ظهر سفينة
shipment شحن
shirtsleeve environment محيط طبيعي (حجرة لا تحتاج لبزة ضغط)
shock absorber ممتص الصدمات ، مخمد ، مهماد
shock strength قوة الصدمة
shock wave موجة صدم
shooting fire رمي منطقة / اطلاق نار

shore fire control party جماعة السيطرة على النار على الساحل
shore-line خط الشاطىء
shoreparty group جحفل جماعة الشاطىء
short range attack missile مقذوف هجومي قصير المدى
short range air-to-air missile صاروخ جو / جو قصير المدى
short range ballistic missile مقذوف بالستي قصير المدى
short range patrol دورية قصيرة المدى
short range radar رادار قصير المدى
short take-off and landing الإقلاع والهبوط القصيران
shoulder piece مسند كتفي
shroud غطاء ، حجاب ، كفن ، ترس
shunt resistance مقاومة على التوازي
side arms! جنباً سلاح !
side band حرفة جنبية
side-locking radar رادار للمتابعة الجانبية
side sight موجِّه جانبي
side-swing cylinder اسطوانة تتأرجح جانبيا
sight مسددة ، رؤية ، بصر ، تسديد
sight base قاعدة السدادة او الموجِّه
sight blade لوحة التسديد ، دليل الارتفاع
sight bracket حاصرة الموجِّه
sight cover غطاء الموجِّه
sight extension وصلة الموجِّه
sight grades درجات الموجِّه
sight reticule شبكة التسديد
signal اشارة ، علامة ، دليل ، رمز ، راية
signal exercise تدريب على المواصلات والاشارة
signal intelligence استخبارات الاشارة
signal map خريطة مخابرة او اشارة
signal security امن المخابرة
signature توقيع ، إمضاء
silenced carbine بندقية قصيرة صامتة
silencer كاتم الصوت
silhouette شبح ، خيال
silhouette target هدف ، شبح
silo صومعة
simulation fire تمثيل او تصنُّع النيران
simulating محاكاة ، تشبيه ، تقليد
simulator متظاهر ، متصنِّع ، مُحاك
single file رتل مفرد
single-action weapon سلاح مفرد الفعل
single-phase وحيد الطور
single-shot fire رمي مفرد
single shot kill probability احتمالية الفتك برمية واحدة
single-shot rifle بندقية ذات اطلاقة مفردة
situation map خريطة الموقف
situation report تقرير موقف
skeleton exercise تمرين هيكلي
skeleton organization تنظيم هيكلي
skim, skimmer (missile) سف ، رفع الزبد
skin غشاء ، جلد ، قشرة
skin effect الظاهرة السطحية
skip distance مسافة التفويت
skirmishers رماة مناوشون
sky wave موجة سماوية
slanting bag كيس للنوم
slanting degree درجة الميل
slanting ratio نسبة الميل
slat لوحة ، ضلع ، صفيحة
sleet ندف (مطر وبرد)

sleeve-cylinder	كم (قميص اسطواني)
slide	زلاقة ، مزلاق ، انزلاق
slide rule	مسطرة حاسبة
sliding ratchet	مسننة زالقة
sling swivel	حلقة الحمل
slipping parachute	مظلة منزلقة
slipring	حلقة انزلاق
slits	شقوق ، فتحات
slow fire	رمي بطيء
small arms	اسلحة خفيفة او صغيرة
small arms ammunition	ذخيرة الأسلحة الخفيفة
small bore practice	رمي بسبطانة صغيرة
small scale map	خريطة صغيرة المقياس
smart (bomb)	ذكية (قنبلة) ، حاذقة
smoke curtain	ستارة دخان
smoke hand grenade	قنبلة دخان يدوية
smoke round	قنبلة دخان
smoke screen	حجاب دخاني
smoke shooting	رمي الخطف
smokeless	بلا دخان
smokeless propellant	وقود داسر بلا دخان
smooth bored barrel	سبطانة ملساء
snail drum	قوقعة حلزون
snap report	تقرير اني او خاطف
snapshot	رمي خطف أو آني
sniper rifle	بندقية القناص
sniping rifle	بندقية القنص
snout	مقدَّم المركب او الطائرة
sociological intelligence	استخبارات المجتمع
socket	غِمد ، جراب ، قراب ، حُق
socket bayonet	حربة بجراب
socket spanner	مفتاح حُق
socket wrench	مفتاح أنبوبي
soft landing	هبوط برفق
soft radiation	اشعاع ضعيف
soft target	الهدف اللين
solar plasma	بلازما شمسية يرتفع الى ٩٦٠,٠٠٠ ميل عن الشمس
solar prominence	شواظ شمسي
solar time	التوقيت الشمسي
solar wind	ريح شمسية (بلازما) مجرى خفيف من البلازما والذرات الكونية تسير بسرعة البروتونات حول الشمس
soldering	لحم بالقصدير
solenoid	ملف اسطواني
solid (fuel)	صلب (وقود)
solid (propellant)	صلب (وقود)
solid shot	طلقة صماء
solid tyres	إطارات مصمنة
solo	منفرد ، وحيد
solvent	مذيب ، حل لمعضلة
sonar (sound navigation and ranging)	جهاز سونار يقيس مصدر الصدى
sonar buoy	طافية السونار لارشاد السفن
sonic (speed)	سرعة صوتية
sonic boom	دوي اختراقي لاختراق حاجز الصوت
sonic speed	السرعة الصوتية
sonic shock wave	موجة صدم صوتية
sonobuoy	طافية لاكتشاف الاصوات
sophisticated	معقد فنياً
sortie	خروج ، هجمة ، طلعة
sound barrier	حاجز الصوت
sounder	مسبار صوتي
space	فضاء ، مدى ، مسافة ، مجال ، مكان
space-air	فضاء ـ جو
space charge	شحنة الحيزية (داخل الصمام)

spacecraft	عربة الفضاء
spadoc-space defence operation centre	مركز عمليات الدفاع الفضائي
spacer	حافظة مسافة طوق الانفراج ، فاصل
space science	علم الفضاء
space simulator	جهاز محاكاة الفضاء
space station	محطة فضاء
space suit	بزة فضاء
space walk	المشي في الفضاء
space warfare	حرب الفضاء
space weapon	سلاح الفضاء
space age	عصر الفضاء
span	باع ، عرض ، قوس ، فتحة
span bridge	جسر مربوط
spare parts	قطع احتياطية او تبديل
spark	شرارة ، بريق ، لمعان
spark plug	شمعة الاشعال أو المحرك
spark plug gap	فتحة شمعة الإشعال
spark plug lead	سلك شمعة الإشعال
spatial body	جرم فضائي
special air mission	مهمة جوية خاصة
special ammunition storage	تخزين الاسلحة الخاصة
specialist soldiers	جنود اختصاص
specifications of contract	شروط الاتفاقية
specification of petroleum	خواص البترول
specific gravity	الوزن النوعي
specific impulse	الدفع النوعي
spectrum	طيف
speed	سرعة ، عجلة
speedometer	عداد السرعة
spigot	مخلب
spin	تدويم ، فتل ، دوران
spiral	لولبي ، حلزوني

spiral fluted reamer	مقورة لولبية
spiral groovers	اخاديد لولبية
spirit level	ميزان تسوية كحولي
splashdown	الهبوط على الماء
split barrel	برميل أو سبطانة ذات جزئين
split nut	مخرمة مشقوقة
split-phase	مجزأ الطور
split trail carriage	حاضن مشقوق او مغلوق
spoiler	محبط ، مشوه ، مُفسِد
spot elevation	ارتفاع نقطة
spot jamming	تشويش نقطوي
spot map	خريطة تعيين الأماكن
spot reconnaissance	استطلاع نقطة
spot welding	لحام نقطي
spotting charge	حشوة دالة
spotting disc	قرص التسديد
spotting rifle	بندقية تحكيم الرمي
spraying gun	مسدس رش
spring	نابض ، لولب ، وثبة ، اندفاع ، ينبوع ، ربيع
spring absorber	مخفف نابض
springing charge	حشوة توسيع
spring leaves	صفائح النابض
spring-link belt	شريط مفصلي نابض
spring stud	مصدمة ذات نابض
sprocket	عجلة مسننة دافعة
sprocket hub	سرة العجلة المسننة
spruce	خشب التنوّب
spur	مهماز ، منشّط ، مثير
squad	رهط ، زمرة ، جماعة
squad halt	رهطا قف
squadron	سرب ، سرية
squadron leader	قائد سرب ، رائد طيار
squall	رياح شديدة مصحوبة بمطر

square knot	عقدة مربعة أو مسطّحة
square thread	سن لولب مربعة
square wave	موجة مربعة
squashed head	رأس مهروس
squib	حشوة ، شعلة
stable	مخزن صواريخ
stable platform	منصة مستقرة (جايرو سكوبيا)
stability	استقرار ، ثبات
stabilized	متوازن
stabilized situation	موقف مستقر
stabilizer	موازن
stabilizing bar	عمود متوازن
stacked charge	حشوة حبوبية
staff duties	واجبات الأركان
staff intelligence	استخبارات هيئة الركن
staff officer	ضابط ركن
staff sergeant	رقيب أول
stagnation point	نقطة الركود
stagnation temperature	حرارة الركود
stake planter	فارز أو واضع الشاخص او الوتد او العمود
stall	انهيار ، توقيف ، تثبيت
standard	مِثال ، نموذج ، معيار ، قياس
standard displacement	الوزن القياسي
standard space launch system	النظام القياسي للقذف في الفضاء
standard time	التوقيت القياسي
stand by	« تهيأ » او احتياطي
stand-by reserve	احتياط متهيء
stand easy!	استرح
stand to!	تأهب
standing operations procedures	إجراءات ثابتة للعمليات
standing patrol	دورية ثابتة
standing tank killer patrol	دورية صيد الدبابات الثابتة
standing wave	موجة مستقرة
stand off	مباعد ، مقذوف
stand-off bomb	القنبلة المقذوفة عن بعد
stand off missile	صاروخ بوني صاروخ يطلق من بعد معين عن الهدف
star board	ميمنة الطائرة
star tracker	مِرقَب تعقيب النجوم (جهاز توجيه يعمل على رصد النجوم لتوجيه الصاروخ)
start-line	خط الشروع ـ خط البدء
start point	نقطة البدء
starter	مطلق حركة
starter motor	محرك الابتداء
starter relay	مبدلة محرك الابتداء
static	قراري ، ساكن ، متوقف ، مقيم
static employment	استخدام مستكن
static line	حبل قراري ، ثابت
static operations	عمليات جامدة
static thrust	قوة الدفع القرارية
station sick quarter	مركز عيادة القيادة
stator	الساكن ، (جزء ساكن من محرك أو آلة يدور فيه او حوله جزء آخر)
statute mile	ميل بري
steam driven torpedo boat	زورق بخاري نساف
steel stamping	صلب مشكَّل بالكبس صلب مُقَوْلب
steep angle	زاوية رأسية حادة
steering	توجيه ، قيادة ، سياقة ، ادارة، تسيير
steering and damping unit	وحدة التوجيه والتخميد

strain جهد ، مشقّة ، تعب ، عمل ، عناء
strategic سوقي ، استراتيجي
strategic advantage ميزة استراتيجية
strategic air intelligence استخبارات جوية استراتيجية
strategic airlift نقل جوي استراتيجي
SALT strategic arms limitation talks محادثات الحد من الاسلحة الاستراتيجية
strategic attack هجوم استراتيجي
strategic bomber قاذفة استراتيجية
strategic break-through اختراق استراتيجي
strategic defence دفاع استراتيجي
strategic deployment انفتاح استراتيجي
strategic intelligence استخبارات استراتيجية
strategic map خريطة استراتيجية
strategic material مواد استراتيجية
strategic military intelligence استخبارات عسكرية استراتيجية
strategic missile قذيفة استراتيجية
strategic object هدف استراتيجي
strategic offensive تعرض استراتيجي
strategic plan خطة استراتيجية
strategic point نقطة استراتيجية
strategic propaganda دعاية استراتيجية
strategic psychological warfare intelligence استخبارات الحرب النفسية الاستراتيجية
strategic reconnaissance استطلاع استراتيجي
strategic reserve احتياط استراتيجي
strategic warfare حرب استراتيجية
strategic warning انذار استراتيجي
strategy سوق ، استراتيجية
stratosphere طبقة الغلاف المستقر
streamer دليل اتجاه الريح في الطيران ، كمّ الريح

steering cross shaft عمود عرض ، مقود معترض
steering gear دفة مقود ، جهاز التوجيه
steering rod ذراع او ساعد التوجيه
steering wheel عجلة قيادة أو توجيه
stellar guidance توجيه بالنجوم
stellar map-matching مطابقة خارج النجوم
stem جؤجؤ ، مقدَّم السفينة
stereoscopic مجسم بعدي
stereoscope منظار مجسم يستخدم لقراءة الصور الجوية
stereoscopic observer راصد مجسم
sterotriplet photography تصوير جوي ثلاثي
stern مؤخرة السفينة
stick commander امر الدفعة
stick grenade قنبلة لاصقة او ذات قبضة
sticky charge حشوة لاصقة
stirrup catch مُوقفة الرِّكَاب
stock fore-end حاضن
stock-taking جرد مواد المستودع
stop light ضوء الكابح
stop pawl سقاطة وقف
stoppage توقف ، اراحة ، تعليق
stopping توقيف ، وقف ، استراحة
stopping power قدرة الايقاف
storage charge رسوم التخزين
store keeper أمين مستودع
storing تخزين
stove pipe هيكل الصاروخ
straddle carrier حاملة بالتعليق
straggler line خط المتخلفين
straight-pull rifle بندقية ذات سحب مستقيم
straight fluted reamer مقورة مستقيمة

streamlined انسياقي ، خط التيار
streamliner طائرة
street light قتال الشوارع
strengthening buildings تقوية الأبنية
stretcher محفة ، نقّالة ، مِشَدّ
stretcher bearer حامل نقالة
strike هجوم (ضربة) ، قالت ، اضراب
strike force قوة هجوم
striker طارق ، ابرة الرمي
striker knob زر الطارق
striker sleeve كم الطارق
striking force قوة ضاربة
strip (air) مطار للهبوط الاضطراري ، شريط ذخيرة معدني
stripper قشاطة ، مفك
stroke شوط ، ضربة ، لطْمة ، صدمة
strong point نقطة حصينة
structure بناء / هيكل عمارة ، تركيب
strut دعامة ، ساق ، عمود ، رافدة
stub wing جناح أبتر
stud زر كباس مخلب ، محور ، وتد ، عمود
sub-assembly مجموعة فرعية، التجميع الفرعي
sub-calibre shooting رماية التضبيط
submachine gun رشاش قصير
sub-ordinates مرؤوسون
sub-sonic دون سرعة الصوت
sub-sonic cruise الطوف ما دون الصوتي
sub-surface burst انفجار تحت السطح
sub-traffic office مكتب السير الفرعي
sub-units وحدات فرعية
sub-wing جناح أبتر
suction امتصاص ، اجتذاب ، رضاعة
suction stroke شوط الامتصاص
Sukhoi سوخوي طائرة سوفياتية مقاتلة

sump خزان الزيت ، قعر الحوض
sun stroke ضربة شمس
super charger معزز الشحن جهاز دفع شحنة المزيج داخل الاسطوانة بالمحرك
super elevation ارتفاع اضافي
super elevation actuact منظم الارتفاع الزائد (الحاسبة) جهاز رفع المدفع تلقائيا لتعويض الفروق الاضافية
super heterodyne فوق التردد المتباين
super high frequency التردد ما فوق فوق العالي
superimposed توضيع وضع شيء حيث يغطي ما دونه
super position ركّب على (تطابق)
supersonic فوق سرعة الصوت
super structure تجهيزات علوية
supply إمداد ، تموين ، تجهيز
supply and transport التموين والنقل
supply platoon فصيل تموين
supply point نقطة تموين
supply reserve depot مستودع التموين الاحتياطي
supply section قسم التموين
supply trenches خنادق التزويد
supporting fire نار الاسناد
suppressor of grid شبكة كبت
surface burst انفجار أو تفجير على السطح
surface target هدف على السطح ، سطحي
surface to air سطح / جو أو ارض ـ جو
surface-to-air missile صاروخ سطح ـ جو ، أو قذيفة أرض ـ جو
surface to surface missile مقذوف سطح ـ سطح او أرض ـ ارض

surprise factor عامل المفاجأة
surprise target هدف مفاجىء
survey board لجنة المسح
suspension تعليق ، توقُّف ، إرجاء ، تأجيل
suspension system جهاز التعليق
sustained fire رمي متواصل
sustainer داعم ، مساعد مداوم (محرك)
swage fitting وصلة قالب الطرق
swarf خراطة ، نُحاتة ، بُراية
sweep back انسياب ، اجنحة سهمية
sweep jamming تشويش جارف
swell انتفاخ ، ارتفاع
swept backwring جناح سهمي او مُدْبر
swing-wing جناح متحرك او متأرجح
swing wing aircraft طائرة ذات اجنحة متأرجحة
switch مفتاح أو مبدّل كهربائي ، موزّع ، محوِّل
swivel axle محور
sword bayonet سيف حربة
syllabus منهاج
synchromesh تعشيق تزامني
synchronous تزامني ، متزامن ، متواقت
synchronous motor محرك متزامن
synchronous orbit مدار متزامن
synchronous satellite قمر متزامن
synchro receiver مستقبل اشارة (راديو)
synchro scope كشاف التزامن
synchro transmitter مرسل اشارة (راديو)
synchronizer مزامن
syndicates distribution توزيع الزمر او النقابات

T

tachometer عداد الدورات ، دليل السرعة
tack (tacking) تسريج (درزة مؤقتة) ، طريق السفينة
tactical تعبوي ، تكتيكي
tactical air control مركز السيطرة الجوية التعبوي
tactical air control group المجموعة التعبوية للسيطرة الجوية
tactical air reconnaissance استطلاع جوي تعبوي
tactical air supply تموين جوي تعبوي
tactical air support اسناد جوي تعبوي
tactical control radar رادار السيطرة التعبوية
tactical damage assessment تقدير العطب التعبوي
tactical decision قرار تعبوي (تكتيكي)
tactical doctrine عقيدة تعبوية
tactical exercise without troops تمرين تعبوي دون قطعات
tactical formation تشكيل تعبوي
tactical group جحفل تعبوي
tactical intelligence استخبارات تعبوية
tactical loading تحميل تعبوي
tactical map خريطة تعبوية
tactical minefield حقل ألغام تعبوي
tactical plan خطة تعبوية
tactical reconnaissance استطلاع تعبوي
tactical reserve احتياط تعبوي
tactical training تدريب تعبوي
tactical warning انذار تعبوي
tactical nuclear weapons اسلحة نووية تعبوية
tactics تعبئة ، تكتيكات
tail chase مطاردة
tail number رقم الذيل
tail plane سطح الذيل ، مقرّ
tail unit مجموعة الذيل
tail wheel عجلة الذيل
take off اقلاع
take off boost دفع الاقلاع
taking over تسلم
tally ho شوهد (نداء يدل على ان الغرض شوهد)
tandem ترادفي (واحد خلف الآخر)
tangent مماس
tank car سيارة وقود
tank carrier حاملة دبابات
tank circuit دائرة خازنة (دائرة مؤلفة من ملف مكثف)
tank company سرية دبابات
tank corps فيلق دبابات

91

tank destroyer قانصة دبابات

tank dozer دبابة لازالة الانقاض

tank formation تشكيلة او تشكيل دبابات

tank helmet خوذة الدبابة

tank hulk هيكل الدبابة

tank primary target هدف الدبابة الرئيسي

tank recongnition تمييز الدبابات

tank shovel نصل الدبابة

tank sniping قنص الدبابات

tank turret برج الدبابة

tanker سفينة صهريج ، ناقلة نفط

tanker aircraft طائرة وقود

target هدف

target acquisition التقاط الهدف (اكتسابه)

target allocation تحديد الهدف

target analysis تحليل الهدف

target approach خريطة التقرب للهدف

target area منطقة الهدف

target data معلومات الهدف

target discrimination تمييز الهدف

target intelligence استخبارات الهدف

target track classification تصنيف الأهداف ومتابعتها

task force (or task group) قوة الواجب ، حملة ، قوة مشتركة من اسلحة الجيش يوكل اليها القيام بمهمة معيّنة .

task group جحفل او مجموعة واجب

task organization تنظيم الواجب

task system of maintenance اعمال الصيانة

taxi تدرّج

taxying دَرَجَان ، او انزلاق على الماء

tear gas غاز مسيل للدموع

technical adviser مستشار او ضابط فني

technical intelligence استخبارات فنية

technical modification كراسة تقنية او فنية

technical units الوحدات الفنية

technological تقني

telecommunications الاتصالات اللاسلكية

telemeter مقياس عن بعد (جهاز لقياس معلومات كالسرعة والضغط والحرارة ، وارسالها بواسطة الامواج اللاسلكية

telemetering قياس عن بعد

telephone battle معركة هاتفية

telephone battle exercise تمرين معركة هاتفية

teleprinter الطابعة المبرقة

telescope تلسكوب ، المِقْراب

television reconnaissance استطلاع تلفزيوني

telstar قمر تلفزيوني

temperature درجة الحرارة (حرارة)

tempered مطبّع

template (templet) عارضة ، قالب

tempo of offensive معدل الهجوم

tender عطاء ، عرْض (سعر) ، غضّ ، طري

tender board لجنة العطاءات

tensile stress اجهاد الشد (عملية حرارية لازالة الاجهادات الداخلية للمعادن الحديدية)

tension ضغط ، شد ، توتر

tension meter جهاز قياس الشد او التوتر

terminal طرف ، نهاية آخر محطة

terminal guidance التوجيه النهائي

terminal strip شقة الاطراف

terminal velocity سرعة نهائية

terms of surrender شروط الاستسلام

terrain analysis تحليل الارض

terrain exercise تمرين ارضي

terrain intelligence استخبارات الارض

territorial water	مياه اقليمية
tesla	تسلا (وحدة الحث المغناطيسي)
test	فحص ، تجربة ، اختبار
test flight	طيران اختباري او تجريبي
tetrode	صمام رباعي
theatre of operations	مسرح العمليات
thedolite	مزواة ، اداة لقياس الزوايا
therm	ثيرم (وحدة حرارة تعادل ١٠٠,٠٠٠ وحدة حرارية بريطانية)
thermal	حراري
thermal capacity	السعة الحرارية
thermal efficiency	الفاعلية الحرارية
thermal radiation	اشعاع حراري
thermal shielding	الدروع الواقية من الحرارة
thermionic emission	تأين حراري
thermo couple	مزدوجة حرارية (مستكشف درجة الحرارة)
thermodynamics	الديناميكية الحرارية
thermostat	مثبت او منظم حراري
third line transport	نقليات الخط الثالث
thread	سلك ، خيط
threat	تهديد ، وعيد ، انذار
three-phase	ثلاثي الاطوار
threshold	عتبة ، مدخل ، أُسكفّة
throe	نضال عنيف
throttle	فتحة الخانق (فتحة مدخل الهواء للخارج)
throttle butterfly	قرص فتحة الخانق (قرص تحديد كمية الهواء الداخل في فتحة الخانق)
throw	مدى ، قذّف ، سرعة ، شوط
thrust	دفع حدٌ ، طعنة
thrust-augmented	دفع مدعم
thrust augmenter	معزِّز الدفع
thrust axis	محور الدفع

thrust bearing	محمل دفعي (الحاملة الرئيسية لعمود المرفق)
thrust reverser	عاكس الدفع
thrust to weight ratio	نسبة الدفع الى الوزن
thumb piece	كباس ، دافعة
thunder-flashes	قنابل صوتية ، أصابع متفجرة
thyatron tube	صمام غازي
tight	محكم الشد ، مشدود ، ضيق ، كتيم
tilting bolt	ترباس قلاب
time and space factor	عامل الوقت والمسافة
time constant	ثابت الوقت
timed fire	رمي موقوت
time interval	فاصل زمني
time of start	وقت البدء
time out	تعطيل ، انتهاء الوقت
time over target	الوقت فوق الهدف
time past a point	وقت المرور بالمنطقة
time altitude	ارتفاع حقيقي
time rating	تقدير زمني
timing chain	سلسلة توقيت
timing gear	جهاز التوقيت
timing mark	علامة توقيت
tinning	طلاء بالقصدير
tip stock	حاضن (للسلاح)
toggle lever	عتلة مفصلية
tolerance	التفاوت المقبول (الاختلاف بالاقيسة للقطع المتجانسة) ، تسامح ، احتمال
tolerance dose	جرعة الاحتمال
tonnage	حمولة ، سعة ، زنة
tools	ادوات ، عدة
top dead center	أعلى الشوط
topographic map	خريطة طبوغرافية
topography	طبوغرافيا ، وصف الاماكن وسماتها

top weight ذروة الوزن او الثقل
torch (signal) مشعل ، مصباح (اشارة من قائد الدبابة الى سائقها)
torch batteries بطاريات المصباح
torpedo نسيفة ، لغم للغواصات ، قذيفة توجه للسفن
torpedo airplane طائرة نسافة
torpedo boat زورق طربيد
torque عزم الدوران ، جهد اللّيّ
torque convertor محول عزم الدوران
torque wrench مفتاح عزم الدوران
torsion bar عمود الالتواء
touch down ملامسة الأرض
toxic سامّ
tow جر ، قطر ، سحب .(صاروخ)
tow bar عمود السحب
toxic report تقرير عن السموم
toxic warning انذار بشأن السموم
trace أثر ، علاقة ، اقتفاء أثر
tracer ammunition, cartridge ذخيرة التتبع ، رصاص خطّاط
track ممر ، طريق ، خط
track adjuster معيّر الزنجير
track link فقرة الزنجير
track pin مسمار الزنجير
tractor جرار ، قاطرة
traffic circulation خريطة دورة السابلة او المرور
traffic control مراقبة المرور
traffic map خريطة الطرق
trail arms! افقيا السلاح !
trailing edge حافة خلفية
training تدريب
training college كلية تدريب
training field ميدان التدريب
training level مستوى التدريب
training operations عمليات تدريب
training schedules جداول التدريب
trajectory مسار
transconductance مواصلة تبادلية
transducer بدّالة او محوّل طاقة
transfer ينقل ، يحوّل ، يبدل ، يرحّل
transformer محول
transistor ترانزستور
transit مرور ، عبور ، نقل ، ترحيل
transition altitude ارتفاع التحويل
transmission box صندوق نقل الحركة
transmission line خط المواصلات
transmit يرسل (راديو) ، يحوّل ، يذيع ، ينقل
transmitter مرسل ، مِبْراق ، عامل البرق
transonic speed السرعة الانتقالية الصوتية من ٦٠٠ الى ٩٠٠ ميل في الساعة)
transponder جهاز مجيب السؤال
transport and supply battalion كتيبة تموين ونقل
transport company سرية النقل
transport group مجموعة النقل
transport platoon فصيل نقل
transport request طلب نقل
transport section جماعة نقل
transportation نقل ، ابعاد ، نفي ، حركة
transportation request طلب نقل
trapped orbit مدار مواجه
travelling kitchen مطبخ متنقل
travelling time مدة التنقل
traverse حركة افقية ، عارضة
traversing mechanism جهاز الحركة الأفقية

treadway bridge جسر ذو ممرين او اتجاهين
trench requirements مستلزمات الخنادق
trial fire رمي التجربة او الاختبار
triangular point نقطة تثليث
trigger زناد
trigger box stop طارق الزناد
trigger firing mechanism آلية رمي بواسطة الزناد
trigger handle قبضة الزناد
trigger mechanism آلية الزناد او القدح
trigger pulse دفعة بدء
trinitrotoluene (T.N.T) ت . ن . ت (مادة شديدة الانفجار)
triode صمام ثلاثي
tripod منصب ثلاثي
Trojan asteroid كويكب طروادة (كوكب متزامن مع كوكب المشتري)
troops قوات ، جنود
tropical مداري ، استوائي
tropopause الطبقة الانتقالية الأولى (الجزء السفلي لطبقة الهواء التي تتزايد لديها الحرارة على ٦٧° فهرنهيت)
troposphere الغلاف المضطرب (الجزء السفلي لطبقة الهواء التي تتناقص بعدها درجة الحرارة مع الارتفاع)
troubles shooting تحري او اصلاح الاعطال
true air speed سرعة الهواء الصحيحة او الحقيقية
trumpeter بواق

trunk صندوق (سيارة) ، جذع ، حاضن
tube انبوب ، خرطوم ، مجرى ، صمام
tubular rod انبوب حربي لتنظيف الاسلحة
tug boat قارب جر
tune-up تضبيط
tunger rectifier مقوم (تنغر) نوع من انواع المقومات يستعمل الصمام الثنائي
tunic سترة قصيرة ضيقة
tuning توليف (ضبط الموجة) ، توافق ، تناغم
Tupolev طائرة روسية
turbine عنفة (تربين)
turbofan محرك شبه مروحي
turbojet engine محرك نفاث
turbulance اضطراب هوائي ، اعصار ، هياج
turn دورة ، جولة ، نوبة ، منحنى ، منعطف
turnabout عَكس اتجاهه ، تحول ، انقلاب
turn around دورة
turning movement حركة التفاف
turret برج الدبابة او الطائرة او السفينة
twin-engined ذات محركين
200 grain bullet رصاصة ذات مئتي حبة
two-sided exercise تمرين ذو جانبين
two stroke engine محرك ثنائي الشوط
type of attack نوع او نمط الهجوم
type of container نوع او نمط الحاوية
typewriter آلة طابعة
tyros اطار
tyros tubeless اطار بلا داخلي

U

U-boat غواصة
ultra high frequency تردد فوق العالي
ultrasonic فوق السمعي. (موجات صوتية بتردد عالي)
ultra-violet rays أشعة فوق البنفسجية
umbilical cord الحبل السري
umpire حكم
umpiring and control التحكيم والسيطرة
unbalanced load حمل غير متوازن
unclassified documents وثائق غير مصنفة
under coat دهان تأسيس
under command تحت القيادة
under shoot منطقة ما قبل الهبوط (في منطقة المدرج)
under water تحت الماء
under water demolition team فريق التخريب تحت الماء
under water-to-air missile قذيفة تحت الماء ـ جو
under water to surface missile قذيفة تحت سطح الماء الى السطح
under water to under water missile قذيفة تحت الماء ـ تحت الماء
under way replenishment group جحفل التعويض البحري
undulating ground ارض متموجة
unguided missile قذيفة غير موجهة
uniform velocity سرعة منتظمة
unit, module وحدة قياس
unit funds اموال الوحدة
unit journal and history سجل الوحدة وتاريخها
unit loading تحميل الوحدة
unit mail بريد الوحدة
unit paymaster ضابط رواتب الوحدة
unit reserve احتياط الوحدة
unit training تدريب الوحدة
unit training master ضابط تدريب الوحدة
universal joint وصلة عامة
universe الكون ، العالم
unmasking نزع القناع ، ازاحة اللثام
unrotated projectile قذيفة غير دوارة
upholstery منجدات ، تنجيد
upper sling swivel حلقة الحمل العليا
utilitarian منفعي
utilitarian looking arm سلاح ذو مظهر وظيفي

V

V-formation	تشكيل رأس الرمح
v-stol	رأسي
v-stol aircraft	**طائرة** رأسية ، تقلع عموديا
vacuum	فراغ ، خلاء ، خواء
vacuum advance	تقديم توقيت الشرارة
vacuum tube	صمام مفرغ
valve	صمام ، سدادة ، صنبور
valve adapter	موفق أو مهايىء صمام
valve adjustment	عيار او ضبط او تنظيم
	الصمام
valve clearance	فرجة الصمام
valve grinding	جلخ الصمام
valve guide	دليل الصمام
valve lifter	رافع الصمام
valve seat	مقر الصمام
valve spring	نابض الصمام
valve tappet	رافعة الصمام
valve train	وحدة تحرُّك الصمام
vanquish	يهزم ، يغلب ، يقهر
vapourization	تبخر
variable tube	صمام التغيير او التبديل
variance	تباين ، اختلاف ، تبدّل ، تغير
vector	كمية موجهة ، شعاع موجَّه
vector representation	تمثيل القوى
	بالمتجهات

vehicle collecting point	نقطة جمع الاليات
vehicle commander	آمر آليات
vehicle ditch	خندق آليات
vehicle marshaling area	منطقة اصطفاف
	الآليات
vehicle technical inspection	التفتيش
	الفني للآليات
velocity	سرعة
vent	فتحة ، شَقّ ، منفذ ، ثَقْب
ventilation	تهوية ، وسيلة تهوية
venturi	رذّاذ ، منظم الهواء
Venus	الزهرة (كوكب)
verbal order	امر شفهي
verification fire	رمي او نيران التحقيق
vernier	مقياس الورنية (مقياس قطر
	خارجي مدرج)
versatility	تعدد الاستعمال
version	نمط ، نسخة
vertical	رأسي عمودي
vertical air photography	تصوير جوي عمودي
vertical launch system	نظام الاطلاق
	العمودي
vertical obstacle	مانع رأسي
vertical performance diagram	مخطط الاداء
	الرأسي

vertical take off اقلاع عمودي
vertical take off and landing اقلاع وهبوط عموديان
vertigo دُوَار
veterinary officer ضابط بيطري
vibration damper مخمد الاهتزاز
video مرئي ، صوري ، فديو
video map خارطة المرئي
violation انتهاك ، تعدٍّ ، نكْث ، مخالفة
viscosity لزوجة
viscous لزج
vice, vise ملزمة شد المعادن
visible spectrum طيف مرئي
visible target هدف مرئي
visual acuity حدة النظر او الابصار
visual air reconnaissance استطلاع جوي
visual attack هجوم مرئي
visual fire رمي مرئي
visual flight rule قانون الطيران المرئي
visual meteorological condition حالة الجو المرئية
visual mission accomplished انجزت المهمة المرئية
visual omnirange كشف دائري
visual range مدى الرؤية
visual reconnaissance استطلاع بصري
volatile متفجر ، متبخر ، متطاير
volley وابل من الطلقات او القذائف
volt فولت (وحدة الجهد الكهربي)
volt-ampere فولت ـ امبير
voltage divider مقسم الجهد الكهربي
voltage high فولطية عالية
voltage regulator منظم الجهد الكهربي
voltameter مقياس الجهد (فولتمتر)
volumetric efficiency الكفاية الحجمية
volumetric radar رادار حجمي
volunteers متطوعون
vortex دوامة ، زوبعة
voucher مستند ، وثيقة ، قسيمة ، إثبات
vulnerability قابلية او عامل التعرض
vulnerable point نقطة معرضة للخطر او للهجوم

W

walkie talkie	جهاز ارسال واستقبال
walking patient	مريض قادر على السير
walking wounded	جريح قادر على السير
war diary	سجل او يوميات الحرب
war game	لعبة الحرب
war head	الرأس المدمر ، رأس حربي
war of nerves	حرب الاعصاب
war office	وزارة الحربية
war phase	مراحل الحرب
war plan	خطة الحرب
warming fuel	وقود تدفئة
warning	تحذير ، انذار ، تبليغ
warning order	أمر انذاري
warning system	جهاز انذار
warp	سداة النسيج ، أساس ، قاعدة
warrant-offices	وكيل ، نائب ضابط ، ضابط صف
warranty	كفالة ، ضمان ، اذن
warranty extended	تمديد الضمان
Warsaw pact	حلف وارسو
warship	بارجة
washer	حلقة (حلقة لمنع ارتخاء اللولب)
water box	خزان ماء
water jacket	مبرِّد المحرك ، كُمّ التبريد
waterline	خط العوم
water obstacle	عائق او حاجز مائي
water supply point	نقطة توزيع المياه
water way	ممر مائي
watt	واط (طاقة)
watt.-hour	واط / ساعة
watt-meter	مقياس الطاقة
wave guide	دليل موجي
wave length	طول الموجة
waxing	تشميع
waybill	بيان الشحن
weak mixture	مزيج مخفف
weapon aiming system	منظومة توجيه السلاح
weapon alloted	الاسلحة المخصصة
weapon locating radar	رادار كشف الأسلحة
weapon mix	مزيج الاسلحة
weapon tight	الاسلحة مقيدة (الاسلحة تحت وضع عمليات لا ترمي الا اذا قام العدو بالرماية)
weapon training	التدريب على الأسلحة
wear	تلف ، تآكل
weather actual	حالة الجو الحقيقية
weather clear	الجو صاف

weather cock	ديك او دليل اتجاه الرياح
weather condition	حالة الجو
weather forecasts	التوقعات الجوية
weather intelligence	استخبارات الجو
weather map	خريطة الرصد الجوي
weather report	تقرير عن حالة الجو
weather satellite	ساتل جوي
web angle	زاوية رأس المقدح
wedge	إسفين ، لُسَيْن ، ملقط
weight	وزن ، أهمية ، خطورة
welder	عامل لحم
welding rod	قضيب لحم
welding set	جهاز لحم
whart	مرفأ ، رصيف بحري للرسو والشحن
wheel lock	زند البندقية
wheel pilothouse	حجرة مدير الدفة
wheeled transporation	نقل على العجلات
wide angle photography	تصوير بزاوية كبيرة
wide front	مواجهة واسعة
wild shot	طلقة طائشة
winch	آلة رفع
windage	انحراف المقذوف بسبب الريح
window jamming	تشويش الشباك
windscreen	الزجاج الأمامي (في السيارة) ، حاجب
wind tunnel	نفق الريح ، نفق هوائي
wing loading	حمولة الأجنحة
wing nut	عزقة مجنحة
wiper arm	ذراع المساحة
wiper blade	شفرة المساحة
wire entanglement	شبكة اسلاك شائكة
wire guided	موجه بسلك
wireless operators	عمال اللاسلكي
wireless silent	صمت لاسلكي
withdrawal	انسحاب ، تراجع ، سحب
withstand	يقاوم ، يصد ، يعني
wobbling	ارتجاج ، ترنح ، تمايل
wolf-pack	آمرة هجومية ، السرب الذئبي
work gear	مسنن حلزوني
working parts	قطع متحركة
wounded in action	جريح معركة
wrapped bolt	ترباس مطوّق
wreckage	حطام أو أنقاض الباخرة
write-off voucher	سند شطب او حذف

Y

yard	ياردة ، حوض ، باحة ، بستان ، حظيرة
yaw	تموج ، زيغان
yield	يستسلم ، يتخلى ، يلقي السلاح

yield point	نقطة المطاوعة او الخضوع
yield stain	اجهاد المطاوعة (الزيادة الطولية للمعدن المعرض للحمل)

Z

zenith	السمت
zero gravity	انعدام الجاذبية
zero hour	ساعة الصفر
zero option	الخيار الصفر
zeroing	التصفير (تضبيط اجهزة التسديد مع المدفع او السبطانة)

zigzag grooves	اخاديد متعرجة
zone of defence	منطقة الدفاع
zone of offensive	نطاق او منطقة الهجوم
zoom	ارتفاع عمودي ، تقريب بالتصوير
Zulu time	توقيت غرينتش ، او التوقيت المحلي

ABBREVIATIONS

إختصارات
عسكرية

ABBREVIATIONS

الاختصار ABB	المصطلح كاملاً Term In Full	المعنى Meaning
ADMO	Administration order	أمر إداري
ADV	Advance or advanced	يتقدم أو متقدم
ALG	Advanced landing ground	أرض هبوط أمامية
ADC	Aide-de-Camp	ياور ، ضابط معاون
AB	Airborne	محمولة جواً
ACM	Air Combat Manoeuver	مناورة قتال جوي
ACT	Air Contact Team	طاقم اتصال جوي
ACP	Aircraft Performance	أداء الطائرة
ADA	Air Defence Area	منطقة دفاع جوي
ADA	Air Defence Artillery	مدفعية الدفاع الجوي
ADC	Air Defence Command	قيادة الدفاع الجوي
ADDC	Air Defence Direction Centre	مركز توجيه الدفاع
ADOC	Air Defence Operation Centre	مركز عمليات الدفاع الجوي
ADM	Air-Launched Decoy Missile	صاروخ تمويه جوي
ALO	Air Liaison Officer	ضابط اتصال جوي
AOC	Air Officer Commanding	قائد القوات الجوية
ASSU	Air Support Signal Unit	وحدة اشارة تعاون جوي
AAM	Air To Air Missile	صاروخ جو / جو
ATCC	Air Trafic Control Centre	مركز مراقبة جوية
OK	All Correct	صحيح ـ موافق
AMB	Ambulance	نقالة
AMU	Ammunition	ذخيرة
AP	Ammunition Point	نقطة ذخيرة
ARP	Ammunition Refilling Point	نقطة إعادة ملء الذخيرة
AMPH	Amphibious	برمائي
ETC	And so on, or, and the rest	إلى آخره (الخ)

الاختصار ABB	المصطلح كاملاً Term In Full	المعنى Meaning
AT	Animal Transport	حملة دواب
AAC	Anti-Aircraft	مضاد للطائرات (م / طـ)
AG	Anti-Gas	مضاد للغاز
A-PERS	Anti-Personnel	مضاد للافراد
ATK	Anti-Tank	مضاد للدبابات
APPROX	Approximately or Approximate	تقريباً أو تقريبي
ARMT	Armament	تسليح
ARMD	Armoured	مدرع
ACV	Armoured Command Vehicle	عربة قيادة مدرعة
AFV	Armoured Fighting Vehicle	عربة قتال مدرعة
APC	Armoured Personnel Carrier	ناقلة جنود مدرعة
ARV	Armoured Recovery Vehicle	عربة نجدة مدرعة
AP	Armour Piercing	خارق للدروع
AB	Army Book	كتاب عسكري
AFS	Army Fire Service	خدمات الحريق بالجيش
AF	Army Form	نموذج عسكري
AO	Army Order	أمر عسكري
APIS	Army Photographic Interpretation Section	جماعة تفسير الصور الجوية
APO	Army Post Office	مكتب بريد حربي
ARTY	Artillery	مدفعية
ARTYR	Artillery Reconnaissance	استطلاع مدفعية
ASST	Assault	اقتحام
ASST	Assistant	مساعد (المدير)
AW	Atomic Warfare	الحرب الذرية
ATT	Attach, Attached or Attachment	يلحق ـ ملحق ـ الحاق
AF	Audio Frequency	تردد سمعي
AUTH	Authority or Authorized	سلطة
ADPS	Automatic Data Processing System	النظام الاوتوماتي لمعالجة البيانات
AVN	Aviation	طيران
ADF	Automatic Finder	موجد اوتوماتي للاتجاه
AFC	Automatic Frequency Control	الضبط الاوتوماتي للتردد
APU	Auxiliary Power Unit	وحدة طاقة ثانوية

الاختصار ABB	المصطلح كاملاً Term In Full	المعنى Meaning
ARE	Auxiliary Rocket Engine	محرك صاروخ ثانوي
AVGAS	Aviation Gasoline	وقود طيران
BLP	Back Loading Point	نقطة تحميل خلفية
BAC	Bacteriological	بكتريولوجي ـ جرثومي
BKY	Bakery	مخبز
BDSM	Bandsman	عسكري موسيقي
BK	Barrack	معسكر ، ثكنة
BD	Base Depot-Battle Dress	مستودع قاعدة ـ ثياب الميدان
BSD	Supply Depot	مستودع إمداد القاعدة
BWKSP	Base Workshop	ورشة قاعدة
BN	Battalion	كتيبة
BTY	Battery	سرية مدفعية
BC	Battery Commander	قائد سرية مدفعية
BFO	Beat Frequency Oscillator	مذبذب التردد التضاربي
BW	Biological Warfare	الحرب البيولوجية
BDR	Bombardier	مدفعي
BL	Bomb Line	خط القنابل
BOMREP	Bombing Report	تقرير ضرب القنابل
BDC	Bottom Dead Center	النقطة الميتة السفلى
BDY	Boundary	حد
BHP	Break Horse Power	القدرة الحصانية للكابح
BOA	Break Off Altitude	ارتفاع نقطة التحول
BR	Bridge Or Bridging	مد الجسور
BDE	Brigade	لواء ، فرقة
BRIG	Brigadier	عميد
BBP	Bulk Breaking Point	نقطة تقسيم
CAL	Calibration	معايرة ، تقويم
CS	Call Sign	نداء
CAM	Camouflage	تمويه
CAPT	Captain	نقيب
CAD	Cartridge Actuated Device	جهاز يشغل بالطلقة

الاختصار ABB	المصطلح كاملاً Term In Full	المعنى Meaning
CAS	Casualty	خسائر
CCS	Casualty Clearing Station	محطة اخلاء الخسائر
CCP	Casualty Collecting Post	نقطة جمع الخسائر
CAV	Cavalry	فرسان
CGS	Centimeter-Gram-Second	سنتيمتر ـ غرام ـ ثانية
CERT	Certificate	شهادة
CW	Chemical Warfare	الحرب الكيماوية
CC	Chief Controller	كبير المسيطرين او المراقبين
COS	Chief of Staff	رئيس الاركان
COO	Chief Ordnance Officer	كبير ضباط المهمات
CEP	Circular Error Probable	الخطأ الدائري المحتمل
CIV	Civil or Civilian	مدني
CD	Civil Defence	الدفاع المدني
CS	Close Support	معاونة قريبة
CA	Coast Artillery	مدفعية ساحلية
COL	Colonel	عقيد
COLN	Column	رتل ، صف ، عمود
CBT	Combat	قتال ـ معركة
COMD	Command or Commander	قيادة أو قائد
CO	Commanding Officer	قائد
CMDO	Commando	فدائي
CIO	Combat Intelligence Officer	ضابط استخبارات القتال
COMN	Communication	مواصلات
COMNZ	Communication Zone	منطقة مواصلات
COY	Company	سرية
CSM	Company Sergeant-Major	رقيب اول السرية
CONC	Concentrate, Concentration	يركز او تركيز
CONFD	Confidential	سري
CB	Confined to Barracks	حَجْر بالمعسكر
CW	Continuous Wave	موجة مستمرة
CON	Control	سيطرة ـ مراقبة
CONV	Convalescent	نقاهة

الاختصار ABB	المصطلح كاملاً Term In Full	المعنى Meaning
COORD	Co-ordinate, Co-ordination	ينسق أو تنسيق
COOP	Co-operate	يتعاون
CPL	Corporal	عريف
CIF	Cost Insurance and Freight	الكلفة والتأمين والشحن
CATTK	Counter-Attack	هجوم مضاد
CRDS	Cross Roads	تقاطع طرق
DTG	Date Time Group	خانة الوقت والتاريخ
DECON	Decontamination	تطهير
DEF	Defend or Defence	يدافع ـ دفاع
DF	Defensive Fire or Direction Finding	نيران دفاعية أو تحديد اكتشاف الاتجاه
DEL	Delivery	تسليم
DP	Delivery Point	نقطة تسليم
DEPT	Department	إدارة
DEP	Depot	مستودع صرف
DEV	Develop, Development	يطور ـ تطور
DET	Detach or Detachment	يرسل أو ارسال
DC	Direct Current	تيار مستمر
DIESO	Di sel Fuel	وقود الديزل
DR	Dispatch Rider	ساعٍ ، راكب
DISL	Dispersal Line	خط التفرق
DIS P	Dispersal Point	نقطة التفرق
DME	Dispertance Measuring Equipment	جهاز قياس المسافة
DIST	Distribution	توزيع
DIV	Division	فرقة
DK	Dock	ميناء ـ مرفأ
DOCU	Document	وثيقة
DVR	Driver	سائق
DZ	Dropping Zone	منطقة إنزال
EWR	Early Warning Radar	رادار الانذار المبكر
ECH	Echelon	رتل عربات او نسق
EDN	Education	تعليم
EG	For Example	على سبيل المثال

الاختصار ABB	المصطلح كاملاً Term In Full	المعنى Meaning
E and M	Electrical and Mechanical	ميكانيكي وكهربائي
ECM	Electronic Counter Measures	اجراءات الكترونية مضادة
EW	Electronic warfare	الحرب الالكترونية
EMB	Embark or Embarkation	يركب أو ركوب متن الباخرة
EMP	Employ or Employment	يستخدم او استخدام
ENGR	Engineer	مهندس
ESBD	Engineer Stores Base Depot	مستودع ادوات المهندسين بالقاعدة
EQPT	Equipment	معدات
ETA	Estimated Time of Arrival	الوقت المقدر للوصول
ETD	Estimated Time of Departure	الوقت المحدد للرحيل ، للانطلاق
EVAC	Evacuate or Evacuation	يخلي أو اخلاء
EX	Exercise	تمرين
FAR	False Alarm Rate	معدل الانذار الزائف
FD	Field	ميدان
FDS	Field Dressing Station	محطة غيار ميدانية
FST	Field Surgical Team	فريق جراحة ميداني
FOIC	Flag Officer in Charge	ضابط العلم (البيرق)
FT	Flame Thrower	قاذف اللهب
FIC	Flight Information Centre	مركز معلومات الطيران
FBE	Folding Boat Equipment	معدات القوارب المطلوبة
FT	Foot or Feet	قدم أو اقدام
FUP	Forming Up Place	محل التشكيل
FMM	Formation	تشكيل
FWD	Forward	أمامي
FCP	Forward Control Post	مركز مراقبة أمامي
FDL	Forward Defence Locality	المنطقة الدفاعية الامامية
FOO	Forward Observation Officer	ضابط ملاحظ أمامي
FOB	Free on Board	التسليم على ظهر الشاحنة
FM	Frequency Modulation	تضمين التردد
FCF	Function Check Flight	رحلة تفقد الاداء
GAL	Gallon	جالون
GRN	Garrison	حامية

الاختصار ABB	المصطلح كاملاً Term In Full	المعنى Meaning
GEN	General	عام
GCM	General Court-Martial	مجلس عسكري عالٍ
GHQ	General Headquarters	الرئاسة العامة
GT COY	General Transport Company	سرية نقل عام
GMT	Greenwich Mean Time	توقيت جرينتش
GA	Ground Attack	هجوم ارضي
GCL	Ground Controlled Interception	اعتراض موجّه من الأرض
GLO	Ground Liasion Officer	ضابط اتصال أرض
GP	Group	فريق ـ مجموعة
GD	Guard	يحرس او حراسة
GDSM	Guardsman	حارس
GM	Guided Missile	قذيفة موجهة
GNR	Gunner	مدفعي
HF	Harassing Fire	نيران ازعاج او تشويش
HAR	Harbour	ميناء
HQ	Headquarter	رئاسة او مركز القيادة
HY	Heavy	ثقيل
HAA	Heavy Anti-Aircraft	مدفعية م / طـ ثقيلة
HEPTR	Helicopter	هليوكوبتر
HE	High Explosive	شديد الانفجار
HF	High Frequency	تردد عالٍ
HLBC	High Level Battle Combat	قتال جوي على ارتفاع عال
HT	High Tension	ضغط عالٍ
HD	Home Defence	الدفاع عن الوطن
HG	Home Guard	حراسة الدولة او حرس الدولة
HP	Horse Power	القدرة الحصانية
HOSP	Hospital	مستشفى
HR	Hour	ساعة
HOW	Howitzer	هاوتزر ، مدفع
CWT	Hundredweight (S)	وحدة وزن
HYG	Hygiene	حفظ الصحة او علم الصحة
I.F.F	Identification Friend **or Foe**	تمييز الصديق من العدو

الاختصار ABB	المصطلح كاملاً Term In Full	المعنى Meaning
IN	Inch	بوصة ، انش
INDEP	Independent	مستقل
IAS	Indicated Air Speed	السرعة المبينة
INF	Infantry	مشاة
INFO	Inform or Inforamtion	يخبر او معلومات
IWT	Inland Water Transport	النقل المائي الداخلي
IOO	Inspecting Ordnance Officer	ضابط ، مفتش مهمات
IA	Inspector of Arms	ضابط مفتش اسلحة
INSTR	Instruct, instructions	يعلم ـ تعليمات
INT	Intelligence	مخابرات
IO	Intelligence Officer	ضابط مخابرات
INTREP	Intelligence Report	تقرير مخابرات
INTERC	Intercommunication	اتصال داخلي
IS	Internal Security	امن داخلي
JATO	Jet Assisted Take Off	اقلاع مساعدة نفاث
LCPL	Lance-Corporal	وكيل عريف
LF	Land Force (s)	القوات البرية
IDG	Landing	هبوط ، انزال
LDR	Leader	قائد
LO	Liaison Officer	ضابط اتصال
LT	Lieutenant	ملازم
LAD	Light Aid Detachment	جماعة نجدة خفيفة
LAA	Light Anti-Aircraft	مدفع م / ط خفيف
L of C	Lines of Communication	خطوط المواصلات
LT	Line Telegraphy	تلغراف خطي
LOC	Locate, Location or Locality	يعين المحل ـ تعيين المحل ـ منطقة
LOG	Logistics or Logistical	شؤون ادارية او اداري
LOG	Lorried or Logistical	محمل في شاحنة (لوري)
LE	Lower Establishment	مرتب مخفض
MG	Machine Gun	رشاش ـ مدفع ميكانيكي
MAG	Magazine	مخزن البندقية
MA	Maintenance Area	منطقة إعاشة

الاختصار ABB	المصطلح كاملاً Term In Full	المعنى Meaning
MAJ	Major	رائد
MK	Mark	درجة
MRS	Master Radar Station	محطة رادار رئيسية
MAX	Maximum	الحد الأقصى ـ النهاية الكبرى
MSL	Mean Sea Level	مستوى سطح البحر
MECH	Mechanic, Mechanical	ميكانيكي ـ آلي
MT	Mechanical Transport	حملة ميكانيكية
MTO	Mechanical Transport Officer	ضابط نقلة (حملة)
MED	Medical or Medium	طبي ـ متوسط
MO	Medical Officer	ضابط طبيب
MAA	Medium Anti-Aircraft	مدفعية م / ط متوسطة
MMG	Medium Machine Gun	مدفع رشّاش متوسط
MRM	Medium Range Air To Air Missile	صاروخ جو ـ جو متوسط المدى
MP	Meeting Point	نقطة التقاء
MG	Message	رسالة
MPH	Miles per Hour	ميل / ساعة
MIA	Missing in Action	مفقود في القتال
MIL	Military	حربي ـ عسكري
MILGOV	Military Government	حكومة عسكرية
MP	Military Police	شرطي حربي
MT	Military Training	تدريب عسكري
MIN	Minimum or Minute	حد أدنى او دقيقة
MI	Missed Interception	اعتراض خاطىء
MOB	Mobile	متحرك
MA	Mission **Accomplished**	انجزت المهمة
MLBCOY	Mobile Laundry **and** Bath Company	سرية غسيل واستحمام متنقلة
MOB	Mobilization	تعبئة
MOR	Mortar	هاون
MOT	Motor or Motorized	محرك ـ يعمل بمحرك
MW	Mountain Warfare	حرب جبلية
MTD	Mounted	راكب
MOV	Movement	حركة

الاختصار ABB	المصطلح كاملاً Term In Full	المعنى Meaning
MCO	Movement Control Officer	ضابط مراقبة التحرك
IE	**Namely or That is to say**	يعني ـ أي
NASA	National Aeronautics **and** Space Adminstration	وكالة الفضاء الاميركية
NS	National Service	الخدمة الوطنية
NEW	Net Explosive Weight	الوزن الصافي للمتفجرات
NCO	Non-Commissioned Officer	ضابط صف
NR	Non-Returnable	لا يرتدّ
NC	Non-Combatant	غير مقاتل
NATO	North Atlantic Treaty Organisation	منظمة حلف شمال الاطلنطي
NO	Number	عدد ـ رقم
NW	Nuclear Warfare	حرب نووية
OBJ	Objective	غرض
OBAN	Observation	ملاحظة
OP	Observation Post	نقطة ملاحظة
OBS	Obstacle	مانع ، عائق
OFFR	Officer	ضابط
OC	Officer Commanding	قائد
OIC	Officer-in-Charge (OF)	الضابط المكلف بـ
ORP	Operatinal Readiness **Platform**	منصة الطائرات المتأهبة للعمليات
OO	Operation Order	امر عمليات
ORD	Ordnance	مهمات
ORG	Organize or Organization	ينظم او تنظيم
OR	Other Rank (s)	الرتب الآخرى
PARA	Paragraph or Parachute	مظلة او فقرة
PAD	Passive Air Defence	الدفاع الجوي السلبي
PERS	Personnel	أفراد ، مِلاَك
PET	Petroleum	بترول
PETSTA	Petroleum **Filling** Station	محطة للتزود بالبترول
PP	Petroleum Point	نقطة بترول
PRP	Petroleum Refilling Point	نقطة اعادة التزود بالبترول
POL	Petrol Oil and Lubricants	وقود ـ زيوت ـ شحوم
PHOTO	Photograph	يصور ـ صورة

الاختصار ABB	المصطلح كاملاً Term In Full	المعنى Meaning
PR	Photographic Reconnaissance	استطلاع بالتصوير
PPL	Pipeline	خط أنابيب
PPI	Plane Position Indication	تحديد موقع الطائرة
PL	Platoon	فصيلة
PT	Point	نقطة
PTBL	Portable	قابل للحمل او النقل
POSN	positions	موقع
LB	**Pound**	ليبرة ، رطل انجليزي
P.F.O	Practice Flame Out	التدريب على اطفاء المحرك
PW	Prisoner (s) of War	اسير حرب
PTE	Private	جندي (تربة)
PERT	Program **Evaluation and** Review Technique	اسلوب تقييم البرنامج ومراجعته
PIAT	Projector Infantry Anti-Tank	مدفع م / د (بيات)
PRO	Provost	ضابط بوليس حرب
PM	**Provost Marshal**	قائد البوليس الحربي
PLD	Pulse **Length Discriminator**	مميز طول
QM	**Quartermaster**	ضابط إمداد وتموين
RH	Railhead	رأس السكة الحديد
RLY	Railway	سكة حديد
RECCE	Reconnaissance or Reconnoitre	استطلاع ـ يستطلع
REC	**Recover,** or Recovery	ينقذ ـ انقاذ
RR	Recoilless Rifle	بندقية عديمة الارتداد
RAS	Rectified Air Speed	السرعة الجوية المصححة
REF	**Reference**	مرجع
RAP	Regimental Aid Post	نقطة إسعاف الوحدة
RMO	Regimental Medical Officer	ضابط طبيب الوحدة
RFT	Reinforcement	امداد ـ دعم
RVP	**Rendezvous** Point	نقطة التقاء
RPTD	Repeated	مكرر
RES	Reserve	احتياط
RESTD	Restricted	محظور ، مقيّد
RSD	Returned Stores Depot	مستودع مهمات مرتجعة

الاختصار ABB	المصطلح كاملاً Term In Full	المعنى Meaning
RPM	Revolution per Minute	دورة في الدقيقة
RMN	Rifleman	الرامي ، جندي من الرماة
RD	Road	طريق
RDH	Roadhead	رأس الطريق
RATO	Rocket Assisted Take Off	اقلاع بمساعدة
RL	Rocket Launcher	قاذف صاروخي
RPG (PM)	Rounds per Gun (per Minute)	طلقة / مدفع ـ دقيقة
RO	Routine Order	أمر عادي ، وتيري
SAL	Salvage	مخلفات
SAN	Sanitary or Sanitation	صحي ـ علم حفظ الصحة
2IC	Second In Command	قائد ثانٍ
2LT	Second Lieutenant	ملازم (ثانٍ)
SOC	Sector Operade Center	فرز عمليات القطاع
SP	Self-Propelled	ذاتي الحركة
SGT	Sergeant	رقيب
SM	Sergeant-Major	رقيب اول
SHELREP	Shelling Report	تقرير ضرب القنابل
SRAAM	Short Air-Air Missile	صاروخ جو ـ جو قصير المدى
SS	Short Service	خدمة قصيرة
STOL	Short Take Off and Landing	الاقلاع والهبوط القصيران
SIG	Signal	اشارة
SIGMN	Signalman	جندي اشارة
SITREP	Situation Report	تقرير الموقف
SAA	Small Arms Ammunition	ذخيرة الاسلحة الصغيرة
SRG	Sound Ranging	تحديد الصوت
SE	Special Establishment	مرتب خاص
SPEC	Specialist	اخصائي
(S.O.P)	Standing Operation Procedures	اوامر العمليات الثابتة
SL	Start Line	خط الابتداء
SSQ	Station Sick Quarter	محطة
STRATR	Strategical Reconnaissance	مركز عمليات القاعدة
SB	Stretcher Bearer (s)	حملة النقالات

الاختصار ABB	المصطلح كاملاً Term In Full	المعنى Meaning
SUB	Subaltern	ملازم
SHY	Super Heavy	مفرط الثقل ، فوق الثقيل
SHF	Super High Frequency	مفرط التردد العالي ، تردد فوق العالي
SUPT	Superintendent	مراقب ، مناظر
SUP	Supply	إمداد ـ يمد
SUPP	Supply Point	نقطة إمداد
SD	Supply Depot	مستودع إمداد
SP	Support	يعاون ـ معاونة
SVY	Survey	يمسح ـ مساحة (للارض)
SVYR	Surveyor	مساح
SWBD	Switchboard	تحويلة
TAC	Tactics, Tactical	تكتيك ـ تكتيكي
TAF	Tactical Air Force	القوة الجوية التكتيكية
TACRR	Tactical Reconnaissance	استطلاع تكتيكي
TK	Tank	دبابة
TT	Target	هدف
TECH	Technical	فني
TELS	Telecommunication	مواصلات تليفونية
TG	Telegraph	تلغراف
TELE	Telephone	تليفون
TPTR	Teleprinter	مبرقة كاتبة
TEMP	Temporary	مؤقت
TOT	Time Overtarget	الوقت فوق الهدف
TDC	Top Dead Center	النقطة العليا
TOSEC	Top Secret	سري للغاية
TFC	Traffic	حركة المرور
TC	Traffic Control	مراقبة المرور
TIR	Trailer	مقطورة
TRG	Training	تدريب
TPT	Transport	ينقل ـ نقل
TN	Transportation	نقل
TPTD	Transported	منقول

الاختصار ABB	المصطلح كاملاً Term In Full	المعنى Meaning
TO	Transport Officer	ضابط نقل
T.N.T	Trinitrolouene	مادة شديدة الانفجار
TCV	Troop Carrying Vehicle	ناقلة جنود
TRR	Trooper	عسكري ـ جندي
TAS	True Air Speed	سرعة جوية حقيقية
UHF	Ultra High Frequency	تردد فائق او مفرط
UTAM	Underwater to Air Missile	صاروخ تحت الماء ـ جو
UXB	Unexploded Bomb	قنبلة لم تنفجر
UNSV	Unserviceable	غير قابلة للاستعمال
UM	Urgent Memorandum	مذكرة عاجلة
VEH	Vehicle	عربة ـ مركبة
VTM	Vehicles to the Mile	عربة / كيلو
VPP	Vertical Performance Diagram	مخطط الاداء الرأسي
VT	Vertical Take Off	اقلاع عمودي
VFR	Visual Flight Rule	قانون الطيران المرئي
VMC	Visual Metrological Condition	حالة الجو المرئية
V.M.A	Visual Mission Accomplished	انجزت المهمة المرئية
VHF	Very High Frequency	تردد عالٍ جدا
VIP	Very Important Personage	شخصية هامة جدا
VET	Veterinary	بيطري
WNGO	Warning Order	امر انذاري
WP	Water Point	نقطة مياه
WPF	Waterproof	صامد للماء او مانع له
WA	Weapon Alloted	السلاح المخصص
WT	Weapon Training	التدريب على الاسلحة
WT	Weight	ثقل ـ وزن
WH	Wheel Or Wheeled	عَجَلة ـ على عجلة او دولاب
WDR	Withdraw	ينسحب
WRIS	Wireless	لاسلكي
WRKS	Workshop	مَشغل ، ورشة
YD	Yard	ياردة

القاموس
العسكري
الحديث

عربي - إنجليزي
إنجليزي - عربي

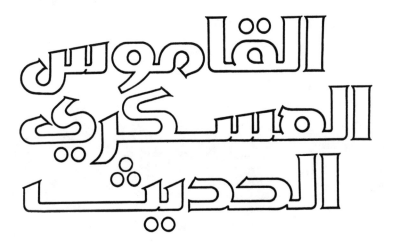

القاموس العسكري الحديث

عربي - إنجليزي
إنجليزي - عربي

إعداد: ماهر الكيّالي

المؤسّسة
العربيّة
للدراسات
والنشر

المحتويات

الإهداء

إلى أخي عبد الوهاب ..
وسائر شهداء الكلمة

مقدمـــــة

كل مجال من مجالات النشاط الانساني له الفاظه وتعـابيره ومصـطلحاتـه الخاصـة بل ورطانته احياناً ، وهذه كلها يبتكرها ويطورهـا المشتغلون في ذلك الحقـل والمهتمون به . وحقل الدراسات العسكرية ليس شاذاً في هذا المضمـار . لقد بُـذلت في النصف الأخير من هذا القرن جهود كبيـرة لتنقيح المصـطلحات والمفـاهيم العسكريـة ـ خاصـة جهـود تلك الهيئات الـرائدة في هـذا المجال ، اذكـر منها جـامعة الـدول العـربيـة التي صدر عنها مؤخراً المعجم العسكري الموحد بـرئاسـة اللواء الركن محمـود شيت خطاب وقد كان هذا المعجم رائداً في هذا المجال ، كذلك ضمت مـوسوعـة السلاح المصـورة التي صـدرت عن دار المختار في جنيف عـدداً من المصطلحـات العسكريـة الحديثـة . ثم تـوالت الجهود من هنـا وهناك ، ولم يكن آخـرها مـا قام بـه مجمـع اللغـة العـربيـة الاردني الـذي اصـدر عـدة كتيبـات تحتـوي عـلى مصـطلحـات عسكـريـة لمختلف الأسلحـة ، وهو مـا يـزال يسعى لاستكمـال تلك المصـطلحـات مستعينـا بصفـوة من العسكريين واللغويين لبلوغ الهدف المنشود .

كذلك هناك جهود عـلى المستوى المحلي في العديـد من الأقطار العـربية لـوضع معاجم ومراجع تتناول مختلف مجـالات العلم العسكري . كـما تسعى بعض دور النشر الاجنبيـة ومنها البـريطانيـة لنشر معجم بعدة لغـات . ونحن قد افـدنا من جميـع هـذه الجهود اضافة الى جهود اللواء شوقي بدران في مصر الـذي اصدر مـوجز المصـطلحات العسكـرية ، واللواء محمـد فتحي امين في العـراق الـذي نُشر لـه قـامـوس (عـربي / انجليزي) بالمصطلحات العسكرية .

تمر المفاهيم العسكـرية في مـرحلة من التطور ولا تـزال ، وأمامنـا مجالات كثيـرة

لابد من البحث فيها وتحليلها وتفهمها . فالأوضاع العسكرية ، كما نعلم ، ديناميكية في تكوينها ، دائمة التحرك والتطور بطبيعتها ، فهل يمكن للمصطلحات المستعملة في العلم العسكري ان تكون دقيقة وشاملة كما هي الحال في المصطلحات المتداولة في العلوم الطبيعية ؟ ومهما كانت حجج المعارضين او المؤيدين لتوحيد المصطلحات العسكرية ، فمن الواضح ان تحقيق التوحيد ، يواجه بعض المصاعب من الناحية العملية ، وعلى أية حال ، فقد نتجاوز الحقيقة والواقع اذا ادعينا ان نشر قاموس مشترك للمصطلحات العسكرية قد يترك الآن اكثر من اثر في مجالات الاستعمال الفعلي ، فتوحيد المصطلحات امر لن يتحقق بشكل علمي فعّال ، قبل مضي سنين طويلة وتعاقب اجيال جديدة من الباحثين العسكريين .

ولهذا رأينا عند قيامنا باختيار مصطلحات هذا المعجم ان نسلك طريق التسهيل ونحصر محتوياته في ما يلي :

أ ـ التعابير العسكرية الأساسية المتعلقة بمبادىء العلم العسكري ونظرياته العامة .

ب ـ التعابير الهامة الشائعة في مختلف انواع الاسلحة كسلاح الجو والتموين والنقل والصيانة والمشاة الخ .

ج ـ المصطلحات التي تصف اوجه الحرب المختلفة دون الاسترسال في شرحها شرحا لا يفيد منه غير الاختصاصيين في هذه الحقول .

د ـ مصطلحات خاصة بمواضيع اخرى لها علاقة بالعلم العسكري كالاقتصاد والاحصاء وعلم الاجتماع ، والعلوم السياسية وذلك بالقدر الذي يربطها بها .

هـ ـ اهم المختصرات والتعابير المتداولة في الادبيات العسكرية .

ان هذا العرض الموجز للاطار الذي وضعنا فيه معجمنا قد يساعد على تفسير الاسباب التي دعتنا الى ادراج كلمات معينة فيه وحذف كلمات اخرى منه . فهدفنا لم يكن جمع اكبر عدد ممكن من المصطلحات وشرحها ، فالمصطلحات التي يستطيع المرء ان يجدها في المعاجم العادية والتجارية قد اسقطت من هذا المعجم تفاديا للتكرار الذي لا طائل تحته . وفي بعض الحالات اعطينا المصطلح الواحد تعريفات بديلة لكي يتمكن كل من يعتمد هذا المعجم من اختيار التفسير الذي يناسب حاجته على النحو الأفضل . ان الهدف الأول ، بل الوحيد ، الذي نرمي الى تحقيقه

من هـذا المعجم هو ان يجـد فيه البـاحثون من عسكريين ومـدنيين بعض مـا يسعون وراءه من الفائدة العملية .

وأخيراً لقد حاولنا الإفـادة قدر الامكـان من جهود من سبقونا في هـذا المضمار افـرادا وهيئات فلهم شكرنا ، كـذلك اشكـر العميد الـركن نبيل قـريطم امين عام مجلس الدفاع الأعلى في الجمهورية اللبنانية لقيامه مشكورا بالمراجعة النهائيـة للقامـوس مما زاد في تدقيق العـديد من المصطلحات والمفـاهيم العسكرية كـما أشكر الصـديق الكبير الدكتور اسعد رزوق لمراجعته المسوّدات وملاحظاته القيمة ، والإخوة والأخـوات العـاملين في 'المؤسسة العربية عـلى مساعـدتهم في مراحـل الاعـداد وأخص منهم أخي واستـاذي رشـاد بيبي الـذي اشكـره عـلى مـا بـذل من جهـد ووقت في تصحيـح المصطلحات ولفته انتباهي الى العديد من الأمور التي حسنت القاموس .

بقي ان نشـير الى ان هذا القاموس يسـد حاجـة ماسـة شعرت بها في مراحـل زمنية مترجماً وناشـراً للعديـد من الكتب العسكرية ، وهو يـأتي من ضمن ما تهتم بـه المؤسسة العربيـة للدراسـات والنشر في مجـال نشر الفكر العسكـري الـذي تعتبـر الموسوعة العسكرية التي اصدرتها المؤسسة أحـد أهم الجهود الـرياديـة العربيـة الشاملة في هذا الحقل .

وفقنا الله جميعا لخدمة امتنا .

ماهر الكيالي

١٩٨٦

أ

ابتزاز نووي nuclear blackmail
إبدال الحجرة rechamber
ابراق ، طريقة ارسال المورس keying
إبرة ثابتة needle
ابرة الرمي firing pin
إبّطاً سلاح secure arms
ابعاد [الطول والعرض والارتفاع للمركبات او الدبابات والمقاييس الأخرى] dimensions
اتجاه direction, bearing
اتجاه امامي forward bearing
اتجاه التسديد direction of lay
اتجاه الحركة direction of motion
الاتجاه الحقيقي true bearing
اتجاه خلفي backward bearing
اتجاه الدوران direction of rotation
اتجاه القوة direction of force
اتجاه لاسلكي radio bearing
الاتجاه المغناطيسي magnetic bearing
اتجاه الهبوط direction of landing
اتصالات لاسلكية للافراد personnel radio communication
اتفاقية convention
اتلف destruct
اثارة excitation
اثارة صوتية acoustic excitation

اجتماع أمني safety meeting
اجراءات procedures, measures
إجراءات الكترونية مضادة electronic counter measures
اجراءات الكترونية مضادة للمضادة electronic counter- counter measures
اجراءات امنية security procedures
اجراءات الانزال للطائرة let down procedures
اجراءات التبديل alternation mechanics
اجراءات تجاوزية by-passing procedures
اجراءات ثابتة للعمليات standing operations procedures
اجراءات المعركة battle procedures
اجراءات الميدان الصحية field sanitation
اجراءات مضادة counter measures
اجـراءات مضـادة سلبيـة passive counter measures
أجزاء أساسية components
الأجنحة المتحركة swing- wings
اجهاد زائد ، إرهاق مفرط overstrain
اجهاد الشد tensile stress
(عملية حرارية لازالة الاجهادات الداخلية للمعادن الحديدية) .
اجهاد الطيران flying stress
اجهاد المطاوعة yield strain

اجهزة امان safety devices

اجهزة تنظيم burst fire regulators

الرمي السريع او رمي الصلي للنيران

اجهزة أو abnormal magnetic phenomena

انظمة كشف الظواهر detection systems

المغنطيسية الشاذة

اجهزة الملاحة الهجومية offensive avionics

الكترونيات الطيران الهجومية

احادي monopode

احادي القشرة monocoque

احاطة envelopment

احتراق combustion

احتراق ثابت الضغط constant pressure

combustion

احتراق مكبوح inhibited burning

احتكاك التدحرج rolling friction

احتلال عسكري military occupation

احتمال القتل (الاصابة) kill probability

احتمالية القتل برمية واحدة single shot

kill probability

احتياط reserve

احتياط العمليات operational reserve

احتياط المتقاعدين retired reserve

احتياط المعدات equipment reserve

احتياط الوحدة unit reserve

احتياط تعبوي ، تكتيكي tactical reserve

احتياط جاهز ready reserve

احتياط استراتيجي strategic reserve

احتياط عائم floating reserve

احتياط عام general reserve

احتياط متهيء stand-by reserve

احتياط متوازن balanced reserve

احداثيات coordinates

احداثيات كروية spherical coordinates

إحديداب combe

اخاديد لولبية spiral grooves

اخاديد متعرجة zig-zag grooves

ارتفاع elevation

ارتفاع ادنى minimum elevation

ارتفاع اضافي extra elevation

ارتفاع اضافي او super elevation

ارتفاع مفرط

ارتفاع الاسقاط release altitude

ارتفاع الالقاء drop altitude

ارتفاع التحويل transition altitude

ارتفاع الحاجز او الحاجب screening elevation

ارتفاع الموقع height of site

ارتفاع امثل optimum height

ارتفاع امثل للانفجار optimum height of burst

ارتفاع امين elevation of security

ارتفاع امين ادنى minumum safe altitude

ارتفاع حرج او خطر critical altitude

ارتفاع حقيقي أو مثالي true altitude

ارتفاع عال high altitude

ارتفاع عمودي او متواصل zoom

ارتفاع انتشار parachute deployment

المظلة او نشر المظلة height

ارتفاع فلكي astro altitude

ارتفاع مصحح او معدَّل corrected elevation

ارتفاع مقدر rated altitude

ارتفاع مطلق absolute altitude

ارتفاع معدل او مضبوط adjusted elevation

ارتفاع نقطة spot elevation

ارتفاع نقطة التحول break of altitude

ارتفع (بالأمر) over shoot

(الغاء عملية الهبوط بعد الاستعداد)

الارتكاز على الركبة kneeling supported

ارزاق	rations
ارزاق جافة	dry rations
ارزاق الطوارىء	emergency rations
ارزاق المزودة (الجراب)	rations haversack
ارزاق الميدان	field rations
ارزاق ناضرة ـ طازجة	fresh rations
ارشاد سلبي	passive guidance
ارض ـ ارض	ground-to-ground
أرضاً سلاح !	ground arms
ارض التدريب	drill ground
ارض حيوية	vital ground
ارض صوانية	flinty land
ارض متموجة	undulating ground
ارض مكشوفة	open country
ارض مهمة أو أساسية	key terrain
ارض ميتة	dead ground
ارض هبوط	landing area
ارض وعرة	rough land
اختبار الاستمرارية (كهرباء)	continuity test
اختبار جوي (للطائرة)	air test
اختراق	penetration break-through
اختراق استراتيجي	strategic break-through
اختراق عازل	interdiction penetration
اختراق على ارتفاع منخفض	low level penetration
اختراق عميق	deep penetration
اختلاط السوائل (اختلاط الماء والزيت في علبة المرفق)	crankcase dilution
اختلاف المنظر ، زيغان	parallax
اختناق	choke
اخفاء [مجموع التدابير الخاصة التي تتخذ للاختفاء عن رصد العدو البري والجوي] .	concealment
اخدود (في القمر)	rille
اخفاق الاطلاق	misfire
اخلاء	evacuate, evacuation
اخلاء الاصابات	casualty evacuation
اخلاء طبي جوي	aeromedical evacuation
أخمص ، عقب البندقية	butt
اخمص قابل للانفصال	removable butt
أخمص قابل للانكماش	retractable butt
اداء الطائرة	aircraft performance
الاداء العام	general handling
ادارة التحركات	movement control
ادارة شؤون الافراد	personnel management
ادارة العمليات	conduct of operations
ادارة او مصلحة المدفعية	ordnance department
اداة	instrument
اداة تفجير كهربائي	electro explosive device
اداة السيطرة على الشغب	riot control agent
ادوات ، عدة	tools
اذاعة الاستطلاع	reconaissance broadcast
اذن مخرشة ، مخدوشة	milled ear
ارتباط المساحات المتبادلة	area correlation
ارتجاج ، تذبذب ، تمايل	wobbling
ارتداد السلاح عند الاطلاق	recoil
اركان الفرقة	divisional staff
اركان عامة	general staff
ارهابي	terrorist
ازاحة فيزيائية ، او مادية	physically displace
ازاحة المكبس	piston displacement
ازالة الانقاض	debris clearing
ازالة التلوث	decontamination
ازالة التضمين (استرداد الرسالة الصوتية من الموجة الحاملة)	demodulation
ازالة الضغط	decompressions
ازالة الكربون	decarbonizing
ازالة الاستقطاب	depolarization

ازميل	chisel
استخبارات	intelligence
استخبارات اساسية	basic intelligence
استخبارات اقتصادية	economic intelligence
استخبارات الأرض	terrain intelligence
استخبارات الاشارات	signal intelligence
استخبارات الأمن الداخلي	internal security intelligence
استخبارات التملص والهرب	evasion and escape intelligence
استخبارات الحرب الذرية والكيماوية والجرثومية	intelligence of atomic
استخبارات الحرب النفسية	psychological warfare intelligence
استخبارات الساحل	beach intelligence
استخبارات الأحوال الجوية	weather intelligence
استخبارات العمليات	operational intelligence
استخبارات الكترونية	electronic intelligence
استخبارات المدفعية	artillery intelligence
استخبارات المعركة ـ القتال	combat intelligence
استخبارات المواصلات	communications intelligence
استخبارات الهدف	target intelligence
استخبارات آنية	current intelligence
استخبارات تعبوية	tactical intelligence
استخبارات جوية استراتيجية	strategic air intelligence
استخبارات سِيرة الأشخاص	biographical intelligence
استخبارات داخلية	domestic intelligence
استخبارات استراتيجية	strategic intelligence
استخبارات سياسية	political intelligence
استخبارات عسكرية	military intelligence
استخبارات عسكرية ـ استراتيجية	strategic military intelligence
استخبارات علمية	scientific intelligence
استخبارات فنية	technical intelligence
استخبارات محلية	local intelligence
استخبارات سَيْر المعركة	order of battle intelligence
استخبارات هيئة الركن	staff intelligence
استخلاص	extrapolation
استخلاص المعلومات	debriefing
استراحة طويلة	long halt
استرح	stand easy
الاسترشاد بالخارطة	map-matching guidance
استطلاع ـ استكشاف	reconnaissance
استطلاع ارضي	ground reconnaissance
ستطلاع بصري	visual reconnaissance
استطلاع الكتروني	electronic reconnaissance
استطلاع المعركة	combat reconnaissance
استطلاع المقاتلات	fighter reconnaissance
استطلاع المناطق المائية	hydrographic reconnaissance
استطلاع الموضع او الموقع	reconnaissance of position
استطلاع بالرمي	reconnaissance by fire
استطلاع بالقوة	reconnaissance in force

[وسيلة عسكرية تستخدمها القوات العسكرية للتقدم باتجاهِ العدو لاجباره على الرماية لتحديد نوع اسلحته ومواقعه]

استطلاع تصويري	photographic reconnaissance
استطلاع تعبوي	tactical reconnaissance
استطلاع تلفزيوني	television reconnaissance
استطلاع جوي	air reconnaissance

استطلاع جوي بصري visual air reconnaissance
استطلاع جوي تصويري air photographic reconnaissance
استطلاع جوي تعبوي tactical air reconnaissance
استطلاع استراتيجي strategic reconnaissance
استطلاع الساحل beach reconnaissance
استطلاع قريب close reconnaissance
استطلاع القنابل bomb reconnaissance
استطلاع المواصلات communications intelligence
استطلاع متوسط intermediate reconnaissance
استطلاع مسلح armed reconnaissance
استطلاع منطقة area reconnaissance
استطلاع نقطة spot reconnaissance
استطلاع نووي nuclear reconnaissance
استطلاع بصري visual reconnaissance
استطلاع الطرق route reconnaissance
استطلاع عام general reconnaissance
استعصاء ، ازدحام ، تشويش jamming
استقرار الدوران spin stabilization
(دوران القذائف)
استقطاب polarization
استنساخ فوتوغرافي photocopying
اسطوانة cylinder
اسطوانة تتأرجح جانبيا side-swing cylinder
اسطوانة المدى range drum
اسطوانة المسدس pistol cylinder
اسطوانة غاز gas cylinder
اسطواني cylindrical
اسقاط drop
اسقاط جوي air drop
اسلاك متعددة المحور coaxial cables

اسلاك الأعتدة trip wires
اسلاك شائكة barbed wires
اسلحة weapons
أسلحة أرضية ground arms
اسلحة تكرارية repetition arms
اسلحة التوافق compromise weapons or arms
اسلحة خفيفة small arms
اسلحة فردية individual weapons
أسلحة منطقة area weapons
اسلحة ذات دفع اضافي auxiliary - prpelled weapons
اسلحة تلقائية automatic weapons
اسلحة ذاتية الحركة self propelled
الأسلحة ذات السقوط الحر free-fall weapons
اسلحة الفصيل والسرية platoon and company weapons
اسلحة مخرَّبة sabotaged weapons
اسلحة نووية تعبوية tactical nuclear weapons
[اسلحة نووية من المستوى الذي يستعمل على ارض المعركة ضد أهداف تعبوية] .
اسلوب تقييم البرنامج ومراجعته program evalution and reviews technique
اسلوب sentries method of
التحدي بالخفراء challenging by sentries
اسلوب التباطؤ بالسرعة decelerating system
اسلوب أو نظام القدح percussion system
اسلوب او نظام المغلاق المقفل locked breech, closed-breech system
اسلوب او نظام المغلاق المفتوح open-breech system
اسلوب مباشر direct process
اسم رمزي symbolic name
اسم المرسل (في البرقيات) drafter's name
اسناد support

اسناد المعركة combat support
اسناد النقل الجوي air transport support
اسناد جوي air support
اسناد جوي بعيد المدى لمقاومة الغواصات
anti submarine air distant support
اسناد جوي تعبوي tactical air support
اسناد جوي هجومي offensive air support
اسناد جوي عام general air support
اسناد جوي غير مباشر indirect air support
اسناد جوي فوري immediate air support
اسناد جوي قريب close air support
اسناد جوي مدبر preplanned air support
اسناد عام general support
اسناد غير مباشر indirect support
اسناد قاعدة عائم floating base support
اسناد قريب close support
اسناد مباشر direct support
اسناد متبادل mutual support
اسناد متوازن balanced support
اسناد مرتجل impromptu support
اسناد ناري fire support
اسير ، سجين prisoner
اسير حرب prisoner of war
اشارات المرور passing lights
اشارة signal
اشارة انحراف ، خطأ error signal
اشارة قيادة command signal
اشباع المهبط plate saturation
اشتعال فتيلي matchlock
اشتعال مبكر (للوقود) firing back
[تفجر الوقود قبل الاوان] .
أشرطة فتح المظلة pack opening bands
أشرطة قماشية harnesses
اشعاع بطيء low order radiation

اشعاع ضعيف soft radiation
اشعاع كهرو مغناطيسي electro magnetic radiation
الاشعاع المعزز enhanced radiation
اشعاع نووي nuclear radiation
اشعال مقدم ignition, advanced
إشعال مؤخر ignition-retarded
إشعال برتاج القدح percussion fiercing lock
اشعة سينية ، اكس X-rays
اشعة فوق البنفسجية ultra-violet rays
اشعة جاما gamma rays
اشعة كونية cosmic rays
اشعة الليزر [شعاع مركز لنوع من الضوء يسلط على الهدف لمعرفة مسافته] laser
اشعة متبقية residual radiation
اشواط المحرك engine strokes
اصابة تغير الضغط barotrauma
اصابة خارج المعركة non-battle injury
اصطدام collision, impact
اضطراب هوائي turbulence
إطارات tyres
اطار المجال field frame
اطارات مصمتة او متينة solid tyres
اطار مفصلي hinged frame
إطباق lock- in
اطعمة معلبة canned rations
اطفأ الأنوار lights out
اطلاق launch
اطلاق بارد cold launch
اطلاق جوي air launch
الاطلاق الساخن hot launch
اطلاقة باليستية او ذاتية الدفع ballistite cartridge
اطواق الانضغاط compression rings

اطلاق نار زائف او رشقات زائفة او كاذبة	simulation fire
اعادة البث	rebroadc asting
اعادة التجميع	regrouping
اعادة تجهيز	turn around
اعادة تصنيف	reclassification
اعادة التعبئة	refueling
اعادة ضمنية [العودة الى الهدف بعد تسلم الاشارة]	passive homing
اعاقة المقدمة	nose drag
اعتراض	interception, objection
اعتراض بتوجيه قريب	close controlled interception
اعتراض تدريبي	practice interception
اعتراض جوي (محمول جوا)	airborne interception
اعتراض خاطىء	missed interception
اعتراض متحكم به من الارض	ground controlled interception
اعسر	left-handed
اعلى درجة ممكنة للاصابة	highest possible score
أعلى رتبة	senior
اعلى سرعة	maximum speed
اعمال دفاعية	defence works
اعمال الصيانة	task system of maintenance works
اعياء ، إنهاك	fatigue
اغلاق (اسلحة)	locking
افتراضات الخسائر او تخمينها	assumption of losses
افلات المظلة	canopy release
اقتحام ثقيل	heavy assault
اقتراب مسيطر عليه من الأرض	ground controlled approach
اقتراب نهائي / مرحلة هبوط الطائرة	final approach
اقتران متغاير (في التردد)	heterodyne
أقسام حاملة	bearing surfaces
أقصى ارتفاع للمقذوف	maximum ceiling
أقصى مدى ارضي	maximum ground range
اقطاب البطاريات	battery terminals
اقطاب مضادة	counter poles
إقفال	locking
اقلاع	take off
اقلاع بمساعدة نفاث	jet-assisted take-off
اقلاع عمودي	vertical take off
اقلاع فوري	take scramble
اقلاع وهبوط قصيران	short take off and landing
اقلاع وهبوط عموديان	vertical take off and landing
اقمار التقصي	fetch satellite
أقمار نظام الكتروني	electron class satellite
اكسجين غازي	gaseous oxygen
الى الامام سلام	salute to the front
الى الخلف در	about turn
الى اليسار انظر	eyes left
الى اليسار سلام	salute to the left
الى اليمين انظر	eyes right
الى اليمين سلام / تدريب اداء التحية	salute to the right
التحام	hand to hand fight
التحام (مركبات الفضاء)	docking
التحام نووي	nuclear fusion
التفاف من الجناح	out flanking
آلة تشكيل	shaping machine

آلة تصوير مائلة oblique camera

آلة التفريز ، خرّاطة milling machine

آلة قياس الجهد الكهربائي electrometer

آلة طابعة typewriter

آلة ، ماكنة machine

الحاق attachement

الحثّ والاستقراء electric inducation

أسلحة مخصصة او موزعة weapon alloted

أسلحة مقيدة او مغلقة

(اسلحة في وضع التأهب ، لا ترمى الا اذا قام العدو بالرماية)

العاب بهلوانية aerobatics

الغاء ، اجهاض abort

الالغام والمصائد mines and body traps

الكترون (وحدة الشحنة السالبة) electron

الكترون حر (الكترون موجود في المدار الأخير من مدارات الذرة) free electron

الكترون سالب negative electron

الكترونيات electronics

الكترونيات الطيران avionics

آلية mechanism

آلية الارتداد (للمدافع) recoil mechanism

آلية التسديد بالاتجاه traversing mechanism

آلية تلقيم من الخلف breech loading mechanism

آلية الثقل المعاكس counter-weight mechanism

آلية رمي بالزناد trigger firing mechanism

آلية رمي مسيطر عليها بحبل صغير landyard-controlled firing mechanism

آلية الزناد trigger mechanism

آلية ضبط servomechanism

آلية غلق للحركة في الارتفاع lock mechanism screw elevation

آليات برمائية sea land vehicles

آليات المؤخرة breech mechanism

أمان المقبض grip safety

امبير / وحدة قياس التيار الكهربائي ampere

امبير ـ دورة ampere-turn

امبير ـ ساعة ampere-hour

امتصاص suction

امدادات طبية medical supplies

امدادات غذائية food supplies

الامداد والتجهيز logistics

آمر commanding officer , commander

آمر الاطلاق releasing commander

آمر الحرس sergeant of guard

آمر الدفاع الجوي air defence commander

آمر الدفاع الجوي المحلي local air defence commander

آمر الدفعة stick commander

آمر الساحل beach commander

آمر العجلة vehicle commander

آمر دفاع مقاومة الطائرات anti-aircraft defence commander

آمر قِطَاع او جبهة sector commander

آمر مدفعية الدفاع الجوي air defence artillery commander

أمر order

أمر اداري administrative order

أمر اعتيادي routine order

أمر انذاري warning order

أمر تنقل movement order

أمر حجز او اعتقال capias

أمر ركوب embarkation order

أمر مراقبة البث emission control order

امر شفوي verbal order, oral order

امر عمليات operation order

امر مجزأ fragmentary order
الامر اليومي order of the day
امكانيات العدو enemy capabilities
إملاء load
أمن security
أمن الاشعاع radiological safety
أمن الكتروني electronic security
امن مادي ، حماية جسدية physical security
امن المخابرة أو الإشارة signal security
امن المنطقة الخلفية rear area security
امن المواصلات communications security
امن بث الكتروني electronic emission security
امن جماعي collective security
امن داخلي internal security
امن قومي national security
امن كيمياوي chemical security
اموال الوحدة unit funds
اميتر (اداة لقياس الكهرباء بالأمبير) ammeter
امين مستودع storekeeper
انابيب الوقود fuel pipes
انبوب tube
انبوب اسلاك conduit
انبوب الزيت oil pipe
انبوب غير ملحوم seamless tube
انبوب متشعب manifold
انتاج بالجملة mass production
انتباه attention
انتقاء السواقين وتدريبهم drivers selection and training
انتشار التفجير propagating explosion
انتفاخ swell
انتقائية selectivity
انتهاء الانذار all clear
انتهاك violation

الانتلبية (المحتوى الحراري ، السعة الحرارية لوحدة الكتلة) enthalpy
انجذاب الكتروني electron affinity
انجاز performance
انجزت المهمة mission accomplished
انجزت المهمة المرئية visual mission accomplished
انحدار declination
انحراف deviation
استهلاك ، استنزاف ، إتلاف exhaustion
انذار alert
انذار ارضي ground alert
انذار احمر red warning
انذار السموم toxic warning
انذار بالحوم محمول جوا airborne alert
انذار بالضربة النووية nuclear strike warning
انذار تعبوي tactical warning
انذار طوارىء emergency alarm
انذار استراتيجي strategic warning
انذار مبكر early warning
انذار مبكر للدفاع الجوي air defence early warning
انذار محلي local warning
انذار مسبق advanced warning
انذار وهمي mock alert
انذار يومي daily alarm
انزلاق افقي horizontal sliding
انسجام ، توافق compatibility
انسحاب على الأقدام foot withdrawal
انسداد هوائي air lock
انشطار هوائي نووي nuclear fission
انشوطة او عُقدة loop
انشوطة التوائية hesitator loop
انطلاق الخرطوشة قبل الأوان premature discharge

انطفأ المحرك flame out
أنظمة الأمان safety regulations
انعدام الجاذبية zero gravity
إنعكاس الضوء ، تفكير ، فكرة reflection
انف / مقدمة الشكل الانسيابي nose
انفتاح، تطوير development
انفتاح استراتيجي strategic development
انفجار outburst
انفجار الفوهة muzzle burst
انفجار تحت السطح sub-surface burst
انفجار تماس graze burst
انفجار تنططي أو وثّاب ricochet burst
انفجار جوي air burst
انفجار على السطح surface burst
انفجار مبكر early burst
انفجار نووي على السطح nuclear surface burst
إنقاذ save, rescue, deliverance
إنقاذ بحري بالطائرة air/sea rescue
انقضاض ، غوص dive
انقلاب عسكري coup d'etat
انكسار الضوء refraction
انهاء التعبئة ، تسريح demobilization

انوار مدرج (مصابيح تعمل على الزيت) groose necks
اهتزاز (اهتزاز العجلات الأمامية نتيجة خطأ في جهاز التوجيه) shimmy
اهمد ، أخمد deactivate
أوار المعركة heat of the fight
اوامر الانفتاح order of development
اوامر الحريق fire orders
اوامر العمليات الثابتة standing operation procedure
اوامر المعركة combat orders
الأوتومائية automation
الأوج ، منطقة الأوج [اعلى نقطة يصلها مقذوف او قمر صناعي في مداره] apogee
اورستد [وحدة شدة مجال المغناطيس] orsted
اوقف الرمي cease firing
اوكسجين سائل liquid oxygen
أول اوكسيد الكربون carbon monoxide
ايجابي active
ايجاد المدى بالصوت والوميض sound and flash ranging
ايجاز briefing
أيمن right handed

ب

باثّ	emitter
باحث نشيط (معنى مجازي)	ferret
بارجة	battle ship
بارود بلا دخان	smokeless powder
بارومتري ، له علاقة بالتغيرات الجوية	barometric
بازوكا ، سلاح خفيف يحمل على الكتف تطلق منه الصواريخ على الدبابات او نحوها .	bazooka
باطل	null, inert
بافابوز (نظام رادار ينذر بحدوث هجوم بواسطة المقذوفات البالستية)	pave pawa
باكبار (نظام للمراقبة الفضائية فوق المحيط الهادىء)	pacbar
بالستي / بالستيكي	ballistic
بث	emission
بث ثانوي	secondary emission
بثق ، انبثق	extrude
بحث اساسي	basic research
بحث وانقاذ	search and rescue
بحر بقوة صفر	force sea «o»
بحرية	marine
بدالة او محوّل	transducer
بدل أو علاوة تدفئة وانارة	heat and light allowance
بدن	body
بدن (السفينة) او الطائرة	fuselage
براغي متقطعة اللولبة	interrupted threads
« برتقال حلو » (رمز يفيد الاعتراض الجوي ويعني ان حالة الجو مناسبة)	orange sweet
« برتقال مر » (رمز يفيد الاعتراض الجوي وتعني ان حالة الجو غير مناسبة)	orange sour
برج الدبابة	tank turret
برج المراقبة	control tower
برج مصفح	conning tower
بَرَد	hail
بر ـ ستوف (بنزين اصطناعي)	br-stoff
برشام	rivet
برشمة	riveting
برغي متفجر	explosive bolt
برقية شيفرة	cipher telegram
برقية مرئية	message line
برقية واضحة	message in plain language
بركلورات الامونيوم	ammonium perchlorate
بركلورات = ملح حامض البركلوريك	perchlorate
برمائي	amphibious

برمائي (إسم) برمائية (قارب)	amphibian
برميل أو طبل	drum
برنامج التحرك ، الانتقال	movement program
برنامج الطعام	food program
برنامج (كمبيوتر)	program
برنيق (دهان)	varnish
بروتون ، جُسيّم يحمل وحدة من الكهربائية الموجبة ويشكل جزءا من الذرة	proton
بروز ، دفع	extrusion
البريد الصادر	outgoing mail
بريد الوحدة	unit mail
بزة ، بدلة ، طقم	suit
بزة التدريب	drill uniform
بزة الجاذبية	G-suit
بزة ضغط	pressure suit
بزة ضغط كاملة	full pressure suit
بزة فضاء	space suit
بزة مراسم	full-dress uniform
بزة مكيفة الضغط	pressurized suit
بزة الميدان	field uniform
بصري	optical
بطارية مصباح	battery torch
بطارية	battery
بطاقة	card
بطاقة تثقيب	punch card
بطاقة تموين	ration book
بطاقة المدى	range card
بطة ، ذيل امام الجناح	canard
بُعد البؤرة	range
البعد الزاوي	angular distance
بعيد المدى	long range
بكرة	pulley, roller
بلازما (خليط في أيونات موجبة والكترونات ونيوترونات)	plasma
بلازما شمسية (يرتفع الى ٩٦٠,٠٠٠ ميل عن الشمس)	solar plasma
بلسا (خشب)	balsa wood
بلوتو [الكوكب التاسع للشمس]	Pluto
بلّور ، بلورة ، بلوري	crystal
بناء ، هيكل	structure
بندقية	rifle
بندقية اقتحام	assault rifle
بندقية آلية	automatic rifle
بندقية تحكيم الرمي	spotting rifle
بندقية تعمل بالترباس	bolt-action rifle
بندقية تعمل بالقدح	percussion rifle
بندقية تملأ من ُجهة المغلاق	breechloading rifle
بندقية القنص	sniping rifle
بندقية باطلاق مفرد	single shot rifle
بندقية بسحب مستقيم	straight-pull rifle
بندقية بمخزن	magazine rifle
بندقية آلية أو ذاتية الدفع	automatic rifle
بندقية قصيرة صامتة	silenced carbine
بندقية القناص	sniper rifle
بندقية كلاشنكوف	magazine rifle
بنية خلية النحل	honey comb structure
بنية شبكية	lattice structure
البهر النووي	nuclear dazzle
بوابة الدفق الواسعة الناتجة عن	flux gate
مكثّف الاستقطاب	inter electrode capacitor
بؤرة	focus
بؤري	focal
بورون ، عنصر لافلزي	boron
بوّاق (جندي ينفخ في البوق)	trumpeter
بوق	horn
بيان الشحن	way bill
بيئة ، محيط	environment
بيئة العمليات	operational environment

بيروكسيد الهيدروجين hydrogen peroxide

بيريسكوب ، منظار الأفق periscope
يستخدم في الغواصات والمتاريس

بيضوي oval

البيطرة والرواحل veterinary and remounts

بيغ بيرد « الطائر العملاق » big bird
(تطلق على سلسلة من أقمار التجسس الاميركية)

بيكوفاراد picofarad
(جزء من المليون من الفاراد وهو وحدة السعة الكهربائية)

بين عمودين between perpendicular

ت

تابع ارضي	earth satellite
تابع قمري	selenoid
تابع متزامن	synchronous satellite
تابع محمول	piggyback satellite
تابع نشيط	active satellite
(تحكم من غرفة العمليات)	
تأثر السطح أو القسرة	skin effect
تاريخ انتهاء الصلاحية	expiry date
تأشير الطرق	marking of routes
تاكامو	TACAMO-take command and
(الطرق التي تستعملها البحرية	move out
الاميركية للاتصال بالغواصات)	
تآكل	corrosion, wear
تأمين ضد الحريق	fire insurance
تأهب !	stand to!
تاو (صاروخ)	TOW
	tube launched, optically tracked wire guided
تأيّن ، تأْيين	ionization
تأين حراري	thermionic emission
تباطؤ	deceleration
تباين	variance
تبخر	evaporation, vapourization
تبديل العقد	replacement of contract
التبديل في اثناء التماس	relief in contact
تبديل القيادة	command alternation
تبريد	cooling
تبريد بالسقي	quenching
تبطين خارجي	shell plating
تتبع آلي	automatic tracking
تتبع بأشعة ليزر	laser tracking
تتبع ملاحي	beacon tracking
تجاوز ، ممر جانبي	by-pass
تجاوزه الزمن ، مهمَل ، مهجور	obsolete
تجديد ، تحديث	modernization
تجربة	dry run, rehearsal
تجربة انزال	drop test
تجربة مقيدة	captive test
تجريد من السلاح	demilitarisation
تجنب التماس	contact avoidance
تجهيزات الحرب	harness fittings
تجهيزات علوية	super structure
تجهيزات الميدان	field equipages
تجهيز بالرجال	manning
تجويف	recess
تجويف طولي	longitudinal groove
تجويف في الوسط	dish center
تحت الحمراء	infra red
تحت المسموع دون السمع	infrasonic
تحتمائي	under water
تحديد المدى راداريا	radar tanging

تحديد الهدف	target allocation
تحذير	warning
تحري الأعطال ، كشف الأعطال	troubles shooting
تحريك بالاحتكاك	friction drive
تحضير الطعام وطبخه	food preparation and cooking
التحكم بالدرع	armature control
التحكم عن بعد	remote control
تحكم لاسلكي	wireless control
تحكم وتوجيه ايجابي	active homing guidance
التحكم والسيطرة	umpiring and control
تحليل	analysis, resolving
تحليل الاتجاه	bearing resolution
تحليل الارض	terrain analysis
تحليل الرموز او الخفايا	cryptanalysis
تحليل بالكهرباء	electrolysis
تحليل السمت	azimuth resolution
تحليل الصورة	photograph interpretation
تحليل العمل	performance analysis
تحليل العمليات	operational analysis
تحليل الماء	hydrolysis
تحليل المدى	range resolution
تحليل المعلومات	data processing
تحليل الهدف	target analysis
تحليل توافقي	harmonic analysis
تحليل حفرة القنبلة	crater analysis
تحليل زاوي	angular resolution
تحليل هدف نووي	nuclear target analysis
تحمّل ، جَلَد ، طاقة	endurance
تحميل	loading
تحميل اختياري	selective loading
تحميل اداري	administrative loading
تحميل القافلة	convoy loading
تحميل القطار	rail loading
تحميل المعركة	combat loading
تحميل الوحدة	unit loading
تحميل بالجملة	bulk loading
تحميل بضاعة	commodity loading
تحميل برمائي	amphibious loading
تحميل تعبوي	tactical loading
تحميل متقاطع	cross loading
تحيز ، محاباة	bias
تحية العلم	saluting of the Colour
تحية والسلاح متنكب	saluting with the rifle at the slope
تخديد	fluting
تخريب	demolition, ruination
تخريب تحت الماء	under water demolition
تخريب جزئي	fractional damage
تخريب سري	sabotage
تخريبات تمهيدية	preliminary demolitions
تخريبات مؤجلة	delayed demolitions
تخزين	storing
تخزين الأسلحة الخاصة	special arms storage
تخزين بارد	cold storage
تخشين ، تلوين مُرقش	mottling
تخصيص ، تحديد ، تعيين	allocation
تخفيض	reduction
تخفيف الحمولة او التخلص منها	jettison
تخلف مغناطيسي	hysteresis
تخميد ، تثبيط	damping
تدابير الحرمان	denial measures
تدابير ألغام مضادة	mine counter-measures
تدابير الكترونية مضادة	electronic counter-measures
تدابير الكترونية مضادة فعالة	active electronic counter-measures efficient

تدابير الكترونية مضادة دفاعية defensive electronic counter-measures
تدابير الكترونية مضادة سلبية electronic passive counter-measures
تدابير امن مضادة security counter-measures
تدابير رادار مضادة radar counter-measures
تداخل ، تشوش ، تصادم interference
تداخل الكتروني electronic interference
تداخل كهرومغناطيسي electromagnetic interference
تدبير مضاد counter-measures
تدرج فوق سطح الأرض او الماء taxi
تدريب drill, training
تدريب بالأسلحة weapon training
تدريب الالتجاء (وقاية من الحرب النووية) harbour drill
تدريب بالحراب bayonet drill
تدريب تعبوي tactical training
تدريب جماعي ، اجمالي collective training
تدريب خلال العمليات training during operation
تدريب فردي individual training
تدريب عسكري military drill, training
تدريب على اطفاء المحرك . practice flame out
تدريب على الهبوط الاضطراري practice forced landing
تدريب في العراء drill in the open country
تدريب قتالي combat training
تدريب مشترك combined training
تدريب للمعركة combat drill
تدريب الميدان field training
تدريب الوحدة الأساسي basic unit training
تثبيت القطع المعدنية بعضها مع بعض pinning
تدمير ذاتي self destruction

تدمير متبادل مؤكد mutual assured destruction
تدمير نووي nuclear damage
تدويم ، هبوط لولبي spin
تدوين ثنائي binary notation
ترابط bonding
تراجع retrogression
تراجع الانكشاف (للدوريات) clock ray
تراشق نووي nuclear exchange
تراكب ، تداخل ، تشابك overlap
ترانزستور (اداة الكترونية) transistor
ترانزستور وصْل junction transistor
ترباس ، مزلاج ، الجزء المتحرك في السلاح bolt
ترباس التثبيت lock bolt
ترباس دوار rotating bolt
ترباس ذو عروة eyebolt
ترباس قلاب tilting bolt
ترباس مفصلي ومنخفض hinged and falling bolt
ترباس مطوق (مغلق) wrapped bolt
ترتيب الاشعال firing order
ترتيب السير route order
ترتيب منتشر extended order
ترجح (تموج الطائرة حول محورها العرضي) pitch
ترجيح كهربائي electrical bias
تردد (كهرباء) frequency
التردد البالغ الانخفاض extremely low frequency
تردد تكرار النبضات pulse reoccurence frequency
تردد راديوي radio frequency
تردد سمعي audio frequency
تردد صورة الاشارة image frequency
تردد عال جدا very-high frequency

تردد عالٍ مفرط	ultra high frequency
التردد ما فوق العالي المفرط	super high frequency
التردد المداري	orbital frequency
ترذيذ : تحويل الى رذاذ	atomization
ترس	shield
ترس مخروطي ، مائل	bevel gear
التركيز (التخصيب)	enrichment
تركيز التصور	image intensification
ترميم	refit
ترنح	rolling
ترولي أو عربة خفيفة	light trolley
ترياد ، ثالوث	triad
تزامني	synchronous
تزويد	providing
تزويد بالوقود	fuel supply, fueling
تسارع	acceleration
تسامح	tolerance
تسجيل الأداء	logging
تسخين بالحركية الهوائية	aerodynamic heating
التسديد (او التوجيه)	aiming
التسديد الفعال	active aiming
التسديد المتتابع المباشر	direct tracking aiming
التسديد من الجوف	boresighting
تسرب الزيت	oil leakage
تسرّب الهواء	air bleeding
تسريج ، خياطة او درزة مؤقتة	tack (tacking)
تسلا [وحدة الحث المغناطيسي]	tesla
تسلق (صعود)	climb
تسلق أولي	initial climb
تسلل	infiltration
تسلم	taking over
تسلّم الرسالة لاسلكياً	message received by wireless
التسليم بشرط	capitutation
تسليح رئيسي	main armament
التسليم عن ظهر السفينة	free on board
تسمية رمزية	code designation
تسمية رمزية	code designation
تشبع	saturation
تشحيم	lubrication
تشغيل اختباري ـ الفحص على منضدة	bench run
تشغيل بالهواء	air start
تشكيل ، تكوين ، تشكل	formation
تشكيلات الاقتراب	approach formations
تشكيلات التدريب	drill formations
تشكيل بحري ، اسطول صغير	flotilla
تشكيل بالرتل	column formation
تشكيل بالطَّرْق (للمعادن)	forging
تشكيل تتابعي (تشكيل بالتتابع أحده متأخر قليلا وفي نفس المستوى والخط)	line astern
تشكيل التجمع	formation of assembly
تشكيل تعبوي	tactical formation
تشكيل دبابات	tank formation
تشكيل رأس الرمح	V-formation
تشكيل الصندوق ، تشكيل حركات الطيران	box formation
تشكيل قتالي	combat formation
تشكيل قتالي على ارتفاع عال	high level battle formation
تشكيل القوة (العسكرية)	force structure
تشكيل مرتب (إحدى تشكيلات المقاتلات)	close formation
تشكيل هوائي متقلب	loopstick anternna
تشكيل المعركة	battle formation

تشكيل مواجهة (تشكيلات طيران) line abreast
تشكيل الهجوم attack formation
تشميع waxing
تشوه التعويق الطوري phase delay distortion
[تشويه شكل الموجة في اثناء انتقالها من مرحلة تكبير الى اخرى داخل الاجهزة]
تشويش jamming, distortion
تشويش الكتروني electronic jamming
تشويش بحري sea clutter
تشويش جارف sweep jamming
تشويش حاجز barrage jamming
تشويش لاسلكي radio jamming
تشويش مطري rain return
تشويش مقابل ، مضاد anti jamming
تشويش نقطوي spot jamming
تشويش هاتفي cross talk
تشويش ملاحي beacon stealing
تشبيك meshing
تصادم غير مرن inelastic collision
التصفير (للمدافع) zeroing
[توحيد العلاقة بين موجّه (منظار) السلاح والسبطانة ، بحيث يحصل على اصابة دقيقة على مدى السلاح المؤثر على المستوى الافقي حينما يكون الموجه على الصفر] .
تصليح repair
تصليح استبدالي cannibalization
تصليح رئيسي main repair
تصليحات القاعدة base repairs
تصليحات الميدان field repairs
تصليحات خفيفة light repairs
تصليحات صغيرة minor repairs
تصليحات متوسطة intermediate repairs
تصليح شامل over haul
تصميم design

التصميم الأساسي basic design
تصنيف الأهداف ومتابعتها target track classification
تصنيف الخطورة hazard classification
تصنيف السرية security classification
تصوير استطلاعي reconnaissance photography
تصوير القصف bombardment photograph
تصوير بزاوية كبيرة wide angle photography
تصوير بلا مقياس off-seale photography
تصوير جوي air photography
تصوير جوي ثلاثي sterotriplet photography
تصوير جوي ، متنوع mosaic photography
تصوير جوي عمودي vertical air photography
تصوير جوي مائل عالٍ high oblique photography
تصوير جوي مائل منخفض low oblique photography
تصوير مبهم soft focus photography
تصوير جوي مركب composite air photography
تصوير مروحي fan camera photagraphy
تصوير مفصل dicing photography
تصوير منطقة مستمر continuous strips photography
تصوير نقطوي pin point photography
تصوير وثائقي documentary photography
تصوير ملون colour photography
تصوير بالأشعة تحت الحمراء infra-red photography
تصوير ليلي night photography
تضاؤل ، انحلال الذرة decay
تضبيط ، تناغم ، توافق ، انسجام tune-up

تضبيط جماعي	ganged tuning
تضخيم	amplification
تضمين أو تعديل السعة	amplitude modulation
تضمين التردد	frequency modulation
تضمين متخالط	cross modulation
تطعيم للمعركة	battle inoculation
تطهير ، ازالة التلوث	decontamination
تطهير المنازل (المباني)	house clearance
تطوير ، انماء	development
تطوير اولي او ابتدائي	initial development
تعبئة ذاتية	self loading
تعبئة عسكرية	military tactics
التعبئة والتفريغ	filling and discharging
تعبوي ، تكتيكي	tactical
تعبئة ، تكتيك ، اسلوب	tactic
تعديل	modification
تعديل تقني	technical modification
تعديل السعة (للموجة)	amplitude modulation
تعديل سوقي او استراتيجي	strategic change
تعرّف ، تحديد ، مطابقة	identification
تعزيز ، تقوية	reinforcement
تعشيق تزامني او متزامن	synchromesh
تعشيقة	dovetail
تعطل المعدات الأرضية	ground equipment failure
تعقب ، اقتضاء ، تتبُّع	tracing
تعليق بواسطة قضيب التوائيّ	torsion bar suspension
تعليمات	instructions
تعليمات الامان	safety regulations
تعليمات ، أو آوامر الحرس	sentry's orders
تعليمات الصيانة	maintenance instructions

(اصلاح شامل) ترميم شامل ،	complete overhaul
تدقيق او تنقيح	revision
تعويض ، سد النقص	replenishment
تعويق ، تأخير	delay
تقويم	raising or rating
تعيين ، حصة	allotment
تعيين المكان	location
تعيين موقع العدو	enemy location
تغذية	feeding
تغذية استرجاعية ، او مُعادة	feed back
تغذية بالثقل	gravity feed
تغذية بالثقل	gravity feed
تفريز ، تخريط	milling
تغطية رادارية	radar coverage
تغليف ، أو تمتين (للحبال)	serving
تغييرات طارئة	emergency changes
تغيير القيادة	command change
تغيير مفاجىء في المسار	G-break
تفاعل متسلسل	chain reaction
التفاوت المقبول [الاختلاف بالاقيسة للقطع المتجانسة] ، القدرة على التحمل ، تسامح	tolerance
تفتيش	inspection
التفتيش الفني للآليات	vehicle technical inspection
تفجر [احتراق الوقود داخل الاسطوانة قبل وصول الشرارة]	detonation
تفجير ، انفجار	explosion
التفجير في الجو	air-burst
تفريغ	discharging
تفوق جوي	air supremacy
تقاربية	proximity

تقاطع ، اعتراض ، تصدي
interception, intersection

تقاطع التربيع — grid junction
تقاطع بياني — graphic intersection
تقاطع جوي — air interception
تقاطع جوي باسلوب السيطرة القريبة
close controlled air interception
تقاطع جوي مسيطر عليه لاسلكيا
broadcast-controlled air interception
تقاطع ليلي — night interception
تقاطع مسيطر عليه — controlled interception
تقاطع مسيطر عليه من الارض
ground controlled interception
تقاطع طرق — cross roads
تقدم بالطرد المركزي — centrifugal advance
تقدير ، تخمين — estimate, sensing
تقدير استخبارات — intelligence extimate
تقدير التدمير النووي — nuclear damage assesment
تقدير الخسائر — loss estimation
تقدير الزمن — time rating
تقدير العطب — damage assessment
تقدير العطب التعبوي — tactical damage assessment
تقدير العطب المباشر — direct damage assessment
تقدير الموقع (للسفينة) — dead reckoning
تقدير مدى الوهن النووي — nuclear vulnerability assessment
تقدير موقف — appreciation of the situation/ estimate of the situation
تقدير اداري — administrative estimate
تقدير الاستخبارات — intelligence estimate of the situation

تقديم الشرارة — vacuum advance
[تقديم توقيت الشرارة عند زيادة السرعة في المحرك باستعمال خاصة الامتصاص بوصلة خاصة بين الموزع والمحرك]
تقرير — report
تقرير ارضي — ground report
تقرير استخبارات — intelligence report
تقدير استخبارات مهمة جوية
air mission intelligence report
تقرير استطلاع — reconnaissance report
تقرير استطلاع طريق
road reconnaissance report
تقرير انفجار نووي — nuclear burst report
تقرير آني ، او خاطف — snap report
تقرير حالة الجو — weather report
تقرير حوادث — accident report
تقرير التدريب الشهري
monthly training report
تقرير القصف — bombing report
تقرير المهمة — mission report
تقرير مفاجىء — flash report
تقرير تماس — contact report
تقرير سري — confidential report
تقرير سامّ — toxic report
تقرير الضابط التقويمي
officer evaluation report
تقرير قصف — bombing report
تقرير قصف الهواوين — mortar report
تقرير قصف مدفعي — shelling report
تقرير قيادة — command report
تقرير مفصل — detailed report
تقرير موقف — situation report
تقرير يومي — daily report
تقسية الغلاف — case-hardening

تقسية المعدن metal hardening
تقلب ، تموج ، دورات على محور roll
تقليدي (أي غير نووي) conventional
تقنيا technologically
تقنية المتفجرات وصناعتها أو صناعة الاسهم النارية pyrotechnics
تقوية الأبنية او تدعيمها strengthening buildings
التقويم الكلي للموجة full wave rectification
توقيف ، أسر ، اعتقال ، استيلاء capture
تقييم المعلومات evaluation of information
تكبير ، تضخيم magnification
وقاية مبكرة ، او تدابير امنية مبكرة early security
تكديس piling up, dumping
تكون الجليد ice formation
تلقائي الاشتعال hyperglowic
تلفأ ، يقطع ، يصمد (ضد) wear
تلقائي ، ذاتي automatic
تلدين ، يقوي ، يلدّن annealing
تلسكوب / مقراب telescope
تلسكوبي دقيق جدا telescopic
تلسين قطعة الأمان في البندقية searing
تلقيم (اسلحة) feeding
تلقيم مزدوج double-loading
تماس contact
تماسك cohesion
تمثيل القوى الموجهة vector representation
تمدد expansion
تمدد طولي expansion, linear
تمدد الغازات والسوائل expansion of gases and liquids
تمديدات الزيت oil piping

تمديد الضمان warranty extend
تمرد ، عصيان mutiny, rebellion
تمرين exercise, practice
تمرين ارضي terrain exercise
تمرين اداري administrative exercise
تمرين بقطعات بجانب واحد one-sided exercise with troops
تمرين عسكري من طرف واحد one-sided exercise with troops
تمرين عسكري من طرفين two-sided exercise without troops
تمرين تعبوي مع قطعات tactical exercise with troops
تمرين خريطة map exercise
تمرين رمي القتال combat firing practice
تمرين رمي الميدان field firing exercise
تمرين اشارة signal exercise
تمرين مشترك joint exercise
تمرين معركة هاتفية telephone battle exercise
تمرين منضدة رمل mini-range exercise
تمرين موحد أو مشترك combined exercise
تمرين موقع قيادة command post exercise
تمرين ميداني field exercise
تموين المعركة combat supplies
تمرين قيادات headquarters exercise
تمرين ليلي night practice
تمرين المباراة competition practice
تمرين هيكلي skeleton exercise
تموج yam, pitch
تموج راداري bobbing
تموين إلحاق follow-up supply
تموين تلقائي automatic supply
تموين جوي air supply
تموين جوي تعبوي tactical air supply

تموين شبه تلقائي او شبه ذاتي
automatic supply

تموين متوازن balanced supply
تموين مدني civilian supply
تموين معركة combat supplies
تموين ونقل supply and transport
تموين يوم one day's supply
تمويه camouflage
تمويه الطرق road screen
تمويه الميدان field camouflage
تمييز الدبابات tank recognition
تمييز الصديق او العدو
identification friend or foe
تمييز الهدف target discrimination
تناوب alternation
التكهّن الجوي weather forecast
تنسيق النيران fire coordination
ت . ن . ت trinitrotoluene (T.N.T.)
(مادة شديدة الانفجار)
تنظيف بالحامض pickling
[تستخدم لتنظيف سطح المعدن المسنن الأقل عدد اسنان في مجموعة المسننات]
تنظيم الحركة regulation of movement
تنظيم هيكلي skeleton organization
تنظيم الواجب task organization
تنغيم ، تضمين ، تعديل modulation
تهديد threat
تهديد صاروخي missile threat
تهرب الضغط blow-by
تهوية ، مص ventilation
تهيؤ standby
توازن القوى balance of power
توازن او استقرار زعنفي fin stabilization
توافقي harmonic

توبوليف طائرة سوفياتية **Tupolev**
[من انتاج مصمم الطائرات الحربية السوفياتي توبوليف]
توجيه steering, guidance
توجيه آلي نحو الهدف homing
توجيه بالالتقاط homing guidance
توجيه بالتحميل على الشعاع
beam rider guidance
التوجيه بالقصور الذاتي inertial guidance
توجيه بالنجوم stellular guidance
توجيه بصري optical guidance
توجيه بالخارطة map setting (orientation)
التوجيه خلال المسار mid course guidance
توجيه راداري ايجابي active radar homing
توجيه سلبي passive homing guidance
توجيه شعاعي beam riding
توجيه ضمني guidance
[توجيه بوساطة جهاز يبرمج مقدما قبل الانطلاق]
توجيه فعال active guidance
توجيه فلكي celestial guidance
توجيه قيادي command guidance
توجيه كهربائي - بصري
electro-optical guidance
توجيه مضاد للاشعاع anti radiation homing
توجيه مضاد للرادار anti radar homing
توجيه نهائي ، او أخير terminal guidance
توزيع الحمولة distribution of load
توزيع النقابات syndicates distribution
توزيع الضغط distribution of pressure
التوسع على الهدف extension on target
توصيلة ، ربط linkage
توضيع ، تركيب superimposed
[وضع شيء حيث يغطي ما دونه]

توقف **stoppage**
توقف ليلي **night stop**
توقيت الاشعال **ignition timing**
توقيت جرينتش **Greenwich mean time**
التوقيت الشمسي **solar time**
التوقيت المحلي **zulu (Z)**
التوقيت القياسي **standard time**
توقيت المحرك **engine timing**
توقيع **signature**
تول كينغ **Tall King**
[سلسلة من الرادارات السوفييتية المتوسطة المدى]

توليف ، تناغم ، انسجام **tuning**
توهج ليلي **airglow**
توهين ، إضعاف **attenuation**
تيار معاكس او دائري **eddy current**
تيار متفجر ، او متدفق **jet stream**
[ظاهرة تكون فيها حركة الريح سريعة في اتجاه معين]
تيار متناوب **alternating current**
تيار مستمر ، مباشر **direct current**
تيتانيوم ، عنصر فلزي **titanium**
تيلة (دبوس خابوري) **cotter pin**

ث

ثائر في حرب العصابات guerilla

ثابت ، ساكن ، دائم constant

ثابت ، ساكن (جزء ساكن في محرك) stator

ثابت الجاذبية constant of gravitation

ثابت العازل الكهربائي dielectric constant

ثابت الوقت time constant

ثبات ، استقرار stability

ثبت الحراب bayonet fixed

ثغرات ، فراغ ، ممر gaps

[الفجوات التي تفتح في حقول الالغام المعادية او الصديقة لتأمين المرور للقطعات المتقدمة]

ثقّابة منضدية bench drill

ثقل ، ثقل موازن counterweight

ثقل / جاذبية (قنبلة) gravity (bomb)

ثقل فوقي topweight

ثكنة عسكر barracks

ثلاثي الاطوار three-phase

ثنائي twin

ثيرم therm

[وحدة حرارة تعادل ١٠٠,٠٠٠ وحدة حرارية بريطانية] .

ج

الجاذبية gravity
جاسوس spy
جاسوسية ، تجسس espionage
جالون مقياس للسوائل يساوي gallon
٢٣١ إنشا مكعبا او ٣,٧٨٥٣ ليترا في الولايات المتحدة و٢٧٧,٢٧٤ انشا مكعبا او ٤,٥٤٦ ليترا في انكلترا
جاوس gauss
[وحدة قياس الحث المغناطيسي]
جبهة الاختراق front of penetration
جبهة جيش army front
جبهة العمليات front of operations
جبهة الهجوم front of attack
جحفل أو مجموعة group
جحفل صيانة مختلط
composite maintenance group
جحفل اسناد سيّار mobile support group
جحفل الاستطلاع والتخريب تحت الماء
reconnaissance and underwater demolition group
جحفل الاسناد الناري fire support group
جحفل الركوب embarkation element group
جحفل الساحل البحري naval beach group
جحفل الستر أو التغطية القريب close covering group

جحفل السيطرة الجوية التعبوي tactical air control group
جحفل التعويض أو التكميل المنطلق underway replenishment group
جحفل الزوارق او المراكب boat group
جحفل انزال landing group
جحفل انقاذ salvage group
جحفل برمائي amphibious group
جحفل تعبوي tactical group
جحفل فريق الساحل shore party group
جحفل جيش army group
جحفل خدمة service group
جحفل سيطرة او مراقبة برمائي
amphibious control group
جحفل انقضاض بحري naval assault group
جحفل لواء brigade group
جحفل مدرع armour group
جحفل معركة battle group
جحفل صميم المعركة depth battle group
جحفل معركة امامي forward battle group
جحفل ناقلات ضد الغواصات
anti-submarine carrier group
جحفل واجب task group
جحفل مهمّات برمائي amphibious task group
جحفل هجوم attack group

جدار الاطلسي Atlantic Wall
جدار حاجز revetment wall
جدار عاكس ، جدار عازل fire wall
جداول التدريب training schedules
جداول نيوكمب Newcombs tables
[المسافات بين الاجرام السماوية]
جدول الحمولة entraining table
جدول مجال الرمي range table
جدول عرض المعلومات headup display
جدول المسافات بالاميال mileage table
جديلة اسلاك (كهرباء) wiring harness
جذر الجناح wing root
جر ، قَطر ، سحب to tow
جراب ، غمد ، حق socket
جرّار tractor
جراح الطيران flight surgeon
جرافيت ، شكل من الكربون graphite
جرعة dose
جرد المستودع stock-taking
جرس انذار alarm bell
جرعة الاحتمال tolerance dose
جرعة الاشعاع radiation dose
جرعة التعرّض exposure dose
الجرعة القصوى المسموح بها
maximum permissible dose
جرعة ممتصة absorbed dose
جرعة مميتة lethal dose
جرعة مؤثرة effective dose
جرم فضائي spatial body
جريان صفحي laminar flow
جريح قادر على السير walking wounded
جريح معركة wounded in action
الجزء الطافي من السفينة freeboard
جزيرة island

جسر bridge
جسر متحرك draw bridge
جسر تثبيت bracket
جسر جوي air bridge
جسر ذو ممرين treadway bridge
جسر عائم floating bridge
جسر هجوم spar bridge
جسر مُغلق bridge closed
جسر مفتوح bridge open
أجمة ، حرج bush
جلخ الصمام valve grinding
ثبات ، احتمال / بقاء endurance
لفانوميتر galvanometer
حهاز للكشف عن التيار الكهربائي أو لقياس تيار كهربائي خفيف]
جماعة او فريق ارتباط نيران المدفعية البحرية
naval gunfire liaison team
جماعة اسناد المنقولين جوا (تعمل في منطقة الهبوط) air mobile support party
جماعة الاستطلاع reconnaissance group
جماعة الاوامر orders group
جماعة او فريق التخريب تحت الماء
under water demolition team
جماعة الجوالة rover group
جماعة او فريق الراصد الارضي
ground observer team
جماعة الساحل beach party
جماعة او فريق السيطرة والتقدير
control and assessment team
جماعة الشاطىء او الساحل shore party
جماعة او فريق العمليات الجوية السيّارة
mobile air operations team
جماعة او فريق الغوص للتطهير
clearance diving team

جماعة المسح الاشعاعي
radiological survey party
جماعة او فريق انزال اللواء
brigade landing team
جماعة تأشير او تعيين marking team
جماعة تأشير أو تعيين منطقة الالقاء
dropping zone marking team
جماعة تأشير او تعيين منطقة النزول
landing zone marking team
جماعة او فريق تصليح امامية
forward repair team
جماعة تماس contact party
جماعة او فريق رادار الاسناد الجوي
air support radar team
جماعة او فريق رصد نيران المدفعية البحرية
naval gunfire spotting team
جماعة او فريق سيطرة الطائرات المروحية او السمتية
helicopter control team
جماعة سيطرة النار على الساحل
shore fire control party
جماعة او فريق سيطرة جوية
air control team
جماعة سيطرة جوية تكتيكية ، تعبوية
tactical air control party
جماعة سيطرة عطب المنطقة
area damage control party
جماعة ادارة بقعة النزول
landing zone control party
جماعة فرق التخريب جمع المعلومات
demolition firing party data collection
جناح ابتر او فرعي او بديل sub wing
جناح تدريب الطهاة cooks' training wing
جناح التموين والنقل supply and transport wing

جناح الطيران flying wing
جناح السواقين drivers wing
جناح مثلث delta wing
جناح المركبة fender
جناح مكافحة الحريق fire fighting wing
جندي أول lance-corporal
جندي جو airman
زنجير او سلسلة للآليات track
جنوح beaching
جنود اختصاص specialist soldiers
جنود المظلات او مظليون parachutists
جنيح aileron
جهاز او ناقل الحركة gear
جهاز احساس sensor
جهاز ارتداد recoil system
جهاز الارتفاع elevating gear
جهاز الاشتعال ignition system
جهاز انزال ballute
جهاز او اختراع device
جهاز التبريد cooling apparatus
جهاز تتابع sequencer
جهاز تحديد نوع الرمي selective fire device
جهاز تحكم governor gear
جهاز التحكّم عن بعد remote control
جهاز تحويل transmission
جهاز تسديد بصري optical sighting
جهاز التسديد المباشر direct sight
جهاز تسديد مساعد auxiliary bore sight
جهاز تسوية levelling device
جهاز تفصيلي differential device
جهاز تقدير المسافة او المدى range finder
جهاز تكهن راداري radar-prediction control
جهاز التشويش المكرر repeater jammer
جهاز تدمير destructor

جهاز او نظام توجيه
guidance system (missile)

جهاز الحركة الافقية	traversing mechanism
جهاز خزن المعلومات	retrieval system
جهاز دلالة ملاحية [جهاز ملاحة يستعمل في المطارات]	marker beacon
جهاز الرفع (للمدفع)	elevating mechanism
جهاز الرؤية العاكس	reflex sight
جهاز سلبي للرؤية الليلية	passive night vision system
جهاز سونار [يقيس مصدر الصدى]	sonar (sound, navigation and ranging)
جهاز سيطرة	flying controls
جهاز سيطرة الآمر (دبابة)	commander's overide control
جهاز الطرد المركزي	centrifuge
جهاز الفصل او التعشيق	clutch
جهاز قياس المسافة	distance measuring equipment
جهاز لحم	welding set
جهاز التلقي والإجابة	transponder
جهاز محاكاة الفضاء	space simulator
جهاز محاك للحركة	motion simulator
جهاز المدى الجامع ذو التردد العالي جدا	v. o. r (vhf omnirange)
جهاز المراقبة ، مرقب	monitor
جهاز مزدوج [دائرة تمكن من استعمال الهواء للاستقبال]	duplexer
جهاز مضاد للتشغيل	anti-handling device
جهاز الهبوط الآلي	instrument landing system
جهاز يشغل بالدفع	propellant activated device
جهاز يشغّل بالخرطوشة	cartridge actuated device
جهد او توتّر او اجهاد	strain
جهد الانهيار	breakdown voltage
جهد جوي	air effort
جهد القص او الجزّ	shear stress
جهد واطىء او منخفض	low tension
جو	atmosphere
جو / ارض	air to ground
جو بدائي	primitive atmosphere
جؤجؤ (مقدم السفينة)	stem
جو / جو	air to air
جو / سطح	air to surface
الجو صاف	weather clear
جوف	bore
جول [وحدة طاقة أو شغل]	joule
الجو المحسوس	sensible atmosphere
جونيومتر (مقياس الزوايا)	goniometer
جيب التمام	cosine
جيروسكوب (اداة لحفظ توازن الطائرة او الباخرة)	gyroscope
الجيش العامل	standing army
جيوب ماء (لتبريد المحرك)	water jacket

ح

حابسة ، ماسكة ، سقاطة	detent
حاجب الريح	bulkhead
حاجز ، فاصل	bulkhead, barrage, baffle
حاجز تشويش	jamming barrage
حاجز الصوت	sound barrier
حاذقة او ذكية (قنبلة)	smart bomb
حارفة او حارف	deflector
(حارق ثانوي) محرق لاحق	after burner
حاسبة الكترونية ، حاسوب	computer
حاسبة رقمية	digital computer
حاسوب ، حاسب الكتروني	computer
حاشدة ، بطارية	battery
حاشية ، حرف ، حافة	selvage
حاصرة آلية الارتفاع	elevating bracket
حاصرة الموجِّه	sight bracket
حاضن السلاح	tip stock, carriage
حاضن مشقوق	split trail carriage
حافظة الاستواء ، دات محورين	gimbals
[محـور جـايـروسكـوبي يعمـل عـلى حلقتـين متعاكستين]	
حافظة او سدادة زيت	oil seal
حافظة مسافة (مباعدة)	spacer
حافة امامية	leading edge
حافة خلفية	trailing edge
حافة دائرية	flange
حافة عجلة التوازن	flywheel rim
حالة الاستعداد او التأهب	readiness condition
حالة الاستعداد بالجو	airborne alert
حالة الاقتحام	assaulting case
حالة الجو المرئية	visual meteorological condition
حالة السيولة	liquid state
حالة الجو	weather condition
حامل أو حاملة	bearer, carrier
حامل الأخمص	butt rest
حامل امامي	front support
حامل أو غمد الحربة	bayonet scabbard
حامل القنابل	bomb rack
حامل نقالة	stretcher bearer
حاملة افراد مدرعة	armoured personnel carrier
حاملة بالتعليق	straddle carrier
حاملة الترباس	bolt carrier
حاملة دبابات	tank carrier
حاملة طائرات	aircraft carrier , flattop
حاملة طائرات نووية	nuclear aircraft carrier
حاملة عمود المرفق	thrust bearing
[الحاملة الرئيسية لعمود المرفق]	
حاملة كرات او كُرَى	ball bearing
حاملة مسحوبة او مقطورة	tracked carrier

حامي العينية ، النموذج eye guard
حاوية ، صهريج او مستوعب container
حاوية او aerial delivery (resupply) container
صهريج أو مستوعب الامداد الجوي
حبال السفينة cordage
حبل الانقطاع break cord or (thread)
حبل تزويد umbilical cord
حبل الرمي او فتح النار firing lanyard
في بعض المدافع
حبل الفتح (للمظلة) rip-cord assembly
حبل قراري / ثابت static line
حبة grain
حث inductance
حث ذاتي self-inductance
حث كهربائي مغناطيسي
electromagnetic induction
حجاب دخاني smoke screen
حجر التجليخ او الطحن grinding stone
حجرة chamber, cockpit
حجرة الاحتراق combustion chamber
حجرة البندقية chamber (rifle)
حجرة تفريغ الغاز evacuator chamber
حجرة ظهر المركب deck house
حجرة الطيار ، حجرة القيادة بالطائرة cockpit
حجرة المحرك engine
حجم حجرة الضغط clearance volume
[في محرك الاحتراق الداخلي]
حد ، تخم boundary
حد الارتفاع ceiling
الحد الأمامي لمنطقة المعركة
forward edge of the battle area
حد الأمان safety limit
حدبة cam
حدبة الاسطوانة cylinder cam

الحدث اليومي daily narrative
الحد الجوي aerothermodynamic border
للحرارة الاحتكاكية [حد انعدام حرارة
الاحتكاك في الجو على علو ١٠٠ ميل]
الحدود الخلفية division rear boundaries
للفرقة
حدة النظر visual acuity
حديدي ferrous
حديدية (قنبلة) iron (bomb)
حرارة heat
حرارة التبخر heat of vaporization
حرارة الركود stagnation temperature
حرارة كامنة latent heat
الحرارة المطلقة absolute temperature
حراري thermal
حرب احلاف coalition war
حرب احيائية biological warfare
حملة حربية war campaign
حرب استنزاف
war of attrition/attrition warfare
حرب اقتصادية economic warfare
حرب الاذاعات broadcast war
حرب الغام mine warfare
حرب الكترونية electronic warfare
حرب اهلية civil war
حرب باردة cold war
حرب برمائية amphibious warfare
حرب برية جوية land-air warfare
حرب بكتيرية ، جرثومية bacterial warfare
حرب تحفيزية catalytic war
حرب تشنج spasm war
حرب تصادفية او عَرَضية accidental war
حرب تقليدية conventional warfare
حرب مركزية central war

حرب مقدسة « جهاد » holy war
حرب مكافحة العصابات
counter guerrilla warfare
حرب نفسية psychological warfare
حرب نفسية تعبوية او تكتيكية
tactical psychological warfare
حرب نفسية سوقية (استراتيجية)
strategic psychological warfare
حرب نفسية معززة للمعنويات
consolidation psychological warfare
حرب نووية nuclear warfare
حرب وقاية preventive warfare
حرب تقنية technological warfare
حرب جرثومية biological warfare
حرب جوية aerial warfare
حرب جوية سوقية (استراتيجية) strategic air warfare
حرب خاطفة blitzkreig war/lightning war
حرب داخلية internal war
حرب استراتيجية محدودة limited strategic war
حرب سيارة ، متنقلة ، متحركة
mobile warfare
حرب سياسية political warfare
حرب ضد الغواصات
anti-submarine warfare
حرب ضيقة insular war
حرب عادلة just war
حرب عامة general war
حرب القرم Crimean war
حرب عصابات guerrilla warfare
حرب كيمياوية chemical warfare
حرب محدودة limited war
حرب محلية local war
حربة bayonet
حربة ذات تجويف socket bayonet
حربة ذات نصل knife-type bayonet
حرس القوافل convoy guard
الحرق اللاحق afterburning
حركة افقية ، او جانبية traverse
حركة التفاف outflank
حركة تراجع retrograde motion
حركة تراجعية retrograde movement
حركة ساعيّة او منتظمة clockwork
الحركة عبر الشوارع movement via streets
حركة القوافل caravan movement
حركة الكماشة pincer movement
حركة ليلية (في الليل) night movement
حركة محدودة limited movement
حركة مؤشر العداد iron-van movement
الحركيات او النشاطات الحركية dynamics
حركي حراري thermo dynamic
حركي هوائي aerodynamic
الحروب النابوليونية Napoleonic wars
حرير اصطناعي (الريون) rayon
حزام belt
حزام (المظلة) harness, (parachute)
حزام الساق leg strap
حزام الصدر chest strap
حزام المقعد seat belt
حزمة جنبية side band
حزمة النزع extraction groove
حسابات accounts
حساب الموقع dead-reckoning navigatioı
حشوة او قذيفة charge, filling, squib
حشوة اضافية ، مُعَزِّزة booster charge
حشوة اعتيادية normal charge
حشوة اعماق depth charge
حشوة تدمير demolition charge

حشوة تمرين practice charge
حشوة وثّابة ، قفّازة springing charge
حشوة ضخمة stacked charge
حشوة دافعة propellant charge
حشوة دالة او محدِّدة spotting charge
حشوة مكيَّفة shaped charge
حشوة صدمة percussion charge
حشوة صوتية جوفاء blank charge
حشوة فالقة او متفجرة explosive charge
حشوة عمياء ، عشوائية blind charge
حشوة كاملة مكافئة equivalent full charge
حشوة لاصقة stick charge
حشوة مجزأة او متعددة الانشطار multi-section charge
حشوة مركبة composite charge
حشوة مجوفة او فارغة hollow charge
حشوة ناسفة pole charge
حشوة ناقصة المخفَّفة reduced charge
حشية gasket
حشية دائرية **O-ring gasket**
حصان (قوة) horse power
حصة غير مقرَّرة ، لا منهجية non-scheduled period
حظر او مَنْع embargo
حظيرة الطائرة hangar
حفرة الذخيرة recess for ammunition
حفرة العادم (للصاروخ) flame bucker
حفز ، حث ، تحريض ، باعث motivation
حق ، وعاء كُرُوميّ chromed box
حقل ألغام minefield
حقل ألغام ازعاج nuisance minefield
حقل ألغام تعبوي tactical minefield
حقل ألغام حاجز barrier minefield
حقل ألغام وقائي ، حِمَائي protective minefield

حقل ألغام دفاعي defensive minefield
حقل ألغام صوري او زائف phoney minefield/dummy minefield
حقل الغام ضد الاشخاص anti-personnel minefield
حقل ألغام ضد البرمائيات anti-amphibious minefield
حقل الغام ضد المحمولين جوا anti-airborne minefield
حقل ألغام مختلط mixed minefield
حقل ألغام مضبوط controlled minefield
حقن الوقود fuel injection
حقن الوقود الكترونيا electronic fuel injection
حقيبة تجهيزات kit
حقيبة جبلية ، حقيبة من جلد rucksack
حقيبة الظّهر Ki apsack
حَكَم umpire
حل الشيفرة او الرمز decode
حلزنة [لولبة السبطانة] rifling
حلف شمال الاطلسي NATO North Atlantic Treaty Organization
حلف وارسو Warsaw pact
حلقات جلدية leather washers
حلقات الزيت oil rings
حلقة أو عقدة [حلقة لمنع ارتخاء اللولب] washer, eye
حلقة الاتصال بالأقمار الصناعية satellite link
حلقة الأمان safety washer
حلقة انزلاق slip ring
حلقة تثبيت lock washer
حلقة التعليق lanyard ring
حلقة الحمل sling swivel
حلقة الحمل السفلى lower sling swivel
حلقة الحمل العليا super sling swivel

حلقة جامعة او تجميع collector ring
حلقة الشبك piling swivel
حلقة مزعنفة fin ring
حلقة المؤخرة breech ring
حلمة nipple
حلمة التشحيم grease nipple
حل منظم الرمي sear release
حلول الظلام ، المغيب ، **الغَسَق** last light
حمالة الأخمص bull strap
حمالة اسطوانية roller bearing
[حمالات اسطوانية تمتاز بقوة تحمل كبيرة] .
حمالة امامية front bearing
الحمالة الرئيسية main bearing
[مركز دوران عمود المرفق]
حمالة العمود rod bearing
[حمالة ذراع المكبس]
حمالة الفصل او التحرير والاعتاق
release bearing
حمامة « اعتراض جوي » pigeon
حماية protection
حماية الأجنحة flank protection
حماية الدائرة circuit protection
الحماية في الاستراحة protection at rest
حماية محلية local protection
حماية مدرعة armour protection
حماية المنطقة الخلفية rear area protection
حمض الأزوت nitric acid
حمل ثقيل heavy load
حمل ساكن dead weight
حمل طائرة emplane
حمل غير متوازن unbalanced load
الحمل النهائي او الأقصى limit load
حملة campaign
حملة بنادق fusiliers or fusileer
حمولة load
حمولة زائدة extra load
حمولة عادية clear (aircraft)
حمولة كاملة full board
الحمولة للحصان الواحد
horse power loading
حمولة مجزأة ، مقسّمة fractional charge
حمولة (معدل) wing loading
الحمولة الناقصة payload
[الوزن الاجمالي للرؤوس الحربية واجهزة التسليح]
حنو flate
حافات الحفر (في القمر) ring wall
حوامة مائية hydro-airplane
حوض جاف dry sump
حوض زيت oil pan
الحوض السفلي للزيت oil sump
حوض مصفاة الوقود oil filter bowl
حياد (مسلح) neutrality
حيدان deviation
حيز ترددات frequency band

خ

خارج عن المسار off-route
خارج المدى out of range
خارق - نارق للدروع
armour piercing incendiary
خارق الدروع armour piercing
خاصية الخدامة (خاصية flyweel effect
سريان التيار في دائرات الملف والمكثف الموصلة
على التوازي)
كاتم الصوت silencer
خافرة أو طرّاد صغير corvette or escort
خال من الحموضة free from acid
خامل inert
خانق choke
خانة الوقت والتاريخ date time group
ختامي ، نهائي ، محطة terminal
خداع deception
الخدع (التضليل أو الطُّعْم) decoy
[وسائل مساعدة على الاختراق تستعملها
مركبات العودة ذات الرؤوس المتعددة]
الخدمة العسكرية compulsory military service
الالزامية
خراطة swarf
خردة ، نُفَاية scrap
خرط ، ثقب ، شق bore out
خرطوشة ، طلقة cartridge
خرطوشة حارقة incendiary cartridge
خرطوشة خارقة piercing cartridge
خرطوشة دون إطار rimless cartridge
خرطوشة في الحجرة cartridge in chamber
خرطوشة بإطار rimmed cartridge
خرطوشة مذنبة ، خطّاطة tracer cartridge
خرطوشة مكتفية ذاتيا self-contained cartridge
خرق او ثَقْب غير نافذ blind hole
الخروج (من مركبة فضائية) egress
خريطة map
خريطة ادارية administrative map
خريطة التقرب target approach chart
من الهدف
خريطة السابلة traffic map
خريطة الحالة الجوية weather map
خريطة المخابرة او الاشارة signal map
خريطة المدفعية artillery map
خريطة المعركة battle map
خريطة الملاحة navigational chart
خريطة الملاحة الجوية aeronautical chart
خريطة الموقف او situation map

خريطة الموقف العام	general situation map
خريطة بارزة أو خريطة النجدة	relief map
خريطة بحرية	nautical map
خريطة مصغّرة	small scale map
خريطة مكبّرة	large scale map
خريطة تصويرية	photo map
خريطة تعبوية	tactical map
خريطة تعيين أو تحديد الاماكن	spot map
خريطة تفصيلية	cadastral map
خريطة دورة المرور	traffic circulation map
خريطة استراتيجية	strategic map
خريطة تحديد الخسائر	damage control map
خريطة طبوغرافية	topographic map
خريطة عمليات	operations map
خريطة منحنيات	contour map
خريطة وضع الاشعاع	radiation situation map
خزان	reservoir
خزان أساسي	integral tank
خزان اسقاط	drop tank
خزان اكسجين سائل	lox storage
خزان خارجي	pod, tank
خزان رئيسي	main tank
خزان الزيت	sump
خزان ماء	water box
خزان مرفوع	elevated tank
خزان مصرف	hopper tank
خزان معلق	hanging reservoir
خزان الوقود	fuel tank
خزفيات ، فخاريات	ceramics
خطأ اختلاف المنظر (الزيغان)	parallax error
خطأ التسديد	collimation error
الخطأ الدائري المحتمل	circular error probable
خط	line
خط الارسال	transmission line
خط اسقاط القنابل	bomb release line
خط اسقاط القنابل النهائي	final bomb release line
خط الارتفاع	line of elevation
خط الاساس	base line
خط الاصابة	line of impact
خط القطعات الأمامي	forward line of troops
خط الامان	safety line
خط الامان النووي	nuclear safety line
خط الانفتاح المحتمل	probable deployment line
خط البصر او الرؤية	line of sight
خط التحميل	load line
خط التراجع	line of retreat
خط التنسيق	co-ordination line
خط التنسيق النهائي	final co-ordination line
خط التوجيه	orienting line
خط الحماية النهائي	final protective line
خط الخروج	line of departure
خط الخطر	danger line
خط الرصد	observing line
خط السقوط	line of fall
خط السير المنحرف	rhumb line
خط الشاطىء او الساحل	shore-line
خط الشروع او البدء	start line
خط المرحلة	phase line
خط الصولة ، الهجوم او الاقتحام	assault line
خط الضوء	light line
خط الطول	longitude
خط الفتح	open line
خط القصف	bomb line
خط الماء	water-line

خط المتخلفين ، او المتأخرين	straggler line
خط المركز	centre line
خط المعلومات	data line
خط المقاومة الرئيسي	main line of resistance
خط المناسيب	contour line
خط النهر	river line
خط الوصول	line of arrival
خط تحميل الاعتدة	ammunition loading line
خط تربيع او تصالب	grid line
خط تقرير	report line
خط تنسيق الاسناد الناري	fire support co-ordination line
خط خدمة او صيانة	service line
خط الدفاع الأول	first line defence
خط دلالة او مراجعة	reference line
خط رأس الجو	airhead line
خط رأس الساحل	beach-head line
خط راصد هدف	observer-target line
خط مراقبة التلوث	contamination control line
خط عرض	latitude
خط عدم الرمي	no-fire line
خط القتال	battle line
خط ماجينو الدفاعي (فرنسا)	Maginot line
خط مدفع ـ هدف	gun-target line
خط نظر الكتروني	electronic line of sight
خطة ادارية	administrative plan
خط الاستخبارات	intelligence plan
خطة استخدام المركبات البرمائية	amphibious vehicle employment plan
خطة التحميل	loading plan
خط التعليم	instruction plan
خطة التعبئة العامة	mobilization plan
خطة التنقل او التحرك	movement plan
خطة التنقل الجوي	air movement plan
خطة الحرب	war plan
خطة الحرب الأساسية	basic war plan
خطة الحملة	campaign plan
خطة الطيران	flight plan
خطة العمليات	operation plan
خطة القيادة	scheme of command
خطة المناورة	scheme of manœuvre
خطة الموانع	barrier plan
خطة الوقوف	parking plan
خطة تعبوية	tactical plan
خطة جمع المعلومات	intelligence collection plan
خطة دفاع	defence plan
خطة سوقية (استراتيجية)	strategic plan
خطة طوارىء	contingency plan
خطة مجملة او مختصرة	outline plan
خطة المناورة	plan of manœuvre
خطة نارية او خطة إشعال	fire plan
خطة نارية تعرضية او هجومية	offensive fire plan
خطة نارية دفاعية	defense fire plan
خطة نارية سريعة	quick fire plan
خطة نارية فورية	immediate fire plan
خطة نارية مدبرة	deliberate fire plan
خطاف التوقيف	arrester hook
خط اسقاط القنابل	bomb release line
خط امامي	front line
خطوط جوية	airlines
خطوط المجال	lines of flux
خطوط المواصلات	lines of communication
خطوط الوقود	fuel lines
خطوط (المروحة)	pitch
خفوت	fading
خفة الحركة	mobility

خلوص المكبس (المسافة بين المكبس والاسطوانة) piston clearance
خليط mixoalloy
خليط من الاسلحة mixture of weapons
خلية cell
خلية أولية primary cell
خلية ثانوية secondary cell
خلية ضوئية photo cell
خلية المصفاة (رقائق معدنية او ورقيـة داخل غـلاف خاص لتصفيـة السوائل او الغازات) filter element
خلية وقود fuel cell
خمود ـ انطفاء burnout
خنادق اتصال connecting trenches
خنادق التزويد supply trenches

خندق آليات vehicle ditch
خندق الثعلب fox hole
خندق المراقبة look-out trench
خندق مضاد للدبابات anti tank trench
خواء ، فراغ vacuum
انبوب فراغي او خوائي vacuum tube
خصائص characteristics
خصائص البترول specifications of petroleum
خوذة helmet
خوذة الدبابة tank helmet
خيار option
الخيار الصفر (اقتراح ريغان للحد من نشر الاسلحة النووية في اوروبا) zero option
خياطة مائلة (للمظلة) bias construction

د

دائرة أو دورة (طيران) circuit

دائرة الاصابات المحتملة circle of equal probabilities

دائرة الاضرار damage radius

دائرة الانعطاف turning circle

دائرة برمجة logic circuit

دائرة التحكم control circuit

دائرة تفاضلية differentiation circuit

(دائرة كهرباء ناتجها يتغير نسبيا مع الاشارة المعطاة لها)

دائرة تكاملية integrated circuit

دائرة تلفزيونية مغلقة closed-circuit TV

دائرة التوازي (كهرباء) parallel circuit

دائرة التوالي او المتسلسلة series circuit

دائرة خازنة tank circuit

(دائرة مؤلفة من ملف مكثف)

دائرة الخطأ المحتملة probable circle of error

الدائرة الخطرة lethal radius

دائرة الفرجة pitch circle

دائرة المقدرة او القوة power circuit

الدائرة المكافئة equalizer circuit

دائرة مكثف ومقاومة resistance condenser circuit

دارعة armoured cruiser

داعم sustainer

دافع push

دافِع (باعث) impulse, motive

دافع (ضد جاذب) expelling, repulsive

دافع غازي gaseous propellant

دافع متجانس العناصر homogeneous propellant

دافع متغاير العناصر heterogeneous propellant

دافعة plunger

دبابة اقتحام assault tank

دبابة انقاذ recovery tank

دبابة حاملة جسور bridge layer tank

دبابة دقّاقة roller tank

(دبابة) كاسحة الغام mine clearing tank or mine sweeper

الدخول الجوي atmospheric entry

دبابة مدرعة Dreadnought

درجات الموجّه sight grades

درجة أسلحة weapons grade fissile material

درجة الاشتعال الذاتي auto-ignition temperature grade

درجة الاكتين (بنزين) octane rating

درجة الحرارة temperature

درجة الحرارة المطلقة absolute temperature

درجة الحساسية degree of sensitiveness

درجة عالية high degree

درجة عالية من السيطرة high degree of control
درجة مئوية centigrade
درجة المَيْل slanting degree
درع armour
الدروع الواقية protective shieldings
دسار التكليب ، محور ارتكاز رأسي pintle
دشمة خرسانية pill box
دعامة strut
دعاية استراتيجية strategic propaganda
الدعم المباشر بالنيران direct fire support
دفاع defence
دفاع ارضي land defence
دفاع اضافي accessory defence
دفاع اشعاعي radiological defence
دفاع الاقمار الاصطناعية satellite defence
دفاع الألغام mine defence
دفاع الحدود الساحلية coastal frontier defence
دفاع الساحل beach defence
دفاع السفوح الخلفية reverse slope defence
دفاع الفضاء aerospace defence
دفاع القاعدة base defence
دفاع المذوفات البالستية
ballistic missile defence
دفاع المقذوفات البالستية الفعال
active ballistic missile defence
دفاع المرفأ harbour defence
دفاع امامي forward defence
دفاع فعّال active defence
دفاع بالعمق defence in depth
دفاع تراجعي retrograde defence
دفاع تعرضي ، هجومي offensive defence
دفاع ثابت fixed defence
دفاع جوي air defence
دفاع جوي ايجابي active air defence
دفاع جوي سلبي passive air defence
دفاع جوي متكامل integrated air defence
دفاع شامل،كلي all round defence
دفاع دائري perimeter defence
دفاع داخلي internal defence
دفاع سريع hasty defence
دفاع سلبي ، هامد passive defence
دفاع استراتيجي strategic defence
دفاع (سيار) او متحرك mobile defence
دفاع ضد الدبابات anti-tank defence
دفاع عاجل hasty defence
دفاع في عرض البحر seaward defence
دفاع عسكري military defence
دفاع عن الوطن home defence
دفاع كيمياوي chemical defence
دفاع محلي local defence
دفاع محيطي perimeter defence
دفاع مدبر ، متعمَّد deliberate defence
دفاع مدني civil defence
دفاع مركب composite defence
دفاع ممتد extended defence
دفاع منسق co-ordinated defence
دفاع منطقة area defence
وضع دفاعي position defence
دفاع نقطوي point defence
دفاع نووي nuclear defence
دفاعات الميدان field defences
دفع thrust, impulse, propulsion
دفع الاقلاع take off boost
دفع الى الخلف backward thrust
دفع أيوني ionic propulsion
دفع رجعي retro thrust
دفع صاروخي تضاغطي ram-rocket propulsion

دفع صعودي ، قابلية الطفو buoyancy
دفع عكسي reverse thrust
دفع الغاز blow back
الدفع الفعّال effective thrust
دفع قذافي ballistic drive
(يقوم بنقل الحركة ما بين مقدرة المدى والجهاز الحاسب)
دفع مدعم thrust-augmented
دفع نفّاث ، معزز jet propulsion
الدفع النوعي specific impulse
دفع نووي nuclear propulsion
دفعة بدء trigger pulse
دفق الزيت oil flow
دفق مغناطيسي magnaflux
دفة steering gear
دفة الارتفاع ، دفة افقية elevator
دفة ، دفة التوجيه rudder
(لانعطاف الطائرة الى اليمين او الى اليسار في اثناء الطيران)
دقة اداء fidelity
دقة النيران accuracy of fire
لفّ ، غلّف ، دحرج roll, rolled
دليل الاتجاه bearing clock
دليل التغذية feed index
دليل الصمام valve guide
دليل مختصر handy hint
(كتاب صغير مختصر يحوي معلومات ضرورية يحتاج اليها الضابط في الميدان للتدريب وتعليم موضوع عسكري)
دليل الملء الشريطي belt feed guide
دليل موجي wave guide
دهان اساسي primary coat
دهان تأسيس under coat
دهني fatty

دوّار rotor, rotating engine combustion
دوار (جسر) swing (bridge)
دوّاسة pedal
دوامة vortex
الدورات في الدقيقة revolutions per minute
دُوَرالِيُومين duralumin
(مزيج من الومنيوم ونحاس ومنغنيز الخ)
دوران (١٨٠ درجة) turn about
دورة cycle, revolution, turn
دورة في الدقيقة revolution per minute
دورة مدارية orbital period
دورية patrol
دورية استطلاع reconnaissance patrol
دورية الاقتصاد بالقوة economic of force patrol
دورية حماية protective patrol
دورية غارة raid patrol
دورية كمين ambush patrol
دورية آلية mechanized patrol
دورية بحرية offshore patrol
دورية بعيدة المدى long range patrol
دورية تعرضية offensive patrol
دورية تماس contact patrol
دورية ثابتة standing patrol
دورية حرة free lance patrol
دورية ساحلية inshore patrol
دورية صيد الدبابات الثابتة standing tank killer patrol
دورية صيد الدبابات المتحركة mobile tank killer patrol
دورية ضد الغواصات anti-submarine patrol
دورية قتال combat patrol
دورية قتال جوية air combat patrol

دورية قصيرة المدى	short range patrol
دورية منقولة جوا	air transported patrol
دول المحور	axis powers
دون سرعة الصوت	subsonic
دوني اختراقي (لاختراق حاجز الصوت)	sonic boom
ديزل	deisel
دِسْكافَرَرْ (سلسلة قديمة من الأقمار الصناعية)	discoverer
ديسيبل (وحدة لقياس نسبة شدة الاصوات)	decibel
ديك الرياح	weather cock
دينامو (مولد التيار الثابت)	dynamo
ديناموميتر (جهاز فحص قدرة المحرك)	dynamometer
دينامي ـ حركي	dynamic
الديناميكا الحيوية	biodynamics
دينود (صمام مفرغ يعمل كمذبذب او مضخم يصدر الكترونات ثانوية)	dynode
ديوتيريوم (وقود حراري / نووي)	deyterium
ديو لاين (نظام رادارات للانذار المبكر)	dew line

ذ

ذاتي الاملاء او التحميل	self loading
ذاتي الانسداد	self-sealing
ذاتي الحركة	self propelled
ذبذبات كهربائية	electric oscillation
ذبذبة	frequency
ذبذبة سمعية	audio frequency
ذخيرة	ammunition
ذخيرة الأسلحة الصغيرة	small arms ammunition
ذخيرة بتوجيه نهائي	terminally guided ammunition
ذخيرة التتبع	tracer ammunition
ذخيرة خلبية (مراسم)	blank ammunition
ذخيرة صاروخية	rocket ammunition
ذخيرة خطاطة / مذنبة	tracer ammunition
ذخيرة القوة الجوية	air munitions
ذخيرة كيماوية	chemical munition
ذخيرة مدفع الطائرة	aircraft cannon ammunition
ذخيرة مجزّأة الأجزاء	separate loading ammunition
ذراع	armature
ذراع بتمان (عمود نقل الحركة بين مجموعة مدرعات التوجيه)	pitman arm
ذراع تدوير	crank
ذراع التوجيه	steering rod
ذراع الحُقّ ، المَقْبس	socket wrench
ذراع دوارة	motor arm
ذراع (الرافعة)	boom
ذراع المحور	axle arm
ذراع المساحة	wiper arm
ذراع المكبس	piston rod
ذراع الوصل	connecting rod
ذرة	atom
ذروة الصمام الخانق	full throttle height
ذروة الفولتية العكسية	peak, inverse voltage
ذريّ	atomic
ذكية (قنبلة)	smart (bomb)

ر

رائد major
رائد فضاء astronaut
رائد كوني cosmonaut
رابط binder
الرادار radar (radio detecting and ranging)
رادار اعتراض محمول جوا
air borne interceptor radar
رادار التقاط وتتبع
acquisition and tracking radar
رادار الانذار المبكر early warning radar
رادار باحث air search radar
رادار بعيد المدى long range radar
رادار بموجة مستقيمة continous wave radar
رادار تعقب tracking radar
رادار توجيه guidance radar
رادار ذو مقطع عرضي radar cross-section
رادار سنتمتري centimetric radar
رادار مراقبة نيران fire control radar
رادار كشف سفلي ، أو للرؤية التحتية
down look radar
رادار للمتابعة الجانبية side-locking radar
رادار لما وراء الأفق over-the horizon radar

رادار متصل الموجات continuous wave radar
راداغ (جهاز رادار لتوجيه صاروخ بريشينغ ٢)
RADAG, radar area guidance system
رادع detterrent
رأس ، قمة ، ذورة ، أوج apex
الرأس الحراري النووي thermonuclear warhead
الرأس الحربي المضلل decoy warhead
رأس الشاطىء او الساحل beach head
رأس المخرطة head stock, chuck
رأس المدك head of piston
رأس معزز milled head
رأس المكبس piston head
رأس مهروس squashed head
راسم الذبذبات oscillograph
راسم كهربائي ، مندسة scope, oscilloscope
رأسي vertical
رادار radar
رادار استمكان او كشف الاسلحة
weapon locating radar
رادار السيطرة التعبوية او التكتيكية
tactical control radar
رادار السيطرة القريب close control radar
رادار انواء جوية meteorological radar
رادار تعقّب المقذوفات missile tracking radar

رادار تنوع diversity radar
رادار ثانوي secondary radar
رادار حجمي volumetric radar
(لقياس الحجم)
رادار مراقبة الاقتراب approach control radar
رادار مراقبة النار fire control radar
رادار قصير المدى short range radar
رادار متوسط المدى medium range radar
رادار المراقبة الأرضية
ground surveillance radar
رادار مراقبة المعركة
combat surveillance radar
رادار مشع illumunition radar
رأس انبوب pipe head
رأس جسر bridge-head
رأس جسر الملاحة navigation head
رأس جو air head
رأس ساحل beach head
رأس سكة (التموين) rail head
رأس سكة العتاد ammunition rail head
رأس سهم arrow head
رأس مدمر ، رأس الطوربيد warhead
رأس مواصلات communication head
راصد ارضي ground observer
راصد امامي forward observer
راصد جوي air observer
راصد مجسم stereoscopic observer
راصد مدفعية ميدان field artillery observer
راصد أرضي ground observer
رافع خلفي elevon
رافع الصمام valve filter
رافعة / حامل jack /cylinder, crane
رئيس الاركان chief of staff
رئيس الطهاة head cook

رباط انزلاقي faster interlocking slide
رباط الشد pull-up cord
رباعي العجلات المتحركة four wheel driver
ربعية ، اداة قياس quadrant
رتل ترباس bolt catch
رتل مفرد single file
رتل ، صف column
رتل الأمن الداخلي السيار (المتحرك)
mobile internal security column
رتل ، الأمن الداخلي المحلي
local internal security column
رتل التنقل الجوي air movement column
الـرتل الخـامس (الطابـور الخـامس ، عمـلاء
العدو) fifth column
رتل السّير route column
رتل مرصوص close column
رجال الحدود frontier men
رجل الغابات backwoodsman
رجة perk
رجوع ، تراجع ، ارتداد recoil
ردع deterrence
ردع ادنى minimum deterrence
ردع متبادل mutual deterrence
ردع متدرج graduated deterrence
ردع محدد finite deterrence
ردع مستقل independent deterrence
ردع واسع extended deterrence
رذاذ venturî
رزم الارزاق food packing
رسالة message
رسالة اعتيادية routine message
رسالة خدمة service message
رسالة صورية او وهمية dummy message
رسالة فورية immediate message

رسالة مسقطة drop message
رسالة ملتقطة pick-up message
رسم الاستيراد import duty
رسم بياني graph diagram
رسم التخزين storage charge
رشاش machine gun
رشاش خفيف light machine gun
رشاش قصير submachine gun
رشاش متحد المحور coaxial machine gun
رشاش متعدد الاغراض
general purpose machine gun
رشاش متوسط medium machine gum
رشاشة ذاتية الاملاء auto mitrailleuse
الرشقة volley
رشيشة machine carbine
رصد متوسط medium observation
رصاصة bullet
رصاصة حارقة incendiary bullet
رصاصة خارقة piercing bullet
رصاصة ذات مئتي حبة bullet 200 grain
رصاصة مذنبة ، خطّاطه racing bullet
رصد النيران observation of fire
الرطوبة humidity
رغوة كيماوية chemical foam
رف ، طلعة ، طيران flight
رفع ، مدى الارتفاع ، حمولة lift
رقائق معدنية مسكوكة sheets
رقابة عسكرية military censorship
رقم الذيل tail number
رقمي (رادار او حاسب آلي) digital
رقيب sergant
رقيب أول staff sergean
رقيقة او شريحة chip
رقيقة ضغط ، (للعيار) shim
رقيقة نحاسية brass foil
ركام متوسط alto cumulus
ركّب على (تطابق) super position
ركن التزويد procurement adjutant
ركوب ، تحميل اركاب embarkation

ركيزة ثلاثية القوائم tripod
ركيزة ثنائية القوائم bipod
ركيزة دوارة trunnion-mounted
رماة مناوشون skirmishers
رماية تطبيقية application practice
رماية جو / أرض air to ground firing
رماية جو / جو air to air firing
رماية حقيقية على العدو
actual practice against/on enemy
رماية حية جو / ارض air to ground live firing
رماية حية جو / جو air to air live
رماية الصواريخ rocket firing
رماية كثيفة مكثفة mass fire
رمز الهوية على الشبكة
net identification sign
رموز عسكرية military symbols
رمي firing
رمي الانبطاح practice lying down
رمي آلي (تلقائي) automatic fire
رمي انتقائي selective fire
رمي بزاوية عالية high angle fire
رمي بزاوية منخفضة low angle fire
رمي بسبطانة تعاليم small bore practice
رمي بصري visual fire
رمي بطيء slow fire
رمي تجريبي trial fire
رمي التحقق verification fire
رمي تدمير destroying fire

رمي تحييد	neutralization fire
رمي تسجيل	registration fire
رمي تكهّن	predicted fire
رمي تماس	contact fire
رمي تنطط او ارتداد	ricochet fire
رمي جانبي	flanking fire
رمي جبهي	frontal fire
رمي جماعي	collective fire
رمي الحصد المتناوب	alternate traversing fire
رمي الخطف	smoke shooting
رمي خلفي	back firing
رمي دقيق او استكشافيّ	searching fire
رمي الرادار	radar fire
رمي الرش	hose pipe fire
رمي الرشق ، الاصلاء ، القاء جميع القنابل دفعة واحدة	salvo fire, volley fire
رمي السد المناري	barrage fire
رمي سرية المدفعية	battery fire
رمي سريع	quick fire
رمي غاطس او متساقط	plunging fire
رمي غير مرصود او مرئي	unobserved fire
رمي غير مباشر	indirect fire
رمي مباشر	direct fire
رمي متأرجح ، متمايل	swing traverse fire
رمي متوقع	predicted firing
رمي مدبر او ممهّد له	pre-arranged fire
رمي مركز	concentrated fire
رمي مستمر او متواصل	continuous fire
رمي مسف او عابر	grazing fire
رمي مقابل او مضاد	counter fire
رمي مقذوفات مصغرة	adjustement firing
رمي المدفعية	artillery fire
رمي المدفعية المضاد	counter battery fire
رمي المصادمة	percussion fire
رمي مضاد للهواوين	counter-mortar fire
رمي موقوت	time fire
رمي مفرد	shot by shot fire
رمي نصف آلي	semi automatic fire
الرمي والمناورة	fire and manœvers
رنين	versonance
رهط ، فرقة ، شرذمة	squad
رهط قف	squad halt!
الرؤية الليلية	night visibility
رياضة بدنية	physical training
ريح شمسية (بلازما) (مجرى خفيف من البلازما والذرات الكونية التي تسير بسرعة البروتونات حول الشمس)	solar wind
ريح معاكسة	head wind

ز

زائدي المقطع في علم الهندسة hyperbolic
زارعة الغام minelayer
زاوية angle
زاوية الارتفاع angle of elevation
زاوية الاستقرار أو السكون angle of repose
زاوية اصطدام قدرها صفر nil degree angle of incidence
زاوية الأمان angle of safety
زاوية الانخفاض angle of depression
زاوية التساقط angle of fall
زاوية الاثر track angle
زاوية التخلف (كهرباء) angle of lag
زاوية الاقتراب angle of approach
زاوية التأرجح angle of traverse
زاوية التوجيه orienting angle
زاوية الخروج angle of departure
زاوية الدفة rudder angle
زاوية الرصد observing angle
زاوية الرؤية aspect angle
زاوية الريح wind angle
زاوية الزوغان angle of yaw
زاوية الساعة المحلية local hour angle
زاوية السقوط او الورود angle of fall or incidence
زاوية القصف bombing angle

زاوية المحور quadrant elevation
زاوية المدى range angle
زاوية المنظر angle of view
زاوية الموجة wave angle
زاوية الموضع position angle
زاوية النظر angle of sight
زاوية الوصول angle of arrival
زاوية رأسية apex angle
زاوية رأسية حادة steep angle
زاوية زمنية hour angle
زاوية ساعة جرينتش Greenwich hour angle
زاوية سداسية sextant angle
زاوية سداسية افقية horizontal sextant angle
زاوية سداسية عمودية vertical sextant angle
زاوية السكون dwelling angle
زاوية القصف bombing angle
زاوية مغناطيسية تربيعية grid magnetic angle
زاوية منخفضة low angle
زاوية الميل (للعجلات) caster angle
زاوية الانحراف الخلفي في الاسفل لعمود تثبيت العجل الأمامي مع المحور)
زاوية النزول angle of descent

angle of attack	زاوية الهبوب (للهواء)
	زاوية الهجوم المطلقة ، المؤكدة
absolute angle of attack	
incidence angle	زاوية الورود
windscreen	الزجاج الأمامي (في السيارة)
Saturn	زحل (نجم)
momentum	زخم (مقدار الحركة)
	الزخم الزاوي المطلق ، المؤكد
absolute angular momentum	
selection knob	زر انتقاء
pliers	زردية ، كمّاشة طويلة الفكين
milled knob	زر ذو رأس مصقول
striker knob	زر الطارق
stud	زر كباس
Z/ stoff	ز / شتوف
fins	زعانف
cooling fins	زعانف التبريد
barrel finnings	زعانف السبطانة
radial fins	زعانف نصف قطرية
screaming	زعيق (صوت يصدر
	من الصاروخ ذي الاختراق غير المتزن)
slide	زلاقة
hydrofoil	زلاقة او حوّامة مائية
wolf-pack	زمرة هجومية

delay	زمن التأخير (للرمانة)
reaction time	زمن تفاعل
trigger	زناد
chain	زنجير ، سلسلة
flintlock	زند مصون
Venus	الزُهَرة (نجم)
boat	زورق
scan boat	زورق استكشاف
	زورق بخاري نساف
steam driven torpedo boat	
patrol boat	زورق دوريات
torpedo boat	زورق طوربيد ، نسافة
gun boat	زورق مسلح
dinghy	زورق النجاة أو التجذيف
automobile oil	زيت سيارات
brake fluid	زيت الكابحة
motor oil	زيت محرك
engine oil	زيت محرك
fuel oil	زيت معدني
anti-freezing oil	زيت مقاوم للتجمد
aberration	زيغ
yaw	زيغان
mineral oils	زيوت معدنية

س

سائق غر / سائق مبتدىء — **learner driver**

سائق مدفعي — **driver-gunner**

سائل ، مائل — **liquid, fluid**

ساتر ، متراس — **parapet**

سائل تبريد أو محول — **coolant**

ساحب (محرك) — **pull (engine)**

ساعات الدوام — **office hours**

ساع راكب — **dispatch rider**

ساعة الصفر — **zero hour**

ساق التحريك — **operation rod**

الساكن (جزء ساكن من محرك او آلة يدور فيه او حوله جزء آخر) — **stator**

سالت ، محادثات الحد من الاسلحة الاستراتيجية بين الاتحاد السوفياتي والولايات المتحدة الاميركية — **SALT, strategic arms limitation talks**

ساموس (أقمار تجسس صناعية) — **Samos**

ساند ، موآزر ، داعم — **sustainer**

ساندة (توضع امام عجلات الطائرة ووراءها) — **chock**

سبطانة — **barrel**

سبطانة ذات جزئين — **split barrel**

سبطانة ملساء — **smooth-bored barrel**

ستائر الدخان — **smoke screen**

ستار تعويم — **floatation screen**

ستارة دخان — **smoke curtain**

سترة مائية — **water racket**

ستيلث (نوع من الطائرات يصعب اكتشافها بواسطة الرادار] — **stealth**

سجل (الطيران) — **log book**

سجلات الاستخبارات — **intelligence records**

سجل الحمولة — **load record**

سجل الحوادث — **log sheet**

سجل عمل الضباط — **officers'record of service**

سجل الضباط — **officers'record**

سحاب طبقي متوسط — **alto stratus**

سحابة نووية — **nuclear cloud**

سَحْب ، جَرّ — **drawing**

سحب متراكمة [نوع من الغيوم وهي خطر على الطيران من ١٥٠٠ ـ ٤٠,٠٠٠ قدم فيها عواصف رعدية وبرق ومطبات] — **cumulonimbus**

السحب من المستودعات — **draw from stores**

سداد تفريغ — **drain plug**

سداد تمدد — **obturation**

سداد مركزي — **core plug**

سدادة — **plug**

سدادة امامية — **foreside plug**

سدادة خلفية — **backside plug**

سدادة ذات تصويب ليلي — **night sight**

screw plug	سدادة لولبية
warp	سدادة النسج
close fitting plug	سدادة وثيقة التوافق
SRAM-short-range attack missile	سرام [مقذوف هجومي قصير المدى]
squadron	سرب
flying squadron	سرب جوي
air command and control squadron	سرب قيادة ومراقبة جوي
speed, velocity	سرعة
muzzle velocity	سرعة فوهة المدفع
standard muzzle velocity	سرعة فوهة المدفع القياسية
speed of sound	سرعة الصوت
ground speed	سرعة الطائرات الأرضية
flying speed	سرعة الطيران
jump speed	سرعة القفز
wind velocity	سرعة الريح
air speed	سرعة جوية
true air speed	سرعة جوية حقيقية
speed	سرعة زائدة ، عالية
angular velocity	سرعة زاوية
high velocity	سرعة عالية
remaining velocity	سرعة متبقية
calibrated air speed	سرعة مصححة للطائرة
terminal velocity	سرعة نهائية
ground speed	السرعة الارضية
	[السرعة المطلقة بالنسبة الى الارض]
cruising speed	السرعة الاقتصادية
speed, acoustic speed	السرعة باتجاه خط النظر
idle speed	السرعة البطيئة (المحرك)
advance speed	سرعة التقدم
rectified air speed	السرعة الجوية المصححة

circular velocity	سرعة دائرية
crusing speed	سرعة الرحلة
rate of fire	سرعة الرمي
sonic speed, transonic	السرعة الصوتية
acoustic speed	[وتتراوح بين ٦٠٠ و٩٠٠ ميل في الساعة]
exhaust velocity	سرعة العادم الحقيقية
effective exhaust velocity	سرعة العادم الفعالة
air speed	السرعة في الهواء
	[سرعة الطائرة بالنسبة الى الهواء حولها]
maximum velocity	السرعة القصوى
indicated air speed	السرعة المبينة
decelerating speed	سرعة متباطئة
orbital speed	سرعة مدارية
uniform velocity	سرعة منتظمة ، متماثلة
	سرعة مسرفة / سرعة زائدة
very high speed	
sprocket hub	محور العجلة المسننة
umbilical	سُري ، متعلق بالحبل السري
quick march	سريعاً سر
company	سرية
forward company	سرية امامية
tank company	سرية دبابات
transport company	سرية النقل
general transport company	سرية النقل العام
battery'	سرية مدفعية
deck	سطح
flight deck	سطح الأقلاع
interface	سطح بيني (السطح الفاصل بين جسمين يتم وصلهما آليا ، او هي كلمة معنوية لعملية تنظيم يتم بين نظامين فرعيين آخرين)
tail plane	سطح الذيل
bearing surface	سطح حامل

سطح مشع radiating surface
سطح متماسك gripping surface
سطوع brightness
سطح مسطح flush deck
سطيح / مسطح المخزن magazine platform
سُعْر (وحدة قياس حرارية) calory
سِعْر التكلفة cost price
سعر السوق market price
سعة capacity
سعة الاسطوانة cylinder capacity
السعة الحرارية thermal capacity
سعة خزانات الوقود fuel capacity
سفح رملي sand blast
سفينة حربية warship
سفينة استخبارات المعركة combat information ship
سفينة اسناد support craft
سفينة الدفاع الجوي air defence ship
سفينة هجومية assault ship
سفينة هجومية برمائية amphibious assault ship
سفينة القيادة البرمائية amphibious command ship
سفينة القيادة التعبوية tactical command ship
سفينة المفاوضات cartel ship
سفينة النقل البرمائية amphibious transport vessel
سفينة انزال landing craft
سفينة انزال هجومي assault landing craft
سفينة انزال صغيرة minor landing craft
سفينة انزال كبيرة major landing craft
سفينة برمائية amphibious vessel
سفينة توجيه المقاتلات fighter direction ship
سفينة حراسة guard ship/escort vessel

سفينة حمولة الهجوم attack cargo ship
سفينة دلالة marker ship/markervessel
سفينة مراقبة الاخلاء evacuation control ship
سفينة مستشفى hospital ship
سفينة مستودع depot ship
سفينة مظلمة darken ship
سقاطة ratchet
سقاطة امان safety catch
سقاطة الاخمص butt catch
سقاطة المخزن magazine catch
السقاطة الواقية الأمامية لليد forehandguard catch
سقاطة وقف stop pawl
سكوتر ، درّاجة برجل واحدة scooter
سكة الاطلاق launching rail
سلاح arm, weapon
سلاح احيائي biological weapon
سلاح اسناد supporting weapon
سلاح اسناد قريب متعدد الأغراض multi-purpose close support weapon
سلاح ثانوي secondary weapon
سلاح دفاع أولي first defence arm
سلاح دون الكيلوطن subkiloton weapon
سلاح ذري atomic weapon
سلاح رئيسي principal weapon
سلاح هجوم المحمولين جوا airborne assault weapon
سلاح هجوم المحمولين جوا airborne assault weapon
سلاح كيلو طن kiloton weapon
سلاح كيمياوي chemical weapon
سلاح بقوة مليون طن megaton weapon
سلاح نووي nuclear weapon
سلاح نووي حراري thermonuclear weapon

سلاح انقطاعي ذاتي القذف
break down self-ejector weapon

السلاح الفائض excess armament

سلاح الفضاء space weapon

سلاح قذافي، او باليستي ballistic weapon

سلاح محلزن rifled arm

سلاح مضاد للدبابات anti tank weapon

سلاح جاهز ready arm

سلاح مفرد الفعل single action weapon

سلاح موجه guided weapon

سلاح موجه أرض / جو
surface to air guided weapon

سلاح يملأ من المؤخرةكتفاً breech loader

سلاح !
سلاما ـ قف arms up

سلبي passive

سلسلة التدوير/او سلسلة توقيت timing chain

سلسلة القيادة chain of command

سلطة القيادة القومية
national command authority

سلفة ، قَرْض imprest

سلك wire

سلك التسليح (للمظلة) arming cable

سلك ربط او ارتباط data link

سلك شائك barbed wire

سلك شعري filament

سلك شمعة الاشعال spark plug lead

سلك ميدان field wire

سلكي (توجيه) wire (guidance)

سماوي celestial

السمت azimuth, zenith

سنتميتر ـ غرام ـ ثانية (س . غ . ت) centimeter-gram-second

سندان الحداد anvil

سند ايراد (او تسليم) receipt voucher

سند شطب write-off voucher

سند صرف issue voucher

سن اللولب thread, screw thread

سن لولب مربعة square thread

سهل المنال accessible handy

السهم المشتعل flaming arrow
(اتصالات اميركية عبر الأقمار الصناعية)

سوار او رباط امامي front band

سوار او رباط خارجي outer band

سوء الاداء ، تقصير malfunction

سوبروك (مقذوف اميركي من الغواصات)
SUBROC

سوسوس (جهاز استكشاف صوتي)
sosus-sound surveillance system

سوخوي (مصمم سوفياتي انتج مقاتلة تحمل اسمه) Sukhoi

سوق ، استراتيجية strategy

سونار ، جهاز لاكتشاف وجود (او موقع) الاشياء تحت الماء بوساطة موجات صوتية تنعكس اليه منها . sonar

سونار ايجابي active sonar

سونار سلبي passivc sonar

سونار غاطس dipping sonar

سونار للاعماق المتغيرة variable depth sonar

سويتل (تصغير ساتل) قمر صناعي صغير satelloid

سيارة اطفاء fire tender

سيارة مدرعة خفيفة light armoured car

سيارة وقود tank car

سياسة الاطلاق عند التعرض لهجوم
launch under-attack policy

سياسة الحرمان deprivation policy

سياقة آلية power steering
سيء الضبط maladjusted
سيتين (زيت لا لون له يكون في البترول) cetane
سينز ، نظام توجيه ملاحي
sins-ships inertial navigation systems
سير او عجل التدوير driven gear
السير او الاتجاه شمالا northing
سير طويل long distance march
سير نهاري diurnal march
سيطرة ، مراقبة ، ضبط ، توجيه control
سيطرة ادارية administrative control
سيطرة ارضية ground control
سيطرة افقية horizontal control
سيطرة الاسلحة arms control
سيطرة الانقاذ recovery control
سيطرة التكامل build-up control
سيطرة التموين supply control
سيطرة التنقل movement control
سيطرة التنقل الجوي air movement control
سيطرة الدفاع الجوي air defence control
سيطرة الرمي fire control
سيطرة العطب damage control
سيطرة الكوارث disaster control
سيطرة المرور circulation control
سيطرة الاشتباك engagement control
سيطرة النقل البحري shipping control
سيطرة تعبوية ، تكتيكية tactical control
سيطرة سابلة مرور المنطقة area traffic control
سيطرة سابلة ، مرور جوية air traffic control
سيطرة سفلى lower control
سيطرة عطب المنطقة area damage control
سيطرة عليا higher control
سيطرة عمليات operational control
سيطرة قطاع sector control
سيطرة مركزية centralized control
سيطرة مساحة survey control
سيطرة منطقة القاء مكتشفي الطريق
pathfinder drop zone control
سيل السابلة ، المشاة traffic flow
سيطرة جوية air supremacy
سيطرة خارجية external control
السيطرة الرئيسية major control
السيطرة على الاطلاق ، الرمي launch control
السيطرة على الانتاج production control
سيطرة على الرمي fire control
السيطرة على الفضاء control of space
السيطرة على المرور traffic control
التحكّم من بعد remote control
سيف حربة sword bayonet
سيل (عدد المركبات في الساعة) flow
سينز ، نظام توجيه ملاحي
S.I.N.S = ships inertial navigation systems
السيولة والمرونة fluidity and flexibility

ش

شاخص	prominent post
وتد الاتجاه	direction stake
شارب	moustache
شارة الاستحقاق	insignia of merit
شارة الرتبة	insignia of rank
شارة القيادة	insignia of command
شاشة	screen
شاطئا الأطلسي	both sides of the Atlantic
شاف (اداة عاكسة للرادار) مهمتها اخفاء الهدف عن الرادار	chaff
شامل الرؤية -بانورامي او منظر شامل	panoramic
شبح ، ظِل (المدفع)	silhouette
شبكة	grid, net
شبكة التحكم	control grid
شبكة تمديدات	network piping
شبكة حاجزة	screen grid
شبكة خماسية	pentagrid
شبكة رادار	radar netting
شبكة كبت	suppressor of grid
شبه تلقائي	semi-automatic
شبه رسمي	semi official
شبه الظل ، الظل الناقص	penumbra
شبيكة التسديد	sight reticule
شبيكة ومسنن	back and pinion
شحم	grease
شحن ، نقل	shipment
شحن البطارية	battery charging
شحنة	charge
شحنة فراغ او مساحة (داخل الصمام)	space charge
شديد الانفجار	high explosive
شديدة البرودة	cryogenic
شرارة / عبوة	spark, charge
شراعية ، او منزلقة	glider
شراك الخداعية ، مصائد	booby-traps
شرطة عسكرية	military police
شروط الاتفاقية	specifications of contract
شروط الاستسلام	terms of surrender
شروط التسليم	delivery terms
شريط ، شارة الرتبة العسكرية	stripe
شريط أو رباط تقوية	pocket band
شريط حزام ذخيرة قماشي	belt
شريط ذخيرة معدني	strip
شريط لاصق	adhesive tape
شريط مغناطيسي	magnetic tape
شريط موصل نابض	spring-link belt
شطب من الملاك	delete or stricken
شظايا	fragments
شعاع ضيق	narrow beam
شعاعي شعلة	radial firing

شعبة ، قسْم section
شعبة ارتباط النقل الجوي
air transport liaison section
شعبة الارتباط الارضي
ground liaison section
شعبة الارتباط الارضي المحمولة
carrier borne ground liaison section
شعبة جو / ارض air ground section
شعبة المسح المائي hydrographic section
شعبة النقل الجوي
air movement traffic section
شعبة مراقبة التموين الجوي
air supply control section
شعبة مدفعية gun section
شعبة معلومات الملاحة الجوية
aeronautical information section
شعورية (وحدة) feel (unit)
شعيرة front sight
شعيرة خلفية (اسلحة) rear sight
شفرة المساحة wiper blade
شقة المخزن magazine lip
شقة الاطراف terminal strip
شقوق / فتحات slits
شكل انسيابي aerofoil, streamline
شكل بيضوي form of goose eggs
شكل ، هيئة ، صورة shape
شكل ـ هيكل ـ إطار frame
الشمال التربيعي grid north
الشمال الجغرافي geographic north
الشمال المغناطيسي magnetic north
شمس ناشئة او بدائية protosun
شمعة الاشعال spark plug

شن الهجوم launching of an attack
شهاب (نيزك) meteor
شواظ شمسي solar prominence
شوط stroke
شوط الامتصاص suction stroke
شوط الانضغاط compression stroke
شوط العادم exhaust stroke
شوط القدرة (الشوط الناتج عن احتراق الوقود داخل المحرك) power stroke
شوهد (نداء يدل على ان الغرض شوهد) tally ho
شبكة ادارية adminstrative net
شبكة استطلاع reconnaissance net
شبكة استطلاع المدفعية
artillery reconnaissance net
شبكة الاسناد الجوي air support net
شبكة الطرق road net
شبكة القيادة command net
شبكة انذار warning net
شبكة انذار جوي air warning net
شبكة تمويه camouflage net
شبكة توجيه الرمي fire directing net
شبكة حرّة free net
شبكة دفاع النواسف torpedo defence net
شبكة صعق detonation net
شبكة ضابط الارتباط الارضي
ground liaison officers'net
شبكة لاسلكية net/radio net
شبكة مباشرة direct net
شبكة مراقَبة controlled net
شبكة مواصلات communications worknet

ص

الصابورة ثقل يستخدم في سفينة او منطاد حفظا لتوازنها	ballast
صاروخ	missile, rocket
صاروخ بوني (صاروخ يطلق من بعد معين عن الهدف)	stand off missile
صاروخ تمويه جوي	air-launched decoy missile
صاروخ تمويهي	missile decay
صاروخ جو / جو	air to air missile
صاروخ جو / جو قصير المدى	short range air-to-air missile
صاروخ جو / جو متوسط المدى	medium range air to-air missile
صاروخ سطح ـ جو	surface-to-air missile
صاروخ طوّاف	cruise missile
صاروخ كهربائي	electric rocket
صاروخ نفّاث (صاروخ يستعمل الهواء في الجو)	air-breathing rocket
صاري المركب ، السارية	mast
صاعق	detonator
صاف (للقنابل) / انزلاق	glide
صالب (قطعة فولاذية تمتد على طول قعر المركب)	keel
صالب الجانب ، جوف المركب	bilge keel
صالحة للطيران	flight worthy
صامولة ، صَمّولة ، عَزَقَة	nut
صب ، سبك	casting
صدى ثابت ، دائم	permanent echo
صديق ، محب ، مؤيّد ، ودود	friendly
صرف الارزاق او الحصص	issue of rations
صعق ، تفجير	detonation
صعود	going up, ascent, ascending,
صفائح النابض	spring leaves
صف ، ترتيب ، تنظيم	array
صفير انذار	alarm blast
صفر	zero
الصفر المطلق	absolute zero
صفيحة الأخمص او عَقِب البندقية	butt plate
صفيحة الربط الوسطى	central bracing plate
صفيحة القاع او القعر	bottom plate
صلابة طولية	longitudinal strength
صلاحية الطرق (مدى السير)	limit of travel
كَبْس الفولاذ	steel stamping
صليبية الشكل	cruciform
صلية ، انفجار	burst
صلية رمي	burst of fire
صمام ، صهيرة	valve, fuze tube
صمام أشعة المهبط انبوب أشعة كـاثـود	cathode-ray tube

electronic tube	صمام الكتروني
safety valve	صمام الأمان
triode	صمام ثلاثي
diode	صمام ثنائي
relief valve	صمام التخفيف
cross-feed valve	صمام تزويد وتقاطع

صمام تغير الكفاءة ، انبوبة الأشعة المقوى

variable tube, beam power tube	
pentode	صمام خماسي
tetrode	صمام رباعي
zener diode	صمام زينور
hexode	صمام سداسي
quick release valve	صمام سريع الفتح
exhaust valve	صمام العادم
overhead valve	صمام علوي
thyatron tube	صمام غازي
poppet, poppet valve	صمام قفاز

(لاقط يعمل بواسطة نابض)

klystron tube	صمام كليسترون

[صمام ذبذبة سنتمترية]

magnetron tube	صمام مجنترون صمام مفرغ

يخضع فيه تدفق الالكترونات لتأثير مجال مغنطيسي خارجي

vacum tube	صمام مفرغ
air valve	صمام هواء
fuse	صمامة / طابة

صمامة تعمل بالتأثير الاحتكاكي

graze-action fuse	
wireless silence	صمت لاسلكي
barrel locking nut	صمولة اغلاق السبطانة
securing nut	صمولة التثبيت
barrel nut	صمولة السبطانة
milled nut	صمولة مخرشة او مصقولة
barge	صندل (قارب مسطح)

---

black box	الصندوق الاسود

(يوضع في الطائرات لتسجيل الملاحة)

demolition box	صندوق تدمير
accessory case	صندوق التوابع

(صندوق المسننات في صدر المحرك لتشغيل الاجهزة الاضافية)

base fuze	صمام القاعدة
bore safe fuze	صمام أمان الجوف
self destroying fuze	صمام تدمير ذاتي
delay fuze	صمام تعويق
proximity fuze	صمام تقاربي
impact action fuze	صمام تماس
time fuze	صمام توقيت
variable time fuze	صمام توقيت متغير
anti-disturbance fuze	صمام ضد التشويش
hydrostatic fuze	صمام سائلي
interrupter fuze	صمام سيطرة او مُقطِّع
super sentitive fuze	صمام عالي الحساسية
super quick fuze	صمام عالي السرعة
direct action fuze	صمام فوري
radio bomb fuze	صمام قنبلة لاسلكية
radio tube	صمام لاسلكي
percussion fuze	صمام مصادمة
trunk	صندوق ، جذع
boot	صندوق السيارة الخلفي
gear box	صندوق او علبة التروس المسننة
sight chest	صندوق الموجِّه
transmission box	صندوق أو علبة نقل الحركة
junction box	صندوق الوصل
road tankers	صهاريج نقل
tanker	صهريج
flux	صهيرة اللحم (مادة تساعد

على صهر اللحم وتمنع تأكسده عند ارتفاع حرارته) .

صواريخ طائرة	aircraft rockets
صوتي (سرعة)	sonic (speed)
صورة بيانية للطيران	flight diagram
صورة جوية مائلة	oblique aerial photograph
الصومعة (قاعدة تحت الأرض تحفظ فيها المقذوفات)	silo
صيانة	maintenance
صيانة اضطرارية	breakdown maintenance
صيانة تصحيحية (كالتآكل بسبب الصدأ)	corrective maintenance
صيانة وقائية	preventive maintenance
صينية سحب (صينية لسحب المقطورات)	fifth wheel

ض

ضابط officer
ضابط اتصال جوي air contact officer
ضابط ارتباط liaison officer
ضابط ارتباط أرضي ground liaison officer
ضابط ارتباط ارضي للحاملة
carrier borne ground liaison officer
ضابط ارتباط القوات ، المحمولة جوّا
airborne forces liaison officer
ضابط ارتباط ، النقل الجوي
air transport liaison officer
ضابط ارتباط بحري naval liaison officer
ضابط ارتباط جوي air liaison officer
ضابط ارسال الرسائل releasing officer
ضابط إركاب embarkation officer
ضابط استخبارات intelligence officer
ضابط الاسناد الجوي للوحدة
unit air support officer
ضابط التنقل الجوي air movement officer
ضابط التنقل والتمييز
movement and identification officer
ضابط الدفاع المدني civil defence officer
ضابط السطح او الظهر officer of the deck
ضابط السيطرة المركزي central control officer
ضابط العتاد ordnance officer
ضابط اليوم او المناوب officer of the day

ضابط امن safety officer
ضابط انزال الوحدة unit landing officer
ضابط انشاء البحرية naval built-up officer
ضابط توجيه direction officer
ضابط توجيه القوة force direction officer
ضابط مناوب duty officer
ضابط رصد امامي
forward observation officer
ضابط مراقبة التنقل
movement control officer
ضابط مراقبة رئيسي
primary control officer
ضابط مراقبة سفن الانزال
landing craft control officer
ضابط إدارة administrative officer
ضابط الارتباط للحركة
movement liasion officer
ضابط استخبارات القتال
combat intelligence officer
ضابط استخبارات الميدان
field intelligence officer
ضابط معلومات information officer
ضابط أعلى أو أقدم senior officer
ضابط امداد chief provision officer

ضابط بيطري veterinary officer
ضابط التجنيد recruiting officer
ضابط تدريب الوحدة unit training master
ضابط المنطقة للتموين والنقل
district supply and transport officer
ضابط تمييز الحركة
movement indentification officer
ضابط منفذ مقاومة الطائرات
anti aircraft executive officer
ضابط الحركة في محطة القطار الحديدي
railway transportation officer
ضابط النوبة او الخدمة orderly officer
ضابط رصد أمامي forward observing officer
ضابط ركن staff officer
ضابط رواتب الوحدة unit paymaster, officer
ضابط سلامة الطيران flight safety officer
in charge of pay
ضابط صف non-commisioned officer
ضابط عمليات جوية متقدم
forward air controller
ضابط عمليات مدفعية الدفاع الجوي
air defence artillery operations officer
ضابط مراقبة الأمن security control officer
ضابط معتمد او مفوض accredited officer
ضابط ملاحة navigation officer
ضابط الامداد quartermaster
ضابط مُفَوّض authorized officer
ضابط مراقبة النقل او الحركة
movement control officer
ضابط موضع المدافع ، ضابط ميداني
gun position officer field officer
ضابط النقل الآلي motor transport officer

ضاغط او ضاغطة compressor
الضبط الاوتوماتيكي للتردد
automatic frequency control
ضبط بتوجيه الدفع **thrust vector control**
ضبط الجودة quality control
ضبط الدوران البطيء idling adjustment
ضبط الرمي fire control
ضبط ذاتي self-adjusting
ضبط السير march discipline
ضبط عسكري military discipline
ضبط الكسب تلقائيا automatic gain control
(المحافظة على نتائج أي نظام بطريقة تلقائية)
ضربة بالصواريخ missile strike
ضربة شمس sun stroke
ضربة مضادة / ضربة ثانية second strike
ضغط اشاع صوتي
acoustic radiation pressure
الضغط الجوي barometric pressure
الضغط الجوي على المدرج (aerodromelevel pressure)
ضغط الزيت oil pressure
ضغط عال tension, high
ضغط مستقر ، حركي
pressure, static, dynamic
ضغط مباشر direct pressure
ضغط مترسب ، متخلف residual pressure
الضغط المطلق absolute pressure
ضغط معزز boost pressure
ضغط منخفض tension low
ضفدع بشري frogman
ضفة اسطوانات bank of cylinders
ضماد الميدان field dressing
ضمن / تضمين modulate, modulation

ضوء تحت الاحمر	infrared light
ضوء القافلة	convoy light
ضوء الكابح	stop light
ضوء كشاف	searchlight
ضيائية ، نورانية	luminance

ط

طائرة	aircraft, airplane
طائرة احتياط	reserve aircraft
طائرة اساسية	basic aircraft
طائرة استطلاع	reconnaissance plane
طائرة استطلاع عمودية او سمتية	scout helicopter
طائرة اسناد	supporting aircraft
طائرة الجيش	army aircraft
طائرة الجناح الثابت	fixed wing aircraft
طائرة الجناح الدوار	rotary wing aircraft
طائرة اقتحامية او هجومية	assault aircraft
طائرة القيادة	lead aircraft
طائرة اقلاع وهبوط من مدرجات قصيرة	jump jet
طائرة انقضاض	assault aircraft
طائرة بحرية	maritime aircraft/ naval aircraft
طائرة بطيار	manned aircraft
طائرة تدريب	training aircraft
طائرة تعبوية ، تكتيكية	tactical aircraft
طائرة توجيه المقاتلات	fighter direction aircraft
طائرة حوضية او صهريج	tanker plane
طائرة دون طيار	drone, pilotless aircraft
طائرة رأسية	v-stol aircraft
طائرة سمتية ، عمودية ، مروحية	helicopter
طائرة سمتية او عمودية ضد الدروع	anti-tank helicopter
طائرة شراعية او انزلاقية	glider
طائرة عمودية او مروحية طائرة عاملة	helicopter active aircraft
طائرة غير عاملة	inactive aircraft
طائرة قاصفة او قاذفة	bomber
طائرة قتال	fighter plane
طائرة كشافة	pathfinders aircraft
طائرة مائية	marine aircraft
طائرة متعددة المهام	general purpose aircraft
طائرة متغيرة الشكل	variable geometry aircraft
طائرة محمولة على ظهر سفينة	ship board aircraft
طائرة مراقبة عمودية	surveillance helicopter
طائرة مروحية	propeller plane
طائرة مُسيَّرة عن بعد	remotely piloted plane
طائرة معادية	enemy aircraft
طائرة مقاتلة	fighter aircraft
طائرة وقود	tanker aicraft
طائرة نسافة	torpedo aircraft
طائرة نفاثة	jet plane
طائرة نقل	transport aircraft

طائرة نقل تعبوية tactical transport aircraft
طائرة نقل استراتيجية strategic transport aircraft
طائرة نووية nuclear airplane
طائرة هجوم attack aircraft
طارد مركزي او نابذ centrifugal
طاردة (اداة للنزع او لتوزيع الثقوب في المعادن drift
طارق striker, percussion hammer
طارق الزناد trigger box stop
طافية السونار sonar buoy
[خاصة باكتشاف الغواصات تحت الماء]
طاقم ، طاقم السفينة crew
طاقم الطائرة aircrew
طاقة اشعاعية radiant energy
الطاقة الالية mechanical energy
طاقة حركية kinetic energy
الطاقة الكامنة potential energy
الطب الحيوي biomedicine
طب الطيران aviation medicine
الطب الفَضَجَوّي ، aerostromedicine
طبعة ، قالب template (templet)
طبق (هوائي الرادار) dish, tray
طبق التغذية ، التزويد feed tray
الطبقة الانتقالية الأولى tropopause
(الجزء السفلي لطبقة الهواء التي تتزايد لديها الحرارة على ٩٧ فهرنهيت)
طبقة تشحيم lubricant film
طبقة رقيقة ، غشاء film
الطبقة السفلى من الغلاف troposphere
الطبقة العليا من الغلاف الجوي
طبقة متاخمة boundary layer
طبلة drum
طبلة الكابح brake drum

طبيعة ، جوهر nature
طبيعة الارض nature of land
طحين cornflour
طراد cruiser
طراد ثقيل heavy cruiser
طراد خفيف light cruiser
طراد زارع للالغام minelaying cruiser
طراد مدرع armoured cruiser
طراد بسطح متسع through deck-cruiser
طراد قتال battle cruiser
طراد حراسة escort cruiser
طراد نووي مزود بمقذوفات موجهة guided missile nuclear cruiser
تقاطع طرق roads intersection
طرق الشحن routing-shipment
طرق مطهرة او سالكة او خالية cleared routes
طرق الملاحة الجوية flight routes
طريق التقدم route of advance
طريق الذهاب او الخروج route out
طريق طوارىء emergency road
طريق عسكري military road
طريق العودة route back
طريق القافلة convoy route
طريق أمامي forward road
طريق بحري sea way
طريق تموين رئيسي principal supply route
طريق تموين اساسي main supply route
طريق ثانوي secondary road
طريق جانبي lateral route
طريق خاص reserved road
طريق خلفي reverse road
طريق مائي water way
طريق محوري axial road
طريق مطهر cleared route / moped up road

طريق معبّد	metalled road
طريق مفتوح	open route
طريق منظّم السير	supervised route
طريقة الاذاعة	broadcasting method
طريق التصنيف	classification method
طريقة الحصر	bracketing method
طريقة الساعة او اسلوب الساعة	clock method
طريقة السرعة الخطية	linear speed method
طريقة اللانهاية	infinity method
طريقة المحطة المفردة	single station method
طلاء بالقصدير	tinning
طلاء تمويه	camouflage cream
طلاقية / تعدد الاستعمال متعدد الجوانب	versatility
طلب المساندة الجوية	air support request
طلب نقل	transportation request
طلب نيران	call for fire
طلبات ، متطلبات ، مطالب	demands
طلب ارزاق	ration indent
طلعة	sortie
طلقة	round
طلقة تجربة	proof shot
طلقة تمرين	practice shot
طلمة ، محدلة ، مدحاة	roller
طليقة (قنبلة)	free fall (bomb)
الطلي بالكهرباء (طلي المعدن بالكهرباء)	electro-plating
طنان (جهاز طنان يستعمل لتوقيت الشرارة)	buzzer
طواف (صاروخ)	cruise (missile)
طوبوغرافيا	topography
طوق	yoke
طوق التبريد	cooling ring
الـطوف ما دون الصوتي	subsonic cruise
طوق	annulus
طوق دفعٍ	driving band
طوق الكابح	brake band
طوق المكبس	piston ring
طوق الرتل	lengh of column
طول التجويف	bore length
طول السبطانة	barrel length
طول الموجة	wavelength
طولي	longitudiral
طويل المدى	long range
طيات الارض	folds of the ground
طيار آلي	autopilot
طيار اوتوماتي	automatic pilot
ضبط اوتوماتي للصوت	automatic volume control
الطيران (علم)	aeronautics
طيران اختباري	test flight
طيران آلي	instrument flying
طيران انسيابي	coasting flight
طيران تشكيلي	formation flight
طيران عالٍ عبر البلاد	high level cross country
طيران منخفض عبر البلاد	low level cross country
طيران عضوي	organic air
طيران ليلي	night flying
طيران معزز	boosted flight
طيف	spectrum
طيف مرئي	visible spectrum
طي الجناح	wing fold
طي المظلة (طريقة لطي المظلة)	accordion folding

ظ

ظاهرة الاتجاه شمالا	**north seeking effect**
ظاهرة اديسون (خاصة اشعاع الكتروني من سلك اذا شحن وهو موضوع في مكان مفرغ من الهواء)	**Edison effect**
ظاهرة دوبلر (اتحاد موجات صادرة مع موجات مرتدة عن جسم معين)	**Doppler's effect**
ظاهرة كهربائية الاجهاد	**piezoelectric effect**
ظرف ، قابض	**chuck, case**
ظرف الطلقة	**cartridge**
ظرف فارغ	**empty cartridge**
ظرف ممزق	**ruptured case**
ظفر	**sear**

ع

عائق من اسلاك شائكة	barbed wire obstacle
عائق ضد الدبابات	anti tank obstacle
عائق مائي	water obstacle
عادم	exhaust
عادم النفاث	jet pipe
عارضة	yard
عازل	insulator
عازل كهربائي (وسط كهربائي عازل)	dielectric
عاصفة ريح (رياح شديدة مصحوبة بمطر)	squall
عاكس	reflector, inverter
عاكس الدفع	thrust reverser
عاكس خداع ، تمويه	confusion reflecter
عاكس اللهب	flame deflector
عاكس منطادي	balloon reflecter
عالي النفاذية المغناطيسية	ferromagnetic
عامل التضخيم	amplification factor
عامل الحمل (هو نسبة معدل الحمل الى الحمل الأكبر)	load factor
عامل شل القدرة	incapacitating agent
عامل القدرة	power factor
عامل لحام ، لاحم	welder
عامل ماكينة ، عامل آلة	machinist
عامل المفاجأة	surprise factor
عامل مولد النبضات	pulse generator factor
عامل الوقت والمسافة	time and space factor
عبّارة ، جسر	bridge
عبارة جزيرة	island bridge
العبوات الدافعة	propelling charges
عبور الانهار	river crossing
عَتْل (فعل العتلة او الرافعة)	leverage
عتلة ، رافعة ، مُخْل ، ذراع	lever
عتلة او طبلة الاملاء	feed drum
عتلة تأرجح	rocker
عتلة او مُخْل او رافعة او ذراع الترباس	bolt lever
عتلة التشغيل	operating lever
عتلة او مُخْل او رافعة او ذراع الحدبة	cam lever
عتلة الغيارات	gear shift lever
عتلة مفصلية	toggle lever
عتيق ، قديم ، تجاوزه الزمن	obsolete
عجلات تروس الهبوط	landing gear
	gear down and locked
عجلات ، درجات	bogies
عجلات ، درجات ثنائية او مزدوجة	twin bogies
عجلات دليل الجنزير (مجنزرة)	guide rollers
عجلات طريق	road wheels

عجلة ، او مِقود التوازن	flywheel
عجلة او مِقْود ارجاع	idler wheel
عجلة او مِقْود اضافي	belly wheel
العجلة او المِقْود الأمامي	nose wheel
عجلة ، ترس الامتداد	outrigger gear
عجلة ، أو مقود الذيل	tail wheel
عجلة رئيسية او مقود	main wheel
عجلة قيادة او مقود	steering wheel sprocket
العجلة الوسيطة او مقود	idler wheel
عجلة يدوية او مقود	hand wheel
عدَّاء (جندي يخصص لنقل رسائل وأوامر شفوية من القائد الى وحداتـه في اثناء المعركة وخلال سير الجنود على الاقدام)	runner
عداد جايجر (عداد للمواد المشعة)	Geiger counter
عداد الدورات	angular velocity meter
عداد او مقياس السرعة	speedometer
عداد الومضات	scintillation counter
عداد ماخ	Machmeter
عداد المسافة	odometer
عداد المسافة الهوائية	airlog
العدد السيتاني للزيت	cetane number
عدد سكك الاطلاق	number of launch rails
عدد الطلقات بالدقيقة	round per minute
عدسة	eye lens, lens
عدسة محدبة مستوية	plano-convex lens
عدم اشتعال	misfire
عدة الحلاق	barber kit
عدة الطهو	cooking kit
عديم الارتداد	recoiless
عربة اطفاء	fire tender
عربة الدفع	limber
عربة الفضاء	space craft
عربة قتال مدرعة	armoured fighting vehicle
عرض (عسكري)	parade mil
عرض الحزمة او الرباط	bandwidth
عرض الطائرة ، باعٌ ، امتداد ، اتساع	span
عرض احتفالي ، او طقسي	ceremonial parade
عرض الموقف	presentation of situation
عرض النبضة	pulse width
عرض المطرقة	comb of the hammer
عروة معدنية	grommet
عريف	corporal
عزقة مجنحة	wingnut
عزم (القوة × المسافة العمودية لمركز الدوران)	moment
عزم او قوة الخطران	pitching moment
عزم او قوة الدوران واللَّيّ	torque
عصا القيادة	joystick
عصر الفضاء	space age
عصفة او هبَّة (ريح)	blast
العصف الخلفي	back-blast
عصف المدفع	blast of a gun
عطاء ، عرْض ، تقديم سعر	tender
عطاء ، عرض ، تقديم سعر اجنبي	foreign tender
العفو العام	amnesty
عفن فطري	mildew
عقب الأخمص	heel of the butt
عقب القذيفة مؤخرة الزورق او المركب	boat tail
عقدة	knot
عقدة او رباط او تمتين حزم	binder knot
عقدة منفرجة	bowline knot
عقدة مربعة	square knot
عقيد ، زعيم ، كولونيل	colonel
عقيدة او مبدأ ، او تعاليم تعبوية او تكتيكية	tactical doctrine

عكس عقارب الساعة **anti-clockwise**
على اهبة الاطلاق **hot configuration**
علامة توقيت **timing mark**
علاوة اضافية **additional allowance**
علبة التزباس جهاز الاستقبال ، المُستقْبِلة **receiver**
علبة ذراع التدوير (حوض المحرك) **crank case**
علبة التروس او السرعة **gear box**
علم الاحياء الفضائي **bioastronautics**
علم الارصاد الجوية **meteorology**
علم البصريات **optics**
علم حركية السوائل **hydrodynamics**
علم السوائل **hydraulic**
علم الشيفرة او الترميز **cryptography**
علم الفضاء **space science**
علم القمر **selenology**
علم الاحصاء مطبقا على المشاهدات البيولوجية **biometrics**
علم المقذوفات او المقذافية **ballistics**
علو او ارتفاع الطائرة **height**
مستوى الطيران **flight level**
علو نقطة التحول **break off height**
عمى الوان **colour blindness**
عمى مؤقت ، اغماء ، تعتيم **blackout**
عمارة (أسطول صغير) **flotilla**
عمال اللاسلكي **wireless operators**
عمل او واجب اضافي **extra duty**
العمل عند التوقف **action at halts**
عمليات هجومية او تعرضية **offensive operations**
عمليات جامدة ، ساكنة **static operations**
عمليات القتال عن قرب او عن كثب **close quarters operations**
عمليات مقاومة العصيان **counter insurgency operations**
عملياتي / قتالي **operational**
عملية **operation**
عملية تأخير **holding operation**
عملية تغطية **covering operation**
عملية تفادي **evasive action**
عملية جبلية **mountain operation**
عملية رئيسية او عظيمة او هامة **major operation**
عملية صحراوية **desert operation**
عملية عسكرية **military operation**
عملية قتالية **combat operation**
عملية ليلية **night operation**
عملية محمولة جوا / عملية انزال جوي **airborne operation**
عمود الالتواء **torsion bar**
عمود توازن **stabilizing bar**
عمود الحدبات **camshaft**
عمود أو برج الارشاد او الاسلاك الكهربائية **pylon**
عمود الدفع **propeller shaft**
عمود الدوار (في الدينامو) **armature**
عمود الدوران النهائي **put out shaft**
عمود ذراع التدوير **crankshaft**
عمود السحب **tow bar**
عمود عتلات التأرجح **rocker shaft**
عمود عرض او اعتراضي (مقود معترض) **steering cross shaft**
عمود مرفعي **crankshaft**
عميد **brigadier general**
عنصر القيادة **command element**
عنفة او تُرْبينة محرك يدار بقوة الماء او الهواء او البخار **turbine**

عنفة او تُرْبينة تجارية	gas turbine
عنفي او تُرْبيني التركيب	turbo compound
عنق الخانق	venturi
عنق الفتحة او خرطوم الفوّهة	nozzle throat
عنقود	cluster
عنقود رمانات	bunches of grenades
عنقودية (قنبلة)	cluster (bomb)
العهدة (معدات)	ordnance
العودة ، او الرجوع العودة او الرجوع الى جو الارض	re-entry
العودة الى القاعدة	re-home
عودة مباشرة	active homing
عودة الوقود	fuel return
العيار	calibre
عيار الصمام	valve adjustment
عينات ، نماذج	samples
عيني ، متعلق بالعين	opthalmic
العينية : عدسة المجهر	eyepiece

غ

غارة جوية	air raid
غازات الدفع	propulsion gases
غاز أكّال	corrosive gas
غاز ، ضار ، مؤذ	noxious gas
غاز مسيل للدموع	tear gas
غازولين ، بنزين	gasoline
غاطس السفينة	draught
غدارة رُشَيْش	submachine gun
غدة	gland
غرز متباعدة	baseball stitch
غرزة اغلاق	lock stitch
غرزة تسريج	basting stitch
غرفة	chamber
غرفة الاحتراق او الاشتعال	combustion chamber
غرفة الضغط	barochamber
غرفة العمليات	operational room
غشاء	membrane diaphram, skin
غشاء او طلاء زيتي	oil film
الغطاء (مقدمة المقذوف)	shroud
غطاء أو رأس الاسطوانة	cylinder head
غطاء جوي	air cover
غطاء خلفي	rear cover
غطاء علوي	top cover
غطاء ، غشاء	overlay
غطاء المحرك	bonnet
غطاء الموجّه	sight cover
غطاء هوائي الرادار	radome
غلاف	housing, jacket
غلاف حبل الفتح او التنفيس	rip-cord housing
غلاف خارجي مثقب	perforated outer casing
غلاف السبطانة	barrel casing
غلاف او علبة قعود الطيران	flywheel housing
غلاف الغواصة	casings
غلاف التشظّي	fragmentation sleeve
الغلاف المضطرب (الجزء السفلي لطبقة الهواء التي تتناقص بعدها درجة الحرارة مع الارتفاع)	troposphere
غلالة من النيران / سد من النيران	barrage of fire
غوارز أو مجارف قابلة للطي	Folding squads
غواصة	U-boat
غواصة جيب	midget submarine
غواصة زارعة للالغام	minelaying submarine
غواصة صوتية	sonobuoy
غواصة باليستية ، سوقية	ballistic missile submarine
غواصة مطاردة	cruiser submarine
غواصة صغيرة	midget submarine

غواصة نووية	nuclear submarine
غواصة نووية هجومية	nuclear attack submarine
غيار يدوي	manual shift
غير قابل للاصلاح	beyond repair
غير وامض	flashless

ف

فائدة او منفعة آلية mechanical advantage

فارس knight

فاشي ، ينتمي الى حركة تمجد القوة وتدعو الى اقامة حكم دكتاتوري على رأسه زعيم fascist

فاصل زمني time interval

فاصل زمني لرد الفعل reaction time

فاعلية ، قدرة ، مقدرة efficiency

فاعلية آلية mechanical eficiency

فاعلية حرارية thermal efficiency

فاعلية الفتحة او السدادة nozzle efficiency

فتحات مقدرة المدى range finder end windows

فتح النار opening of fire

فتحة ، خرطوم ، hatch, nozzle, vent

فتحة التسديد الخلفية open rear sight

فتحة الخانق (فتحة مدخل الهواء للمازج) throttle

فتحة رئيسية main nozzle

فتحة شمعة الاشعال spark plug gap

فراغ المقدمة او الرأس head space

فتحة القذف ejection opening, discharge nozzle

فتحة المحقن injector nozzle

فترة الطيران endurance

فتل ، أدار ، نَسَجَ spin

فحص ، اختبار ، امتحان test

فحص ارضي ground test

فحص بالمنضدة الزجاجية shake-table test

فحص تشبيهي mock test

فحص الطيران flight test

فحص قبل الطيران pre-flight check

فحص مخبري laboratory test

فحص المعلبات examination of canned food

فحص واصلاح حسب الضرورة inspection and repair as necessary

فراغ ، خَواء vacuum

المِسْمَاك : اداة لقياس سماكة الأشياء calipers

فرجة ، تطهير ، إخلاء (مسموح فيها) clearance

فرجة التسنين (المسافة بين سِنَّين متتاليتين) pitch

فرجة او فسحة ارضية (للمركبة) ground clearance

فرشاة brush

افتراض فتح opening assumption

افتراض جديد new assumption

فرضة أو فرجة التسديد الخلفية u-type backsight

فرضة او فرجة التسديد الأمامية open front sight

فرط إحماء او تسخين overheating
فرط صوتي : متعلق بالسرعة البالغة خمسة اضعاف سرعة الصوت في الهواء او اكثر
hypersonic
فرقاطة (بارجة بين الطرادة والمدمرة) frigate
فرق محتمل او ممكن potential difference
فرقة division
فرقة مدرعة armoured division
فرن كهربائي electric oven
فروغ (صارخ ليس له جهاز توجيه متخصص) FROG
فروسية chivalry
فريق انقاذ recovery team
فريق الانقاذ من الحريق fire salvage party
فريق تصليح امامي forward repair team
فريق ثان (رتبة عسكرية) lieutenant-general
فريق الحماية او الوقاية من الحريق
fire piquet party
فريق قتال combat team
فريق مكافحة الحريق fire fighting party
فساد طلقة ، اخفاق او اختلال السلاح misfire
فسحة الطريق road space
فصل او فسخ decoupling
فصل ، قطع (تيار كهربائي) cut off
الفصيل platoon
فصيل تموين supply platoon
فصيل نقل transport platoon
فضاء space
فضاء جوي air space
الفضاء الخارجي outer space

فعالية او قدرة الوقود fuel efficiency
فقدان او انقطاع الاتصال contact lost
فقرة او حلقة الزنجير track link
فواصل اكداس intermagazine distance
الذخيرة (المسافات التي تفصل بين مخازن الذخيرة لأجل الامان من التفجير)
فوبوس (احد اقطار المريخ) phobos
فوت ، ارتجاج ، حركة عنيفة مفاجئة backlash
فرجة او فسحة الصمام valve clearance
الفرجة المسموح بها ما بين الصمام وعتلة التأرجح
فوتون (وحدة الكمّ الضوئي) photon
ماء أوكسجيني hydrogen peroxide
فوق التردد المتباين superheterodyne
فوق سرعة الصوت supersonic
فوق السمعي ، موجات صوتية بتردد عالي
ultrasonic
فولاذ مُصنَّع آليا machined steel
فولاذ قابل للطرق mild steel
فولاذ منغنيزي manganese steel
فولاذ من النيكل والكروم chrome nickel steel
فولت ، فولط (وحدة الجهد الكهربي) volt
فولط امبير volt ampere
فولطية عالية voltage, high
فوهة ، خرطوم muzzle, nozzle
فيض ، زيادة ، غمْر overflew, flush
في الطريق ، متعلق بالطريق en route
فيلا هوتيل vela hotel
[اقمار صناعية اميركية تطلق من اجل رصد التجارب النووية]
فيلق دبابات tank corps

ق

commander, commanding officer	قائد
section commander	قائد حضيرة
air defence commander (ADC)	قائد الدفاع الجوي
flight commander	قائد رف او سرب (طائرات)
squadron leader	قائد سرب أو سرية
commander in chief	القائد العام
brigade commander	قائد اللواء
group leader	قائد مجموعة
authorized commander	قائد مخول ، مفوض
star tracker	قائد او مقتفي أثر نجوم (جهاز توجيه يعمل على رصد النجوم لتوجيه الصاروخ) .
trail legs	قائما الحاضن
jury strut	دعامة اضافية
lineal list	قائمة القوات المقاتلة وضباطها
fore foot	قائمة امامية
nose cop	قابض مقدمة المركب او الطائرة
overruning clutch	قابض منزلق (قابض يعمل بعد سرعة دوران محددة)
consumable, expendable	قابل للاستهلاك
inflammable	قابل للاشتعال
retractable	قابل للانكماش
portable	قابل للحمل
adjustable	قابل للتعديل
foldable	قابل للطي
serviceability	قابلية الاستخدام
compressibility	قابلية الانضغاط
ductility	قابلية التطريق ، المط
permittivity	قابلية التمرير (كهرباء)
vulnerability	قابلية الطعن
manœuvrability	قابلية المناورة
growth potential	قابلية النمو
magneto, exploder	قادح (مغناط) جهاز لتوليد الشرارة في بعض المحركات
launcher	قاذف
electron gun	قاذف الالكترون
rocket launcher	قاذف صاروخي
bomber	قاذفة قنابل
light bomber	قاذفة خفيفة
oil thrower	قاذفة الزيت
strategic bomber	قاذفة سوقية ، استراتيجية
discarding sabot	قاذفة للنقل
flame thrower	قاذفة لهب
medium bomber	قاذفة متوسطة
dive bomber	قاذفة منقضة
guided missile	صاروخ موجّه
nuclear bomber	قاذفة نووية
pipe coupling	قارنة او رابطة انابيب

قارورة الزيت **oil bottle**
قاصر عن المدى **out of range**
(عدم تمكن السلاح من ضرب هدف معين لكون الهدف خارجا عن مدى السلاح)
قاطع التماس (البلاتين) **contact breaker**
قاطع الدائرة الكهربائية **circuit breaker**
قاطع واصل (كهرباء) **cut-out**
قاعدة (جسر الالية) **chassis**
قاعدة اطلاق الصواريخ **launching site**
قاعدة التدريب **drill hall**
قاعدة جوية **air base**
قاعدة العمليات الرئيسية **main operating base**
قاعدة قوات جوية **air force base**
قاعدة المحرك **engine mounting**
قاعدة المخزن **base of magazine**
قاعدة الهاون **mortar base plate**
قافلة ، موكب **convoy**
قالب **mould**
قابطة ، مَلْزَمة ، آلة شد واحكام **clamp**
قانصة **hunter- killer**
قانون اوم **Ohm's law**
قانون السير على الطريق **high way code**
قانون الطيران المرئي **visual flight rule**
قانون العمل **labour law**
قبضة الزناد **trigger handle**
قبضة مسدس **pistol grip**
قبل الانتاج **pre production**
قبة (المظلة) **canopy**
قتال تعرضي **offensive combat**
قتال جوي **air to air combat**
قتال جوي على ارتفاع عال **high leval air combat**
قتال جوي قريب (تهارُش) **dog fight**
قتال الشوارع **street fight**
قتال قريب **dog fight**
قتال قريب أو متلاحم **dog fight, combat quarter fighting**
القدرات التدميرية **destructive properties**
قدرة **power**
قدرة التَشْتيت **dispersive power**
قدرة التشغيل الأولية **initial operational capability**
قدرة الحصان البخاري **horsepower**
(تساوي ٥٥٠ ليبرة قدم في الثانية)
القدرة الحصانية للكابح **brake horsepower**
قدرة دافعة **motive power**
القدرة العسكرية المضادة [ميزان لقدرة الاسلحة النووية] **counter military potential**
القدرة على التحمل **power of endurance**
قدرة الجذع **shaft horsepower**
القدرة المبينة **indicated horsepower**
قدرة الكابحة **brake horsepower**
قدرة الإيقاف او الكبح **stopping power**
قدم / ثانية **(ft / sec)**
قذائف او قنابل مضيئة ، منيرة **illumination bombs**
قذائف او ذخيرة قياسية او عادية **standard ammunition**
قذائف مدفعية نووية **nuclear artillery pieces**
قذافة جوية (بالستية) **aeroballistics**
قذف **ejection**
القذف البارد **cold launch**
قذف او هبوط بالمظلة **bail out**
قذيفة / اطلاقة **projectile, shell, round**
قذيفة او صاروخ استراتيجي **strategic missile**

قذيفة أو قنبلة مضيئة **illuminating shell**

قذيفة تحت مائية **under water missile**

قذيفة تطلق من تحت الماء الى الجو **underwater-to-air missile**

قذيفة تشظية ، قنبلة انشطارية **fragmentation shell**

قذيفة تضاغطية او صاروخ نفاث **ram-jet missile**

قذيفة تمرين ، تدريب **practice shell**

قذيفة تمييز ، تعيين **marker bomb**

قذيفة بزعنفة ثابتة او مستقرة **fin stabilised projectile**

قذيفة برأس مهروس **squash-head shell**

قذيفة بصمامات تقاربية **proximily-fused shells**

قذيفة عابرة للقارات **intercontinental ballistic missile**

قذيفة عمياء عشوائية **blind shell**

قذيفة غازية **gas shell**

قذيفة غير دوارة **unrotated projectile**

قذيفة أو صاروخ غير موجه **unguided missile**

(مقذوف او صاروخ غير موجه)

قذيفة متوسطة المدى **intermediate range missile**

قذيفة معترضة **interceptor missile**

قذيفة او ذخيرة مفككة تلقم مجزأة **separate loading ammunition**

قذيفة موجهة **guided missile**

قذيفة نووية **nuclear missile**

قراءة الخارطة **map reading**

قراب قماشي لحفظ المسدس **canvas holster**

قرار تعبوي ، تكتيكي **tactical decision**

قراري / ساكن **static**

قران ، ربط ، مزاوجة **coupling**

قرص **disc**

قرص الأخمص **butt disc**

قرص التسديد **spotting disc**

قرص جلخ دوار **rotary arm sander**

قرص صنفرة أو تنعيم **emery disc**

قرص عسل **honeycomb**

قرص فتحة الخانق **throttle butterfly**

(قرص تحديد كمية الهواء الداخل في فتحة الخانق)

قرص مغناطيسي **magnetic disc**

قرن (وصل) **coupling**

قرن أمن القبضة **horn on the grip safety**

القسم الاختباري للاسلحة الخفيفة **small arms experimental section**

قسم الارتباط للحركة **movement liaison section**

قسم الاطفاء **fire section**

قسم امامي **advanced section**

(اسلحة الاسناد)

قسم تخطيط الطيران **flight planning section**

قسم جوي **air division**

قسم موقع (مدفعية) **section post**

قشاطة ، مهبط طائرات **stripper**

قصف اعمى ، عشوائي **blind bombing**

قصف بوساطة الرادار **radar bombing**

قصف كثيف **heavy bombardment**

قصف مساحي ، عنيف **carpet bombing**

قصف معاكس **counter bombardment**

قصف من ارتفاع عال **high altitude bombing**

قصف من مستوى ارتفاع متوسط **medium altitude level bombing**

القصور الذاتي **inertia**

القضاء العسكري **military justice**

القضاء على الدفاعات **defense supression**

قضيب او عمود تثبيت مانعة الوميض	flash hider
قضيب او عمود النصب	cocking rod
قضيب او عمود نابض الارجاع	return spring rod
قضيب التنظيف	cleaning rod
قضيب التوصيل	bus bar
قضيب الدفع	push rod
قضيب الدليل	guide rod
قضيب لحام	welding rod
قضيب لحام ذو صهيرة	flux-cored folder
قضيب المدك (اسلحة)	operating rod
قطاع التمييز في الدفاع الجوي	air defence identification zone
قطاع الدفاع	sector of defence
قطاع دفاع جوي	air defense sector
قطاع الفرقة	division sector
قطاع الفيلق	corps sector
قطاع الهجوم	sector of attack
قطب	pole
قطب بينيّ تبادليّ	intropole
القطب الشمالي	north pole
قطب كهربائي	electrode
قطبية متعلّق بالقطب	polarity
قطر	towing
قطر الاسطوانة	cylinder-bore
قطعات أو فِرَق الاقتحام	assaulting troops
قطعات أو فِرَق تغطية	covering troops
قطع احتياطية	spare parts
قطع متحركة	working parts
قطع زائدة	hyperbola
قطع مخروطي	conic section
قطع مكافىء	parabolic
قطع ناقص	ellipse
قطعات او فرق راجلة	foot troops
قطعات او فرق صديقة	friendly troops
قطعات او فرق قتالية	combat troops
قطعات او فرق منقولة جوا	airborne troops
قطعة النصب	cocking piece
قطعة او خريطة قماشية يرسم عليها منطقة التمرين او المعركة	cloth table
قطعة الملء او التغذية	feed piece
قفازات الجناح	fixed wing gloves
قفاز اسبستوس	asbestos mitten
قفل الشعاع الرئيسي	main beam killing
قفل علوي	top latch
قلاب (جناح مساعد) دفة في مؤخرة الجناح تساعد على زيادة الرفع في السرعة المنخفضة للطائرة .	flap
قمر اتصالات	communications satellite
قمر استطلاع	reconnaissance satellite
قمر انذار مبكر	early warning satellite
قمر الجو	weather satellite
قمر صناعي او اصطناعي	satellite
قمر صناعي للملاحة الجوية	aeronautical satellite
قمرة او غلاف القذف	ejection capsule
قميص الاسطوانة	cylinder liner
قنابل إنارة او متوهجة	flare
قنابل التفجر الهوائي	air burst bombs
قنابل صوتية	thunder-flashes
قنابل عنقودية	cluster bombs
قنابل فراغية	vacuum bombs
قنابل فوسفورية	phosphorus bombs
قنابل منشارية	fragmentation bomb
قنابل يدوية	grenades
قناة اتصال ثانوية	secondary channel

قنبلة	bomb
قنبلة اسقاط حر	free falling bomb
قنبلة أعماق	depth charge
قنبلة انزلاقية	glide bomb
قنبلة تدريب رُمّانية	drill grenade
قنبلة تمرين	practice bomb
قنبلة تنوير او اضاءة	illuminating round
قنبلة دخان يدوية	smoke hand grenade
قنبلة ذرية تقليدية (طاقتها ٢٠ ك طن ت . ن . ت)	nominal bomb
قنبلة صغيرة أو قُنَيبلة	bomblet
قنبلة طائرة	flying bomb
قنبلة لاصقة	stick grenade
قنبلة مقذوفة عن بعد	stand-off bomb
قنبلة موجهة	guided bomb
قنبلة نووية	nuclear round
قنبلة يدوية ضد الافراد	personnel grenade
قنبلة يدوية للتمرين	practice grenade
قنبلة يدوية انشطارية	fragmentation grenade
قنبلة يدوية وهمية	dummy grenade
قنص جوي	air sniping
قنص الدبابات	tank sniping
قوائم او لوائح الواجبات	duty rosters
القوات الارضية	ground forces
قوات شعبية ، ميليشا	militia
قوات ميدان	field forces
قواعد للطيران	flight rules
قواعد الطيران الآلي	instrument flying rules
قوانين الحركة	laws of motion
قوى الارتداد	recoil forces
قوس الرمي	fire arch
موقعة حلزون	snail drum
قوة الاحتراق	penetrative power
القوة [القوة التي يتميز بها سلاح نووي معين]	yield
قوة برتقالية اللون	orange yield
قوة حماية من المقاتلات	fighter escort
قوة حاملات	carrier task force
القوة الدافعة الكهربية	electromotive force
قوة دافعة مغناطيسية	magnetomotive force
قوة الدفع القرارية	static thrust
قوة رفع	lift force
قوة الصدمة	shock strength
قوة ضاربة	striking force
قوة طاردة مركزية	centrifugal force
قوة عسكرية	military power
قوة القصم ، القوة التدميرية لمتفجرة	brisance
قوة القصور الذاتي	inertial force
قوة محمولة جوا	airborne force
قوة مختلطة	mixed force
قوة مضادة للاختراق	anti penetration force
قوة النار	fire strength, power
قوة هجوم	strike force
قوة واجب معين او وحدة مهمات خاصة	task force
قيادات جنبية أو جانبية	flanking headquarters
قيادة	command
قيادة جوية متوسطة	intermediate air command
قيادة الدفاع الجوي	air defence headquarters
السيطرة على القيادة	command control
قيادة عامة	general headquarter
قيادة عسكرية	military leadership
قيادة العمليات	operational command
قيادة لا مركزية	decentralized control

قياس بالغمس **measuring by dipping**
قياس ضوئي **photometry**
قياس عن بعد **telemetering**
قياسي قاعدي ، معياري **standard**
القيمة التعبوية او العملياتية **operational value**
القيمة السعرية او الحرارية **calorifice value**

ك

كابح ، مانع inhibiter, arrester
كابح الفوهة muzzle brake
كابح فوهة مزدوج الفتحات
double-baffle muzzle brake
كابح قرصي disc brake
كابح هوائي air brake
كابحة ، مكبح brake
كاتم الصوت silencer
كات هاوس (رادار سوفييتي) cat house
كادين (شبكة من الرادارات) cadin pintree
كاز ، كيروسين kerosine
كاسر الأمواج break water
كاشفة الاشعة تحت الحمراء IR detector
كاشف زاوية الاقتراب
angle of approach indicator
كاشف الكهرباء electric indicator instrument
كالٌ ، كليل غير حادّ blunt
كامل التمركز حول محور الالية full floating
كاندو (مفاعل الديونيريوم CANDU
اليورانيوم الكندي)
كباس thumbpiece
كبح مكبسي piston braking
كبح بالحركة الهوائية aerodynamic braking
كبس pressing
كبسولة (غطاء المصادمة) percussion cap

كبسولة انقاذ الطاقم crew escape module
كبسولة لا هوائي أو لا سائلي aneroid
(كبسولة مفرغة من الهـواء او السائـل تستعمل لقياس التأثر بالضغط الجوي) .
كبير المراقبين chief controller
كتاب التدريب drill book
كتلة ، ضخامة ، مقدار mass
كتلة او مجموعة الاسطوانات cylinder block
الكتلة الحرجة او الحاسمة critical mass
كتلة المغلاق (مدافع) breech block
كتيب الميدان الأساسي basic field manual
كتيبة ، فوج battalion, regiment
كتيبة التبديل او النجدة relief-battalion
كتيبة التدريب instruction battalion
كتيبة التطبيق demonstration battalion
كتيبة نقل وتموين
transport and supply battalion
كتيبة دفاع جوي مختلطة او مركّبة
composite air defense batallion
كتيبة مهمات duty battalion
(الكتيبة الداخلة)
كتيبة مقاومة الدبابات anti tank regiment
كتيم محكم الاغلاق (وصلة) tight (joint)
كثافة density
كثبان ، تلال رملية sand dunes

كغم **kgm**
كراسات ، كتيّبات **pamphlets**
كراسة تقنية **technical manual**
كرسي النجاة **ejection seat**
الكرة السماوية **celestial sphere**
كرة نارية **fireball**
كروم **chromium**
كسب ، ربح بواسطة دائرة كهربية **gain**
كسوف ، خسوف **eclipse**
كشاطة او مكشطة **scraper**
كشاف التزامن **synchroscope**
كشف دائري **visual omnirange**
كشوف الادارة **records of administration**
كفالة ضمانة ، تفويض **warranty**
الكفاية الحجمية **volumetric efficiency**
كلاّب او مقبض المخزن **magazine catch**
الكلفة متضمنة الثمن والتأمين والشحن
cost, insurance and freight
الكلفة والشحن **cost and freight**
كلمة السر **password**
كليبربو [برنامج للبحرية الأميركية خاص بالاقمار الصناعية] **clipper bow**
كم (قميص اسطواني) **sleeve-cylinder**
كمّام او قِنَاع الغاز **gas mask**
كم او غلاف التبريد **water jacket**
كم الريح (لمعرفة اتجاهه) **streamer**
كم الطارق **striker sleeve**
كم قماشي **webbing sleeve**

غطاء الفوهة **muzzle cap**
كمين او مكمن **ambush**
كمية موجهة ، شعاع متجه **vector**
الكهربائية الساكنة **electrostatics**
كهرو مغناطيسي **electromagntic**
كهرومغنطيسية **electromagnetism**
كوازار (مجموعة المجرات على ٢ ـ ١٠ بليون سنة ضوئية من درب التبانة وتظهر كأنها نجم) . **quasar**
كير (زمر ينفخ به الحداد) **forge**
كوردَامِتْ(نوع من المتفجرات) **cordite**
كوزموس (أقمار صناعية سوفياتية) **cosmos**
كوكب **planet**
كوكب الجبار **Orion**
كوكب خارجي **outer planet**
كوكب ناشيء **protoplanet**
كولومب (وحدة قياس الشحنة) **coulomb**
الكون **Universe**
كوني **cosmic**
كوّة السائق **driver's hatch**
كوّة النجاة **escape hatch**
كويكب **asteroid**
كويكب طروادة (كوكب متزامن مع كوكب المشتري) **Trojan asteroid**
كيس للنوم **slanting bag**
كيلوجرام **kilogram**
كيلوطن **kiloton**
كيلومتر **kilometer**

ل

لاقط قضيب المدك	catch operating rod
لسان التثبيت	retaining lug
لامبس (معدات للطائرات المضادة للغواصات)	lamps
لايزر اشعة	laser
لتر	litre
لجنة العطاءات	tender board
لجنة المسح	survey board
اللحظة الحرجة او الخطيرة	critical moment
لحم	welding
لحم بالنحاس الأصفر	briss welding
لحم تنقيطيّ او موضعي	spot welding
لحم	brazing
اللحم بالاوكسجين والاستيلين	oxy-acytelene welding
لحم بالقصدير	tin soldering
لحم بالكهرباء	soldering
لحم بالكهرباء	electric welding
لحم بالنحاس الأصفر	brazing
لحم مجمد	frozen meat
لدائن	plastics
لزج	viscous
لزوجة	viscosity
لسان الغطاء العلوي	top cover catch
لسان القفل	locking lug
لسان توقيف او مسك	catch
اسفين ، وتد	wedge
لعبة خدعة الحرب	war game
لغم تأثير	influence mine
لغم تدريب	instructional mine
لغم تزحلق	ski mine
لغم معوَّق الفعل	delayed action mine
لغم تماس	contact mine
لغم ثلجي او جليدي	ice mine
لغم جوي	air mine
لغم حث او تشغيل	actuating mine
لغم خامل او هامد	.:rt mine
لغم صوتي	acoustic mine
لغم صوري او زائف	phoney mine
لغم ضد الاشخاص	anti-personnel mine
لغم ضد الدبابات	anti-tank mine
لغم عائم او طافٍ	floating mine
لغم قافز أو وثّاب	bounding mine
لغم كيمياوي	chemical mine
لغم متذبذب او متأرجح	oscillating mine
لغم مجرد او معطّل	disarmed mine
لغم مهيأ للانفجار	activated mine
لغم مسلح	armed mine
لغم مسيطر عليه	controlled mine
لغم ممارسة	practice mine

لغم منتخب	selected mine
لغم وثاب او قافز	spring mine
لفائف اولية	primary windings
لف مركب	compound winding
لفة ، انشوطة (لفة الطائرة حول محورها)	roll, loop
لقاف او مقتلع ، او مستخرج	extractor
لقف او قلع ، او انتزع	extraction
المرحيل استعد !	«pack-up»
لهب كربوني (يحصل عند تخفيف نسبة الاوكسيجين في الشعلة)	carbonising flame
لهب مؤكسد	oxidizing flame
لواء	major general, brigade
لواء اداري مظلي	parachute logistics regiment
لواحق ، توابع	accessories
لوحة الاسم	name plate
لوحة الآلات الدقيقة	instrument panel
لوحة التسديد	sight blade
لوحة جهاز عرض المعلومات	headup display
لوحة الحركة او التنقل	mobility chart
لوحة او قائمة حقول الغام	field mines chart
لوحة العدادات	dash panel
لوحة او قائمة المسافات	distance chart
لولب تثبيت	set screw
لولب غائر	counter sunk screw
لولبي	spiral
لون رمزي	colour code
لياقة بدنية	physical fitness
ليزر اشعة تحدد المسافة	laser
ليزر غازي	gaseous laser

م

الماء الثقيل — **heavy water**

ماخ (وحدة قياس سرعة جسم متحرك بالنسبة الى سرعة الصوت) — **Mach**

مأخذ أو أنبوب صاعد — **uptake**

المادة الانشطارية (النووية) — **fissile material**

مادة لدائنية — **plastic**

مادة لدنة — **elastomer**

المرنين : بروتين يشكل المادة الاساسية للالياف المرنة — **elastic**

المازج (اداة لمزج الهواء بالبترول بغية احداث مزيج متفجر) — **carburator**

ماسح راداري — **scanner**

مأمور او أمين المستودع — **store keeper**

مانع رأسي — **vertical obstacle**

مانع ، معيق — **prohibitory obstacle**

مانعة تمزق — **rip-stop nylon**

مانعة الوميض — **flash hider**

مأوى المغلاق — **lock frame**

مبادل — **exchanger**

مبادل حراري — **heat exchanger**

مباراة رمي — **record firing**

مباعد ، مقذوف ، قنبلة — **stand off (missile, bomb)**

مبحث الحالة الباردة — **cryogenics**

مبخر — **carburator**

مبدأ الميلان — **tilting principle**

مبدأ عدم الارتداد — **recoilless principle**

مبدل (كهرباء) — **commutator**

مبدل تيار عكسي — **reverse-current relay**

مبدلة إبدال — **relay**

مبدلة الرمي — **firing relay**

مبدلة محرك الابتداء — **starter relay**

مبرد — **coolant, refrigerant**

مبرد بالهواء — **air cooled**

مبرد بالوقود — **fuel cooled**

مِبْرَد الخشب — **rasp**

مبرّد الزيت — **oil cooler**

مبرّد سائل — **liquid coolant**

مِبْرَد مبروم — **file round**

مِبْرَد متوسط الخشونة — **bastard file**

مِبْرَد مثلث — **three quarter file**

مُبَرْشَم — **rivetted**

مِخْلب ، صنبور ، حنفية — **spigot**

مبيت عجلة التوجيه — **wheel house**

مبيد للحشرات — **insecticide**

متأخر — **lagging**

متباعد — **divergent**

متحد المحور — **coaxial**

متحد المركز — **concentric**

متراجع ، تراجعي — **retrograde**

مترادف tandem
متراص piled-up
متراكب superimposed
المترنحات الثماني wobbly eight
متساطح (مُستوٍ مع السطح المحاذي) flush
متشظية انشطارية (قنبلة) fragmentation
متطاير ، متفجر volatile
متطلبات الأمن security requirements
متعدد المهام multi-role
متعهد contractor
متفاوت الحال أو الطور out of phase
متفجرات explosives
متفجرات انبوبية نوع من البارود cordite
متفجرة وقود / هواء fuel/air explosive
متقبل acceptor
متكامل intergral
متمم الفوهة أداة ملحقة بالفوهة muzzle attachment
متوازن ، راسخ ، ثابت stabilized
متوازن على محاور gimballed
متوافق الحال او الطور phase, in
منظّم الحرار thermostat
مثقاب ، حافة خشنة burr
مثقب drill, punch
مثلثة الشطب three-pronged
مجازفة خاصة او شخصية private venture
مجال field
مجال كهربائي ساكن electrostatic field
مجال مغناطيسي magnetic field
مجرى ، قناة duct
مجرى الاملاء او التغذية feed way
مجرى او مِلَفّ البكرة sheave
مجرى الخرطوش او الطلقة cartridge guide
مجرة galaxy

مجزأ الطور split-phase
مجس ، مكشاف sensor
مجس الأشعة تحت الحمراء infrared sensor
مجسم بعدي stereoscopic
مجموعة او كتلة التسديد sight assembly
مجموعة التسديد البصرية peep sight assembly
مجموعة السيطرة الجوية التعبوية tactical air control group
مجموعة التعويض الفوري immediate replenishment group
مجموعة جيوش army group
مجموعة دوائر دارات كهربائية circuitry
مجموعة الذيل (وحدة الذيل) tail unit
مجموعة رئيسية major assembly
مجموعة السبطانة barrel group
مجموعة عدسات lens combination
مجموعة فرعية sub assembly
مجموعة قتال battle group
مجموعة القدرة power assembly
مجموعة المظلة parachute assembly
مجموعة نقل transport group
مجموعة نقل القدرة power train assembly
مجموعة وسادة الظهر cushion back assembly
مجموعة وسادة المقعد cushion seat assembly
مجند مستجد raw recruit
مجهر الكتروني electronic microscope
مجهز للاتصال اللاسلكي fitted radio communication
محاثة inductance
محاثة تبادلية mutual inductance
محاذاة alignment
محاكاة ، تشبيه تقليد simulating
لمحاكي ، الممثل التدريبي simulater
جهاز يشبه حجرات قيادة آلية او سلاح] .

محبس سدادي ٩٨ محور التموين الرئيسي

محبس سدادي plug tap

محبط spoiler

محث inductor

محدب convex

محدد التيار current limiter

محدِّد الموضع localizer

محدِّد موقع plane position indicator

الطائرة ، شاشة تحديد الموقع [جهاز رادار يظهر على شاشته ارتفاع الهدف وبعده واتجاهه]

محرق لاحق afterburner

محرك ، مولد كهربائي motor

dynamo, power plant

محرك الابتداء starter motor

محرك ترددي reciprocating engine

محرك حراري heat engine

محرك دائري radial engine

محرك ذو رأس مستو level head engine

(محرك ذو صمامات جانبية)

محرك ثنائي الاشواط two stroke engine

محرك رباعي الاشواط four stroke engine

محرك صاروخي ثانوي او مساعد

auxiliary rocket engine

محرك صاروخي معزز boost rocket

محرك متزامن synchronous motor

محرك متعدد الاسطوانات

multi-cylinder engine

محرك متعدد الوقود multi-fuel engine

محرك مساعد (محرك صغير auxiliary engine

بالدبابة لتدوير مولد كهرباء عند عمل الآلة)

محرك مروحي turbofan engine

محرك نفاث turbojet engine, jet engine

محرك نفاث تضاغطي ramjet engine

[محرك يولد قوة دفع بواسطة ضغط الهواء باتساع مجرى الهواء ثم حرق الوقود به]

محرك نووي nuclear engine

محرك هجين hybrid engine

محرك يعمل بالحقن injection system engine

محروقات او مواد قابلة للاحتراق combustibles

محطة اخلاء clearing station

محطة ارضية ground station

محطة اسعاف الكتيبة regimental kit station

محطة انقاذ او تخليص او تحرير rescue station

محطة تجميع collecting station

محطة التضميد main dressing station

الرئيسية (المكان الذي يستقبل اصابات المعركة ويعالجها)

محطة رادار رئيسية master radar station

محطة فضاء space station

محطة وقود fuel station

محفّة او نقالة stretcher

محفور engraved

المحفوظات ، السجلات archives

محقن ، حاقن injector

محكّم اقدم او مقدَّم senior umpire

محكمة عسكرية court martial

military tribunal

محلل الذبذبات الكهربائية

electro harmonic analyser

منحل بالكهرباء electrolyte

محمل bearing

محمل دفعي thrust bearing

محمول بحرا seaborne

محمول جوا airborne

محور swivel, axle

محور ارتكاز pivot

محور أمامي front axle

محور التركيب mounting pintle

محور التموين الرئيسي main line of supply

محور جانبي lateral axis
محور خامد ، ساكن dead axle
محور خلفي rear axle, back axle
محور الدفع thrust axis
محوّل transformer
محوّل زاوية التطور phase inverter
محوّل عزم الدوران torque convertor
محوّل مرجع reference transformer
محيط طبيعي shirtsleeve environment
(حجرة لا تحتاج لبدلة ضغط)
مخالفة ، نقض infraction
مخبار الاستمرارية continuity tester
مخبز bakery
مخبز ميدان field bakery
مختبر laboratory
مختص بالهواء والغازات pneumatic
مخرز او مثقب مركزي centre punch
مخرطة lathe
مخرمة مشقوقة split die nut
مخروط cone (locking cone)
(قفل المظلة)
مخروط الفوهة muzzle cone
مخزن magazine
مخزن ذخيرة igloo magazine, charger case
مخزن صواريخ stable
مخزن الوقود أو غرفة محصنة تحت الارض bunker
مخطط الاحتلال plan of occupation
مخطط الاداء او الانجاز الرأسي او العمودي
vertical performance diagram
مخطط تحميل load line diagram
(الصمامات الكهربائية)
مخطط السيطرة او المراقبة على الرمي
fire control chart
مخطط منظر ارضي land-scape sketch

مخففات الصدمة shock absorber
ماص الصدمة
مخفف الدهان paint thinner
مخفف او كاتم الصوت muffler
مخفف نابض او قفاز spring absorber
مخفف الصدمات ، مِصدّ ، عازل buffer
مخفف الوميض flash supressor
مخلب سدادة pawl, spigot
مخلب او ماسكة او مِزْلاج الغطاء الخلفي
rear cover catch
مخلب او ماسكة او مِزلاج الغطاء العلوي
top cover catch
مُخْمِد damper
مخمد الاهتزاز vibration damper
مخمد زيتي oil buffer
مدى الأمان radius of safety
مدى أدنى minimum range
مدى الرؤية visibility
مدى الرؤية الارضية ground visibility
مدى الرؤية للطيران flight visibility
مدى استخدام الطائرة
aircraft utilization range
مدى السلاح المؤثر effective range
مدى الاسلحة ضد الدبابات
anti-tank weapon range
مدى الاسناد supporting range
المدى الأقصى maximum range
مدى الانتقال الاقصى ferry range
مدى الانفجار burst range
مدى استخدام الطائرة aircraft utilization
مدى السير cruising range
مدى الشظية fragment distance
مدى ، شوط ، مَسِير throw, range
مدى الصمام fuze range

مدى العمل radius of action
المدى الفعال للمدفع effective range of the gun
مدى قتالي radius of a combat mission
مدى قذافي ballistic limit
مدى مائل slant range
مدى مصحح corrected range
مدى معدل adjusted range
مدى المناورة في القتال الجوي air combat manoeuvring range
مدى المهمة القتالية radius of combat mission
مدى مؤثر effective range
المداخل والمخارج entrances and exits
مدار orbit
مدار ارضي earth orbit
مدار دائري circular orbit
مدار متزامن synchronous orbit
المدار المتزامن مع الأرض geo-synchronous
مدار مواجه trapped orbit
مداري tropical
مدرب رياضة coach
مدخل (الممر الفرعي الذي تعتمده الطائرات) threshold
مدخل الهواء (فتحات ·خول الهواء الى محركات الطائرة) air intake
مَدْرَج او مَهْبِط runway
مدرجة كريات ، مسابقة ، مباراة race
مدرسة التموين والنقل supply and transport school
مدعم الدفع thrust augmenter
مدفع ، بندقية ، مسدس gun
مدفع الكترونات ، قاذف الكتروني electron gun
مدفع ثابت ، راسخ fixed gun
مدفع ذاتي الحركة self-propellend gun
مدفع عديم الارتداد recoilless gun
مدفع الفيلق corps gun
مدفع هاون mortar
مدفعية الدفاع الجوي air defence artillery
المدفعية ذاتية الحركة self-propelled artillery
المدفعية المقطورة towed artillery
مدفعية السواحل coast artillery
مدقة خشبية mallet
مدك ، كباس ، مكبس piston
مدمرة destroyer
مدمرة النسافات torpedo boat destroyer
مدمرة حراسة (مواكبة) destroyer escort
مدة أو أمد الاحتراق burning duration
مدة النقل travelling time
مدير director, manager
مدير التموين والنقل director of supply
مديرية الاستخبارات intelligence directorate
مذبذب، مؤرجح oscillator
مذبذب التراخي relaxation oscillator
مذبذب التردد التضاربي beat frequency oscillator
مذبذب موضعي local oscillator
مذكرة directive
مذنّب comet
مذيب solvent
مراحل الحرب war phases
مراسل correspondent
مراسلات عسكرية military correspondence
مراقب observer
مراقب اعلى senior controller
مراقب الالغام mine watcher

مراقب (جوي) controller (air)
مراقب مدفعية artillery observer
مراقب ، مشرف surveillant or observer
مراقب مطبوعات censor
مراقبة ، اشراف surveillance
مراقبة الاشعة تحت الحمراء
infrared surveillance
مراقبة الجودة او النوعية quality control
مراقبة الالغام mine watching
مراقبة المعركة combat surveillance
مراقبة بحرية sea surveillance
مراقبة جوية air surveillance
مراقبة رادارية radar surveillance
مراقبة ساحة المعركة battlefield surveillance
مراقبة لاسلكية او مراقبة الاتصالات
monitoring
مراقبة مضادة counter surveillance
مراقبة النوعية quality control
المرئي ، فيديو video
مرتزقة mercenaries
مرتسم او تصور مخروطي conic projection
مرتسم او تصور مطابق conformal projection
مرتكز رفع المدفع وخفضه
gun trunnion cantilever
مرجع reference
مِرْجَل غلاَّية boiler
مرحّل ، اداة تتلقى الرسائل البرقية relay
او البرامج الاذاعية وترسلها وتنقلها بقوة اعظم
وبذلك تضاعف المسافة التي تنقل عبرها
مرحلة stage
مرحلة استثمار الفوز exploitation stage
مرحلة التدمير destructive stage
مرحلة تمهيدية preparatory stage
مرحلة الصولة او الهجوم assault stage
مرحلة العمليات الأولية
initial operational phase
مرحلة نهائية terminal phase
مردود مادي cost effectiveness
مرذاذ atomizer
مرساة anchor
مرساة طافية sea anchor
مرسى anchorage
مرسى اجتماع assembly anchorage
مرسى اسطول متقدم
advanced fleet anchorage
مرسى الاحتفاظ holding anchorage
مرسى التحويل transfer berth
مرسى طوارىء emergency anchorage
مرسى محرّم ، محظور prohibited anchorage
مرسِل اشارة (راديو) synchro transmitter
مرشِّح امرار حزمة band pass filter
مرشِّح ترددات منخفضة low-pass filter
مرسل ، جهاز الإرسال transmitter
مرشحة عامة all purpose canister
مرشحة غبار dust respirator
مرشد أدلّاء الطريق pathfinder beacon
مرشد او طيار pilot
مرشد او كفيل sponsor
مرشد ارساء berthing pilot
مرشد استدلال personal locator beacon
شخصي
مرشد الالقاء الجوي drop master
مرشد القفز jump master
مرشد المحمولين جوا airborne beacon
مرشد بث لا اتجاهي
non directional radio beacon
مرشد رادار radar beacon
مرشد ساحل beach master

مرشد الطائرة marshaller
مرشد الطريق (دليل) road guide
مرشد غماز blinking beacon
مرشد قيادة command guidance
مرشد لاسلكي radio beacon
مرشد مكان الطائرة الساقطة
crash locator beacon
مرشد ملاحي beacon
مرشد مؤشر مروحي fan marker beacon
مرشد نهاري day beacon
مركبة الاطلاق launch vehicle
مركبة انزلاق مدارية orbital glider
مركبة جوية air ship
مركبة الرجعة او العودة re-entry vehicle
مركبة عودة ذات multiple independent
مركبة العودة القابلة للمناورة
manoeuvrable re-entry vehicle
رؤوس متعددة ومستقلة الأهداف
target re-entry vehicle
مركبة فحص الطيران flight test vehicle
مركبة قيادة command vehicle
مركبة اللاسلكي radio vehicle
مركبة مزنجرة او مسرفة tracked vehicle
مركبة نصف مسرفة semi-tracked vehicle
مركبة هوائية aerodynamic vehicle
مركز centre
مركز ادارة الرمي fire direction centre
مركز استخبارات المعركة
combat information centre
مركز استخباري intelligence centre
مركز الراصد الارضي ground observer centre
مركز الرسائل message centre
مركز الاسناد direct air support centre
الجوي المباشر

مركز الاصابة centre of impact
مركز الانتشار centre of dispersion
مركز الانفجار centre of burst
مركز التوجيه tactical air direction
الجوي التعبوي centre
مركز السيطرة الجوية التعبوية
tactical air control centre
مركز السيطرة النووية الاحيائية الكيمياوي
nuclear, biological, chemical control centre
مركز السيطرة والتقارير الجوية
air control and reporting centre
مركز الفيلق الطبي corps medical centre
مركز العمليات التعبوية ، التكتيكية
tactical operations centre
مركز العمليات الجوية المضادة
counter air operations centre
مركز العمليات المشترك joint operations centre
مركز الكتلة centre of mass
مركز بنزين petroleum point
مركز بيانات دفاع جوي
air defense data centre
مركز تجنيد independent recruiting
مركز تجريد الاصابة stripped centre of impact
مركز تحميل load centre
مركز تصفية filter centre
مركز تنسيق الاسلحة المساندة ، اسلحة الاسناد
supporting arms co-ordination centre
مركز تنسيق الاسناد الناري
fire support co-ordination centre
مركز تنسيق الطيران
flight co-ordination centre
مركز توجيه الدفاع الجوي
air defence direction centre
مركز توجيه helicopter direction

مركز تنسيق نيران المساندة
او الدعم او المؤازرة
fire support coordination centre
مركز توجيه الدفاع الجوي
air defence direction centre
مركز توزيع centre of distribution
مركز الثقل ، مركز الجاذبية
centre of gravity, point of balance
مركز جمع او نقطة تجميع الاصابات
casualty collecting post
مركز نووي ، احيائي كيمياوي
nuclear, biological, chemical centre
مركز الراصد observer centre
مركز ساحل او شاطىء beach centre
مركز سرية المدفعية battery positions
مركز السيطرة الجوية التعبوي
tactical air control
مركز سيطرة دفاع جوي
air defence control center
مركز سيطرة مراقبة الاخلاء الطبي الجوي
aeromedical evacuation control centre
مركز سيطرة / مراقبة الدفاع الجوي
air defence control
مركز سيطرة او مراقبة السابلة الجوية
air defence control centre
مركز سيطرة او مراقبة النقل
transport control centre
مركز سيطرة مراقبة وتقارير للتنقل
movement report and control centre
مركز الطفو او العوم metacentre
مركز عمليات الدفاع الجوي
air defence operation centre
مركز عمليات القطاع
sector operation centre

مركز عمليات القطاع sector operations centre
مركز عمليات القتال combat operations centre
مركز عمليات النقل الجوي
air transport operations centre
مركز عمليات رمي المدفعية البحرية
naval gunfire operations centre
مركز العمليات المشتركة
joint operation centre
مركز العمليات المضادة للطائرات
anti aircraft operations centre
مركز عمليات مقاومة الطائرات
anti aircraft operations centre
مركز عيادة القيادة sick quarter station
مركز القدح ـ مركز قوة (صد)
centre of percussion, counter force
مركز مخابرة او اشارة signal centre
مركز مخابرة الصولة او الهجوم
assault signal centre
مركز المجمع الاحيائي الكيمياوي
chemical collection centre
مركز مخابرة او اشارة قيادة
command signal centre
مركز مخابرة منطقة area signal centre
مركز مراقبة جوية air traffic control centre
مركز مراقبة وتقارير
control and reporting centre
مركز المراقبة الامامي forward control post
مركز مراقبة المنطقة air control centre
مركز المعلومات information centre
مركز معلومات الدفاع الجوي
air defence information centre
مركز معلومات المساحة
survey information centre
مركز معلومات الطيران flight information centre

مركز معلومات، مدفعية الدفاع الجوي
air defence artillery information centre

مركز معلومات الهدف
target information centre

مركز مقاومة resistance centre

مركز مواصلات communication centre

مركزية centralization

مرفاع jack, cylinder

مرفق ، وُصْلَة elbow

مرقب periscope

مِرْكَم ، مكدِّس accumulator

مرن ، مُتَمغِّط elastic

مروحة propeller

مروحي turboprop

مرونة flexibility, elasticity

المرونة التعبوية التكتيكية tactical flexibility

المرونة الحرارية الهوائية aerothermoelasticity
(مرونة الهيكل تحت تأثير الحرارة والحركية الهوائية)

مرونة هوائية aeroelasticicity

مرؤوسون ، تابعون ، ثانويون subordinates

المريخ Red Planet, Mars

مريض قادر على السير walking patient

مزامن synchronizer

مجاز او مسار العربات wheel track

مزدوجة حرارية (مستكشف درجة الحرارة) thermocouple

مزعنف finned

مزلاج latch

مزلاق foil

مزلقة bridge charger guide

مزواة theodolite

مزيج الاسلحة weapons mix

مزيج ثقيل rich mixture

مزيج خفيف lean mixture

مزيج الكلور وحامض الكبرتيك
chlorosulphoric acid mixture

مزيج مخفف weak mixture

مزيج مشبع rich mixture

مزيج الوقود fuel mixture

مزيل التشويش (مزيل التضاريس الطبيعية عن شاشة الرادار) anticlutter

مسار trajectory

مسار الطيران flight path

المسار العالي upper trajectory

مسار قذافي ballistic path

المسار المسطح ، المنبسط flat trajectory

المسار المنخفض depressed trajectory

مساعد مدير التموين والنقل
assistant director of supply and transport

مساعدات الاختراق penetration aids

مساعد رئيس هيئة الاركان للادارة
assistant chief of staff for administration

مساعد مدير التموين والنقل
assistant director of supply and transport

مساعدة لتنفيذ عمليات وتدريب تعبوي متخصص farm-gate operations

مساعفة ، صيانة maintenance

المسافة المقطوعة distance covered

مسافة الاستطلاع distance reconnaissance

مسافة الاقتحام assaulting distance

مسافة الامان (المتفجرات) explosive safety distance

مسافة الانفجار distance of burst

المسافة بين السيارات
distance between vehicles

مسافة التفويت skip distance

مساكة العدة او عمود دوران المخرطة	mandrel
مساندة ارضية	ground support
مساندة بالنيران	fire support
المساندة الجوية لاغراض الاعتراض	air aid to intercept
مساندة قريبة	close support
مسبار ، مِجَسّ	probe, sounder
مسبار قياس الزيت	dipstick
مسبار مدى الصدى	accoustic echo ranger
مسببات الحريق	causes of fire
مستذاب ، قابل للذوبان او الاستئصال	ablative
مستشار فني	technical adviser
مستقبِل	receiver
مستقبل اشارة (راديو)	radio receiver
مستكن ، جامد ، ساكن	static
مستلزمات الخنادق	trench requirements
مستنقع	marshland
مستوى التدريب	training level
مستوى الزيت	oil level
مستوى سطح البحر	mean sea level
المستوى الصحي	hygiene level
المستوى المناسب للطيران	cruising level
مستودعات الجيش	military stores
مستودعات طوارىء	emergency stores
مستودع ارزاق	food store
مستودع التموين الاحتياطي	supply reserve depot
مستودع تموين القاعدة	base supply depot
مستودع التموين او التزوّد الرئيسي	main supply depot
مستودع ذخيرة	ammunition depot
مستودع زيوت	oil depot
مستودع المعدات	equipment depot
مستودع وقود	fuel dump
مسح جوي	aerial survey
مسددة	sight
مسدس	pistol
مسدس تشحيم	greasing gun
مسدس رش	spraying gun
مسدس رشاش	machine pistol
مسدس ذو نصب تلقائي	self-cocking revolver
مسدود	obstructed, clogged
مسرب ، فتحة	nozzle
مسرب تجميع	convergent nozzle
مسرب تجميع وتفريق	convergent divergent nozzle
مسرب تفريق	divergent nozzle
مسرب حراري	heat sink
مسرح العمليات	theatre of operations
مسرح العمليات التعبوي	tactical scene
مسرف ، مزنجر	tracked
مسطرة حاسبة	slide rule
مسلخ ميدان	field butchery
مسمار الامان	safety catch, safety pin
مسمار الامان	rip-cord pin locking
مسمار التثبت	locking pin, dowel
مسمار التركيب الامامي	foreward mounting pin
مسمار التركيب الخلفي للركيزة	rear mounting pin for tripod
مسمار الزنجير ، او السلسلة	track pin
مسمار عتلة التشغيل	actuating lever pivot pin
مسمار قص	shearpin
مسمار محور الغطاء العلوي	topcover pivot pin
مسمار مشقوق	cotter pin

مسمار المكبس gudgeon pin, piston pin
مسند السلاح أخمص الحاضن trail
مسند كتفي shoulder piece
مسنن (ناقل الحركة) gear
مسنن تفاصلي differential gear
مسننات كوكبية planetary gears
مسنن التوزيع (مسنن توقيت) timing gear
مسنن حلزوني worn gear
مسنن دوران فني epicyclic gear
مسنن صغير pinion
مسنن طليق idler
مسنن لولبي helical gear
مسنن مُدار driven gear
مسنن مدير driving gear, electrical resonance
مسننة زالقة sliding ratchet
مسننة طوقية annular wheel
(دائرة معدنية ذات تسنين داخلي)
مسواة الارتفاع elevation quadrant
(بصريات)
مسؤول عن in charge of
مسيطر / مراقب امن المنطقة الخلفية
rear area security controller
مسيطر / مراقب تقاطع interceptor controller
مسيطر / مراقب جوي air controller
مسيطر / مراقب جوي امامي
forward air controller
مسيطر / مراقب جوي تعبوي
tactical air controller
مسيطر / مراقب دفاع جوي
air defence controller
مسيطر / مراقب قاطع sector controller
مسيطر / مراقب قيادة command controller
مسيطر / مراقب مدفعية artillery controller
مسيطر / مراقب air defence artillery
مدفعية الدفاع الجوي controller
مسيطر / مراقب مقاتلات fighter controller
مسيطر / مراقب مقاومة الطائرات البحرية
naval anti-aircraft controller
المسيطر او المراقب المناوب duty controller
مسيرة الاقتراب approach march
مسيرة عبر الضواحي cross-country march
مسيرة يوم day's march
مشارف outskirts
مشاة آلية mechanized infantry
مشاة محمولة mounted infantry
مشبك clamp
مُشْبه simulator
مشبه طيران flight simulator
مُشحِّم ، مُزَيِّت lubricant
مشرف او رقيب الاطفائية fire supervisor
مشط الذخيرة clip
مشعّ (للتبريد والتسخين) radiator
مشعاع ، مُومِض scintillator
مشغل ميكانيكي primer, torch, igniter
مشعل عام (المتفجرات)
mass detonating (explosives)
مشغل actuator
مشغل المحرك motor starter
مشمع ارضي ground sheet
المشي في الفضاء space walk
مصاطب ناتئة outriggers
مصباح خافت (مصابيح glim lamp
تعمل على البطارية السائلة توضع حول الطائرات في موقفها في الليل)
مصحح ، مُقوِّم rectifier, tab
مصدات buffer friction cups
مصد ارتداد recoil pad
مصدر القدرة power supply

مصدم المدك piston stud
مصدمة stud
مصدمة ذات نابض spring stud
مصطبة رمي دائرية circular firing platform
مصطبة رمي firing barbette
مصطلحات عسكرية military terminology
مصعد anode
مصفاة ، مُرشِّح filter
المصفاة الرئيسية main filter
مصفاةِ هواء oil bath filter
(مصفاة هواء ذات صمام زيتي)
مصفاة الوقود fuel filter
مصنع اكسجين سائل lox plant
مصنع ثلج ice plant
مضاد للاختراق anti penetration
مضاد للدبابات anti-tank
مضاد للرادار anti-radar
مضاد لصوامع الصواريخ counter silo
مضاد للطائرات anti-aircraft
مضاعف التردد frequency multiplier
مضاعف الحركة servo (control)
(اداة التحكّم المؤازر)
مضبوط او مهيأ بشكل دائم permanently set
مضخة pump
مضخة بنزين (بترول) petroleum pump
مضخة التسارع accelerating pump
مضخة تنظيف purge pump
مضخة رغوة foam extinguisher
مضخة زيت oil pump
مضخة سوائل hydraulic pump
مضخة الكابحة الرئيسية brake master cylinder
مضخة كربون تتراكلورايد
carbon tetrachloride pump
مضخة نزح bilge pump

مضخة وقود fuel pump
م / طـ (مضاد للطائرات) anti aircraft
مضخم الصد buffer amplifier
مضخم الصوت amplifier
مضخم مغناطيسي magamp
مطابقة coincidence
مطابقة خارج النجوم stellar map-matching
مطابقة المشاهد scene matching
مطار aerodrome, airfield
مطار اعادة الانفتاح re-deployment airfield
مطار اعادة التجمع regroup airfield
مطار الطائرات المروحية او السمتية heliport
مطار انطلاق departure air field
مطار انقاذ recovery air field
مطار بديل alternate aerodrome
مطاردة tail chase
مطار تفرق dispersal air field
مطار رئيسي master aerodrome
مطار للهبوط الاضطراري strip (air)
مطار متقدم advanced landing field
مطار ممهد pioneer airfield
مطار متقدم او قاعدة جوية متقدمة
advanced airfield/base
مطبخ متنقل travelling kitchen
مطبخ ميداني متنقل field cooker in lorry
مطرقة hammer
مطرقة تسطيح planishing hammer
مطرقة وثابة ، اوتراوية rebounding hammer
مُطفئة extinguisher
مطفئة ثاني اكسيد الكربون
carbon dioxide extinguisher
مطفئة حريق ثابتة fire extinguisher fixed type
مطفئة حريق بمضخة يدوية
fire extinguisher hand pump type

مطلق absolute
مطلق حركة starter
مطلي بالكروم chromium plated
مطلي بالنيكل nickel plated
مطهر ، مبيد جراثيم antiseptic, disinfectant
مظلة هبوط parachute, chute
مظلة امداد cargo parachute
مظلة ايقاف parabrake
مظلة تباطؤ deceleration chute
مظلة توجيه drogue chute
(المظلة الابتدائية التي تسحب المظلة الرئيسية)
مظلة جوية air umbrella
مظلة حرة free-type parachute
مظلة دائرية منبسطة flat circular, canopy
مظلة دمية او زائفة dummy parachute
مظلة بحبل واق attached-type parachute
مظلة صدر chest parachute
مظلة ظهر back-type parachute
مظلة مساعدة او مؤازرة
pilot chute (pilot parachute)
مظلة او غطاء مقاتلات fighter cover
مظلة منزلقة slipping parachute
مظلة موجهة guide surface parachute
مظلي paratrooper
معاد ، عدائي hostile
معامل الانكسار refractive index
معامل الحركية الهوائية aerodynamic cœfficient
معامل حمولة الاجنحة
wing loading coefficient
معاوقة impedance
المعاون ، المساعد aide
معاون ضابط aide-de-camp
معاونة penaids
معاونة ادارية أو سند اداري logistic support

معايرة البوصلة compass calibration
معايرة التسديد boresighting
معبىء تلقائي automatic loader
(طائرة) اعتراضية interceptor
معترضة (طائرة) يقودها طيار
manned interceptor
معتم ، مظلم opaque, obscure, dark
معجون putty
معجون او مركب السحج (الحك)
grinding compound, or paste
معدات ارضية ground handling equipment
معدات الحاسبة الالكترونية hardware
معدات حربية ordnance
معدات الدعم الارضي
ground support equipment
معدات السيطرة على النيران
fire control equipment
معدات الميدان field equipment
معدِّل modifier, compensator
معدلات الدقة standard of accuracy
معدل الانذار الزائف false alarm rate
(معدل التشويش ويظهر على ساعة معينة في جهاز الرادار)
معدل تزويد المعركة اليومي
daily combat supply rate
معدل الرمي rate of fire
معدل الرمي (العملي ، الحقيقي)
rate of fire (practical)
معدل الرمي (الدَّوري) (النظري)
rate of fire (cyclic)
معدِّل الذبذبة frequency modulator
معدل السرعة المتجاوزة
average trespassed speed
معدل السير rate of march

معدل كتلي ، مجموعي mass ratio
معدل الوقود fuel rate
معرض للهجوم vulnerable
معركة مصادمة او تلاقٍ meeting engagement
معركة هاتفية telephone battle
معزِّز ، مقوٍّ booster
معزز الارتداد recoil booster
معزز الشحن (جهاز دفع شحنة المزيج داخل الاسطوانة بالمحرك) supercharger
معزز الفوهة muzzle booster
معسكر استجمام ، الاستراحة recreation camp
المعطي donor
مرقب معقب tracker
معقد او متطوّر sophisticated
معلومات data
معلومات الهدف target data
معنويات عالية high morale
معنويات القتال offensive spirits
معوض الطور phase compensator
(تعـويض الاختلاف في طـور الموجة في اثنـاء مرورها من وسط الى آخر او انعكاسها)
معونات عسكرية military aids
معيار الجودة quality standard
مُغَيِّر او منظم الزنجير track adjuster
المعين lozenge
م / غ (مضاد للغواصات) anti-submarine
مغزل او لسان (المظلة) gore
مغلاق breech
مغلاق بلولب متقطع interrupted-screw breech
مغلاق قلاب falling block breech
مغلاق مخدد fluted breech
مغناط magneto

مغناطيس كهربائي electromagnet
المغناطيسية magnetism
مغناكهربية electromagnetism
مغنطة magnetisation
مفاعل reactor
المفاعل الذي يعمل بالماء المغلي boiling water reactor
مفاعل الماء الخفيف light water reactor
مفاعل الماء المضغوط pressurised water reactor
مفاعل نووي nuclear reactor
مفاعلة سعوية او سَعَة capacitive reactance
مفتاح key, switch
مفتاح الاشعال ignition switch
مفتاح انتقاء ، اختيار selector switch
مفتاح ضبط adjusting knob
مفتاح حدي (كهرباء) limit switch
مفتاح حُق او مغرز socket spanner
مفتاح رئيسي master switch
مفتاح ربط over head spanner
مفتاح الشحن charging switch
مفتاح شد للضبط (مفتاح انكليزي) adjustable spanner
مفتاح الانذار الضغطي pressure warning switch
مفتاح كهربائي switch
مفتاح المصدات (جهاز يعمل على اقفـال المغلاق وتنـظيم تقدم المـوقع النهائي) buffer key
مفجِّر ـ صِمَام exploder, fuze
مفرزة ، كتيبة detachment
مفرزة استطلاع reconnaissance detachment
مفرزة الاصلاح الخفيف(مجموعة صغيرة من الافراد الفنيين) minor repair detachment

مفرزة party
مفرزة التجنيد recruiting party
مفروز بالتوازي parallel tapered
مفصل عام universal joint
مفقود في القتال missing in action
مفك screw driver
مفكرة aide memoire
مفكرة استخبارات intelligence diary
مفكرة الحرب war diary
مفكرة الوحدة وتاريخها
unit journal and history
مقاتلة fighter
مقاتلة تفوق جوي air superiority fighter
مقاتلة خفيفة light fighter
مقاتلة قاذفة fighter bomber
قاذفة ليلية night fighter
مقاوم resistor
مقاوم للاحتكاك anti-friction
مقاوم للتجمد anti-freeze
مقاوم للتعفن decay resistant
مقاوم للخبط (مواد anti knock
(مواد تضاف لضمان اكمال عملية الاحتراق
داخل الاسطوانة)
مقاوم للحرارة heat resistant
مقاومة drag
مقاومة الارض ground resistance
مقاومة الاستطلاع counter surveillance
مقاومة التدحرج rolling resistance
مقاومة الطليعة head resistance
مقاومة بالتوازي resistance in parallel
مقاومة غير عسكرية non-military resistance
مقاومة المهبط plate resistance
مقاومة الميدان field resistance
مقاومة بالتفريغ shunt resistance

مقاومة نازفة bleeder resistance
مقاومة سحب drag
مقاومة هوائيه air resistance
مقبس (مجمع اسلاك كهربائية) receptacle
مقبض امامي forehand grip
مقبض تسديد البطانة
lateral bore sighting knob
مقبض حبل الفتح rip-cord grip
مقبض النقل carrying handle
مقبض نصب cocking handle
مُقدِّرة ، مُعَيِّنة المدى range finder
مقدم lieutenant colonel
مقذوف ، صاروخ projectile, missile
المقذوفات ذات الطاقة الحركية
kinetic energy projectile
مقذوف او صاروخ ارض ـ أرض
surface to surface missile
مقذوف او صاروخ انسيابي
aerodynamic missile
مقذوف او صاروخ أرض / جو
surface to air missile
مقذوف او صاروخ بالستي ballistic missile
مقذوف او صاروخ بالستي بحري
sea launched ballistic missile
مقذوف او صاروخ بالستي طويل المدى
long range ballistic missile
مقذوف او صاروخ بالستي عابر للقارات
intercontinental ballistic missile
مقذوب او صاروخ بالستي قصير المدى
short range ballistic missile
مقذوف او صاروخ بالستي متوسط المدى
medium range ballistic missile
مقذوف او صاروخ بالستي يطلق جوا
air launched ballistic missile

مقذوف او صاروخ تعبوي tactical missile

مقذوف او صاروخ جو ـ أرض
air to surface missile

مقذوف او صاروخ جو ـ جو air to air missile

مقذوف او صاروخ جوي غير موجه
aircraft rocket

مقذوب او صاروخ حر free missile

مقذوف او صاروخ حر الطيران
free flight missile

مقذوف او صاروخ ذاتي التوجيه
fire and forget missile

مقذوف او صاروخ طوّاف cruise missile

مقذوف او صاروخ عابر للقارات
intercontinental missile

مقذوف او صاروخ غواصات
submarine launched missile

مقذوف ، صاروخ لتدمير مدرجات الاقلاع
مقذوف او صاروخ مضاد dibber anti-ballistic

مقذوف ، صاروخ مضاد للمقذوفات او
الصواريخ البالستية anti-ballistic missile

مقذوف او صاروخ موجه guided missile

مقذوف او صاروخ موجه
guided ballistic missile

مقذوف او صاروخ موجه جو / أرض
air to ground guided missile

مقذوف او صاروخ موجه جو / جو
air to air missile

مقذوف او صاروخ موجه جو / جو طويل المدى
long range air to air missile

مقذوف او صاروخ موجه جو / سطح
air to surface missile

مقذوف او صاروخ موجه يطلق من طائرة
aircraft missile

مقذوف متطور جو / جو طويل المدى
advanced long range
air to air missile

مقذوف موجه مضاد لأسلحة الدفاع الجوي
air defense suppression missile

مقذوف او صاروخ هجومي قصير المدى
short range attack missile

مقذوف مهيأ prepared missile

مُقِرّ جيروسكوبي gyrostabiliser

مقر الصمام valve seat

مقر القفل locking recess

مقرنة coupler

مقسى (مطبع) tempered

مقسم voltage divider

مقص منضدي bench shears

مقصورة ، حجرة cabin

مقشاط اعقف hook scraper

مقطع او قسم (مدفعية) section
[نصف سرية مدافع او هاونات في العادة مؤلفة من مدفعين الى ثلاثة مدافع ، يقودها ملازم ، ويمكن ان ترمي على هدف وتؤثر فيه] .

مقطع خندق section of a trench

مقطورة صغيرة نصف مقطورة semi trailer

مقعد القذف ejection seat

مقعد قذفي صفر صفر zero zero ejection seat

مقعّر concave

مُقَوِّرة reamer

مقورة لولبية spiral fluted reamer

مقورة مستقيمة straight fluted reamer

مقوّم [مادة تقوم التيار المتناوب الى تيار مباشر] rectifier

مقوم (تنغر) tunger rectifier
[نوع من انواع المقومات يستعمل الصمام الثنائي]

مُقوِّم ، مشكِّلٌ او مكوِّنٌ constituent
وحدة او كلاً تاماً
مقياس ، معيار gauge
مقياس الارتفاع altimeter, elevation gauge
مقياس ارتفاع راداري radar altimeter
مقياس الارتفاع المطلق absolute altimeter
مقياس استقامة الجوف bore straight gauge
مقياس اميتر (آلة ammeter
لقياس قوّة التيار الكهربائي)
مقياس التبخر atmometer
مقياس التخويشة countersink gauge
(الجزء الأعلى من الثقب)
مقياس التسارع accelerometer
مقياس التيار بالتحليل الكهربائي voltameter
مقياس الجوف (اسلحة) pullover gauge
مقياس الحيود الضوئي diffractometer
اقطار الاجسام الصغيرة)
مقياس بسلك ساخن hot-wiremeter
مقياس رسم الخارطة map scale
مقياس الزلزال seismometer
مقياس الزيت oil gauge
مقياس شدة الاضاءة photometer
مقياس الطاقة wattmeter
مقياس عزم الدوران torque wrench
مقياس العمق depth gauge
مقياس البعد telemeter
[جهاز لقياس معلومات كالسرعة والضغط
والحرارة وارسالها بواسطة الامواج اللاسلكية
لمحطة بعيدة]
ترقيم ، تدرّج graticule
مقياس فتحة المؤخرة (اسلحة)
breech bore gauge
مقياس فرق الجهد potentiometer

مقياس المقاومة ohmeter
مقياس المكبس piston size
مقياس الميل clinometer
مقياس النسبة ratiometer
مقياس صغير منزلق على vernier
اداة مدرجة لتبيان كسور تقسيماتها
مقياس الوقود fuel gauge
مكان التشكيل او التجمع forming up place
مكان القيادة point command
مكبح هوائي air brake
مكبح يدوي hand brake
مكبر اولي pre-amplifier
مكبس ، كباس ، غاطس plunger
مكتب السير او حركة المرور العام
general traffic office
مكتب السير الفرعي sub traffic office
مقياس الكثافة النوعية للسوائل hydrometer
مكثف capacitor, condenser
مكشاف الذبذبة oscilloscope
مكونات components
مكيف هواء airconditioner
ملء من جهة الفوهة muzzle loading
ملء من جهة المغلاق breech loading
الملابس الواقية protective clothing
ملّاح navigator
ملاح فضاء cosmonaut
ملاحظة طيران airnote
ملاحظة لجنود الجو
notam (notice to air men)
ملاحة navigation
ملاحة بعيدة المدى
loran (long range navigation)
ملاحة بالقصور الذاتي inertial navigation
ملاحة جوية air navigation

ملاحة فلكية
celestial navigation, astronavigation
ملازم اول **first lieutenant**
ملازم ثان **second lieutenant**
مِلاَك ، قوة مقاومة أولية **initial strength**
ملاك السلم **peace establishment**
ملامسة الارض (عند هبوط الطائرة) **touch down**
ملتقى موعد **rendevous**
ملتقى الطرق **road junction**
ملحق استخبارات **intelligence annex**
ملحق عسكري **military attache**
مل دائري [وحدة مساحة لدائرة قطرها واحد بالألف من البـوصة تستعمل لقياس مقطع الاسلاك] **circular mill**
ملزمة للشد **vise**
ملزمة منضدية **bench vise**
ملزمة يدوية **pin vise**
ملف **coil**
ملفات المجال (كهرباء) **field coils**
ملف اسطواني **solenoid**
ملف ثانوي **secondary coil**
ملف الخانق او الشراقة **choke coil**
مليمتر **millimeter, mm**
مماس **tangent**
ممانعة ، تردد **reluctance**
ممتص الصدمات **shock absorber**
ممتلكات عسكرية **military estates**
ممر ، سكة ، طريق **track**
ممر اختياري **advisory route**
ممر اقلاع **departure runway**
ممر انحداري ، مِسار شراعي ، زاوية الانحدار الصحية للهبوط بالطيران الآلي **glide path**
ممر جوي **air corridor, air route**
ممر ضيق **narrow path**
ممر على مستوى واحد **grade crossing**
ممر الغاز **gas port**
ممسك العدة (عمود دوران المخرطة) **mandrel**
مميز [صمام دائرة كهربائية ناتجها يعتمد على تغيرات التردد واتجاه الاشارة الداخلية] **discriminator**
مميز طول النبضة **pulse length discriminator**
مناسيب **contours**
مناطق مبنية **built-up areas**
مناعة **invulnerability**
مناوبة الضباط **officer's duty**
مناورات الميدان **field manoeuvers**
مناورة قتال جوي **air combat manoeuvers**
المناورة (القدرة على) **maneuverability**
منتخب **selector**
منجدات ، مواد التنجيد **upholstery**
منجنيق **catapult**
منحدر الانسياب ، انحدار شراعي **glideslope**
منحنى مميز **characteristic curve**
منخفض درجة الحرارة (وقود) **cryogenic (propellant)**
منزلقة / صافة (قنبلة) **glife (bomb)**
منسجم **compatible**
منشآت **installations**
منشار المعادن **hacksaw**
منشط **booster**
منشور **prism**
منشور قلاب (للصور) **dove inverting prism**
منشوري **prismatic**
منصب ، قاعدة تركيب **mount**
منصب ثلاثي (اسلحة) **tripod**
من صنع الانسان **manmade**

منصة اطلاق الصواريخ pad

منصة عملياتية operational readiness

جاهزة او مُعدَّة platform

منصة فحص المحرك engine, test stand

منصة مستقرة / ثابتة stable platform

(جايروسكوبيا)

منضدة تحكم console

منضدة او مقعد تحكم رئيسي master console

منضدة تغذية feed tab

منضدة او منصة عمل work bench

منطاد دفاع سلبي barrage balloon

منطاد الرصد observer balloon

من الطائرة الى pigeon to base

القاعدة (نداء)

منطقة area, zone,

منطقة احتجاز holding point

منطقة ادارية administrative area

[هي المنطقة الخلفية التي توضع فيها الوحدات الادارية في مسرح العمليات او التمارين التعبوية]

منطقة الاستراحة rest area

منطقة الاسقاط dropping zone

منطقة الاصابة impact area

منطقة اجتماع assembly area

منطقة اجتماع الهندسة

engineer assembly area

منطقة احتياط reserve area

منطقة اخلاء evacuation area

منطقة ادارية امامية للواء

forward brigade administrative area

منطقة ادارية للفرقة

divisional administrative area

منطقة ادارية للواء

brigade administrative area

منطقة اركاب mounting area

منطقة استوائية tropic region

منطقة اسناد support area

منطقة اسناد ساحلية beach support area

منطقة اسناد بحرية naval support area

منطقة اصطفاف الاليات

vehicle marshalling area

منطقة الاسناد الناري fire support area

منطقة الاطلاق launch area

منطقة الأمان safety zone

منطقة التقاء الزوارق boat rendezvous area

منطقة الرمي zone of fire

منطقة الصدى echo area

منطقة الصولة ، الهجوم assault area

منطقة العمل zone of action

منطقة العمليات area of operations

operations zone

منطقة القاء dropping zone

منطقة القوة الضاربة striking force area

منطقة المانع barrier area

منطقة الملتقى rendezvous area

منطقة المسؤولية area of responsibility

منطقة النفوذ area of influence

منطقة أمن security area

منطقة اقامة lodgement area

منطقة انذار warning area

منطقة انتشار deployment area

منطقة انطلاق العجلات البرمائية

amphibious vehicle launching area

منطقة بحرية maritime area

منطقة بحرية دفاعية defensive sea area

منطقة البروج zodiac

منطقة التأثير area of interest

منطقة تبعثر او تشتيت dispersion area

منطقة تجمع القوارب boat assembly area
منطقة تحشّد concentration area
منطقة التحليق للهبوط قرب المطار / المدرج
circuit area
منطقة التحويل transfer area
منطقة الترحيل staging area
منطقة تربيعية grid zone
منطقة تشكيل forming up area
منطقة التصدع surface of rupture
منطقة التعرف على الطائرات لاغراض الدفاع الجوي
air defense identification zone
منطقة تفتيش وانقاذ search and rescue area
منطقة التقاط pick up zone
منطقة تمييز الدفاع الجوي
air defence identification area
منطقة تنظيم marshalling area
منطقة تنظيم حركة الطائرات
aircraft marshalling area
منطقة تنقل movement area
منطقة التوزيع بالمفرد retailing area
منطقة تماس contact, impact area
منطقة حربية area of war
منطقة حساسة sensitive area
منطقة حرّة ـ نووية nuclear free zone
منطقة حرجة أو خطرة critical zone
منطقة حيوية key area
منطقة خاصة special area
منطقة خدمة الجيش army service area
منطقة خطر danger area
منطقة خطر الاشعاع radiation danger zone
المنطقة الخلفية rear area
منطقة داخلية zone of interior
منطقة الدفاع zone of defence
منطقة دفاع جوي air defence area, region

منطقة دفاعية defensive area or zone
منطقة دفاع المدافع البحرية
naval gun defence zone
منطقة دفاع أمامية forward defence area
منطقة دفاع جوي محدودة
air defence restricted area
منطقة دفاع ساحلية
defence coastal area or defensive
منطقة دوريات submarine patrol
الغواصات zone/area
منطقة ذات اهمية area of importance
منطقة ركوب embarkation area
منطقة رمي المدفع gun fire area
منطقة رمي zone fire
منطقة رمي محتملة contingent zone of fire
منطقة رمي مسيطر عليه
controlled firing area
منطقة الرصد النووي الاحيائي الكيمياوي
nuclear, biological, chemical area of observation
منطقة ساحلية coastal zone
منطقة صيانة امامية forward maintenance area
منطقة صيانة خلفية rear maintenance area
منطقة صيانة رأس جوي
airhead maintenance area
منطقة الصيانة maintenance area
منطقة صيانة الفرقة
division maintenance area
منطقة صيانة الفيلق corps maintenance area
منطقة صيانة القوى force maintenance area
منطقة صيانة للجيش army maintenance area
منطقة الطيران المنخفض low flying area
منطقة عازلة buffer zone
منطقة عبور crossing area

منطقة عسكرية military area/military zone

منطقة عمل الدفاع الجوي
air defence action area

منطقة عمليات الدفاع الجوي
air defence operations area

منطقة قاتلة killing grounds or zone

منطقة قتال combat zone

منطقة القتل النووي nuclear killing zone

منطقة قذف بالستية ballistic area

منطقة قذف launching area

منطقة قصف area bombing

منطقة قصف اعمى او عشوائي
blind bombing zone

منطقة قصف حر blind bombing zone

منطقة ما قبل الهبوط (في منطقة المدرج)
under shoot

منطقة التوقف parking area

منطقة السقط الذري المؤثر عسكريا
area of militarily significant fallout

منطقة متلاحقة overlap area

منطقة محتلة occupied territory

منطقة محدودة restricted area

منطقة محررة liberated territory

منطقة محظورة او محرّمة prohibited area

منطقة المخازن او المستودعات magazine-area

منطقة مخفية او محجوبة concealed area

منطقة مُدافع عنها defended area

منطقة مراقبة control area

منطقة مركزية core area

منطقة مرور transit area

منطقة مسؤولية الاستخبارات
area of intelligence responsibility

منطقة مشاغلة المقاتلات fighter engagement zone

منطقة مشاغلة المقذوفات او الصواريخ
missile engagement zone

منطقة مشتركة joint zone

منطقة مضروبة beaten zone

منطقة مضروبة فعالة effective beaten zone

منطقة معتدلة temperate zone

منطقة معركة أمامية forward battle zone

منطقة مغلقة closed area

منطقة مقصوفة area shelled

منطقة مناورة manoeuvring area

منطقة منزوعة السلاح demilitarized zone

منطقة مواصلات communication zone

[هي المنطقة التي تتوافر فيها وسائط المواصلات المختلفة من نقل بري وبحري وجوي وسكك حديدية]

منطقة ميتة dead zone

منطقة النزول او الهبوط landing sone

منطقة نزول الطائرات السمتية او المروحية
helicopter landing zone

منطقة نقل خارجية outer transport area

منطقة نقل داخلية inner transport area

منطقة نقل الطائرات السمتية / المروحية
helicopter transport area

منطقة واهنة او ضعيفة vulnerable area

منطقة هدف target area/objective area

منظار ثنائي العينية binoculers

منظار مجسم (يستخدم لقراءة الصور الجوية) stereoscope

منظار مقرب telescope

منظار الميدان field glass

منظر شامل ـ بانوراما panorama

منظم ، معدل rheostat

منظم voltage regulator

منظم الارتفاع superelevation actuator

منظم بصفائح كربونية carbon fins regulator
منظم التيار current regulator
منظم الجهد الكهربي voltage regulator
منظم الرمي بالبندقية sear
مسجلة الوقت intervalometer
منظم الغاز gas regulator
منظمة حلف شمال الاطلسي (ناتو)
North Atlantic Treaty Organization NATO

منظومة ادارية system

منظومة ادارية للجيش
army logistics system
منظومة استطلاع متكاملة محمولة جوا
airborne intergrated reconnaissance system
منظومة الاخلاء الطبي الجوي
aeromedical evacuation system
منظومة التسليح arming system
منظومة التعريف وتحقيق الهوية
recognition and identification system
منظومة التفجير explosive system
منظومة التقاط بيانات محمولة جوا
airborne data acquisition system
منظومة انذار alerting service
منظومة انذار مبكر early warning system
منظومة انذار مبكر ضد المقذوفات البالستية
ballistic missile early warning system
منظومة انذار وقيادة محمولة جوا (اواكس)
airborne warning and control system
منظومة انذار من العوامل السامة
toxic alarm system
منظومة ايقاف الطائرات
aircraft arresting system
منظومة تحديد موقع الطائرات بالنسبة لـلارض
fixer network system

منظومة تحكم آلي في الطيران
automatic flight control system

منظومة تحكم في المواصلات
automatic flight logistics control system
منظومة التموين الجوي للجيش
army air summoy system

منظومة التوجيه guidance system
منظومة توجيه السلاح weapon aiming system
منظومة التوزيع distribution system
منظومة توصيل delivery system
منظومة الحواجز barrier system
منظومة دفاع جوي air defence system
منظومة الدفاع الجوي الثابتة
static air defence system
منظومة الدفاع الجوي المتنقلة
mobile air defence system
منظومة دفاع المنطقة area defence system
منظومة الراصدين الارضيين
ground observer organization
منظومة الرمي firing system
منظومة الساحل ، منظومة سيطرة
beach organization, control system
منظومة سيطرة الطيران الذاتي
automatic flight control system
منظومة عمليات جوية ارضية
air ground operations system
منظومة القصف المداري الجزئي
fractional orbital bombardment system
منظومة قصف من ارتفاع منخفض
low altitude bombing system
منظومة الكشف والاخبار عن الصعق النووي
nuclear detonation, detection and reporting system

منظومة مخابرة signal system
منظومة مراقبة بحرية sea surveillance system
منظومة معلومات المعركة
action information organization
منظومة مراقبة وانذار الطائرات
aircraft control and warning system
منظومة مراقبة وتقارير
control and reporting system
منظومة مراقبة الرمي fire control system
منظومة مقاومة المقذوفات البالستية
anti-ballistic missile system
منع او تحريم interdiction
منع جوي air interdiction
منع الحرائق fire prevention
مَنَعَة ، وقاية casemate
منعة خرسانية concrete pill box
منفرد solo
منفّس breather
منفعي utilitarian
منهاج syllabus
مُنَوِّب ، (مولد التيار المتردد) alternator
مهارشة ، قتال جوي dog fighting
مهارة ميدانية field craft
مهبط كهربائي cathode, plate
مهد او قاعدة تجربة test bed
مهدف المدفع او البندقية gun sight
معدات العبور crossing equipment
مهماد buffer
مهماز موجه spur guide stud
مهمة استطلاع reconnaissance mission
مهمة تحت الطلب call mission
مهمة جوية خاصة special air mission
مهمة عسكرية military mission
هجمة مفاجئة (طلعة) sortie

مهندس engineer
مهندس بيئة environmental engineer
مواد التخفية او التمويه camouflage materials
مواد التدمير demolition materials
مواد سريعة الاستهلاك fast moving items
مواد ، استراتيجية سوقية strategic material
مواد غذائية food stuff
مُوازِن stabilator
موازنة بالقتل spine stabilized
موازنة بواسطة الجنيحات fin-stabilized
مواصفات المحرك engine specifications
مواصفات المواد material specifications
مواصلة conductance
مواصلة تبادلية transconductance
مواقع دفاعية امامية forward defense
موانع ، عقبات obstacles
موانع طبيعية natural obstacles
مؤازرة support, aid
مؤخرة للحريق fire retardant
مؤخرة ، مغلاق rear, breech
مؤسسة عسكرية military establishment
مؤشر pointer
مؤشر تعتيم black out marker light
(نور خافت يستعمل للارشاد)
مؤشر زاوية الاقتراب
angle of approach indicator
مؤشر الزيت oil index
مؤشر المدى العالي high range indicator
مؤشر الهدف المتحرك
moving target indicator
مؤكسد oxidant
مؤمن ضد العطل fail safe

مؤن مرزومة (للطوارىء)	composite rations
مُؤَثِّر	effective, efficient
موجد الاتجاه	direction finder
موجد الارتفاع	height finder
موجد اوتوماتي للاتجاه	automatic direction finder
موجة	wave
موجة ارضية	ground wave
موجة الانفجار	burst wave
موجة الطائرات السمتية والمروحية	helicopter wave
موجة امامية	forward wave
موجة بسلك	wire guided
موجة تمدد	expansion wave
موجّه جانبي	side sight
موجة حاملة	carrier wave
موجة حرارية	heat wave
موجة خلفية	backward wave
موجه راداريا	radar homing
موجة سماوية	sky wave
موجة سن المنشار	sawtooth wave
موجة صدم	shock wave
موجة صدم صوتية	sonic shock wave
الموجة الصغرى : موجة كهرطيسية قصيرة جدا	microwave
موجة ضغط	compression wave
موجة عصف	blast wave
موجة قذافية / بالستية	ballistic wave
موجة كروية	spherical wave
موجة لاسلكية	radio wave
موجة ماخ [موجة تتكون على اجسام تسير بسرعة فوق الصوتية]	mach wave
موجة مربعة	square wave
موجة مستقرة	standing wave
موجة مستمرة	continuous wave
موجة موجّهة	guided wave
موجة (سدادة) ميتا	dial sights
موجه	dial sights
موجه حراريا	heat homing
موزع	distributer
موزع قنابل الطائرات	aircraft bomb dispenser
موصل	conductor
الموصلية	conductivity
موضع	position
موضع ارساء	lowering position
موضع اضافي	suplementary position
موضع الاجتماع	assembly position
موضع التسديد	aiming position
موضع التسديد المباشر	direct laying position
موضع الاستطلاع والأمن	reconnaissance and security position
موضع الصولة والهجوم النهائي	final assault position
موضع المعركة	battle position
موضع انتظار	waiting position
موضع اولي / رئيسي	principal position
موضع بديل	alternative position
موضع تحويل	switch position
موضع تعويق	delaying position
موضع تمهيدي	pre-position
موضع جوّال	rover position
موضع دفاعي	defensive position
موضع دفاع امامي	forward defensive position
موضع دفاعي جديد	new defence position
موضع دلالة او مراجعة	reference position
موضع رئيسي او أساسي	main position
موضع ساتر	covering position

موضع صوري او وهمي	dummy position
موضع صولة او هجوم	assault position
موضع منحدِر	inclined position
موضع متوقَّع	predicted position
موضع محصَّن	emplacement position
موضع مدافع	guns position
موضع مدبَّر	deliberate position
موضع حصان او محميّ	defended position
موضع منظم	organized position
موضع مهيأ	ready position
موضع وقتي	temporary position
موضع هجوم	attack position
موعد الاجتماع	rendezvous of meeting
موفق	adapter
موفق صمام	valve adapter
موفق صمام	valve adapter
موقف / كابحة	brake
موقف الطائرات	apron
موقف / وضع / حالة	situation
مُوقِف الفوهة ـ كابحة الفوهة	muzzle brake
موقع أرضي	ground position
موقع اسعاف الوحدة	regimental aid post
موقع اسعاف طبي	medical aid post
موقع الاطلاق	launching site
موقع انزال	landing site
موقع انقاذ	recovery post
موقع بديل (خلف الخطوط)	alternate position
موقع تبديل سيارات لاسعاف	ambulance relay post
وقع تحميل سيارات الاسعاف	ambulance loading post
موقع ترحيل جوي	air staging post
موقع تغطية	covering position
موقع جمع الاصابات	casualty collecting post
موقع جوي	air position
موقع دفاعي	defensive post
موقع سابلة / مرور	traffic post
موقع سيطرة امامي	forward control position or post
موقع سيطرة السابلة	traffic control post
موقع سيطرة سيارات الاسعاف	ambulance control post
موقع سيطرة وتقارير	control and reporting post
موقع عبور	crossing post
موقع قيادة	command post
موقع قيادة امامي	forward command post
موقع قيادة الدفاع الجوي للجيش	army air defence command post
موقع قيادة مدفعية مقاومة الطائرات الخفيفة	light anti aircraft command post
موقع قيادة مدفعية الدفاع الجوي	air defence artillery command post
موقع متقدم	advanced position
موقع محصن	fortified position
الموقع المستقبلي	future position
موقع مسيطر	commanding position
موقع مصلّد	hardened site
موقع موجه الهدف	target dircting post
موقع نزول الطائرات المستية ، او المروحية	helicopter landing site
مُوقِف / كابحة	brake
مطار الطائرات	apron
مَوقِف او حالة او وضع عام	general situation
موقف العبور	crossing situation
موقف او وضْع العدو	enemy situation

موقف تمديد	extension adapter
موقف مستقر او ثابت	stabilized situation
موقفة الترباس	bolt stop
مولّد	generator
مولد تيار متناوب او متردد	alternator
مولد الزوابع	vortex generator
مولينا (طراز من الأقمار الصناعية السوفياتية)	molyina
مويجة ، موجة صغيرة	ripple
ميثان غاز من المستنقعات والمناجم	methane
ميدان التدريب	training field
ميدان الرمي	field of fire
ميزان تسوية كحولي	spirit level
ميزر [تكبير امواج الميكروويف بانبعاث الاشعاعات وحفزها]	maser
ميزة استراتيجية	strategic advantage
مَيْسرة	port
ميغا	mega (multiplied by one million)
ميغاطن (مليون طن)	megaton
ميكرو (جزء من المليون)	micro
ميكويان ـ غوريفيتش (طائرة الميغ السوفياتية)	**Mikayan-Gurevich (Mig)**
ميلاً سلاح ! او « عاليا احمل »	port arms!
ميلان	chamfering, inclination
ميل بحري (٨٥٢ مترا)	nautical mile
ميل بري	statute mile
ميل بالساعة	mile per hour
ميلستار (سلسلة من اقمار الاتصالات المزدوجة الاسلوب]	milstar
ميمنة الطائرة	star board

ن

napalm	نابالم ، قنابل حارقة محظورة الاستعمال
spring	نابض ، لولب
recoil. spring	نابض الارتداد
return spring	نابض الارجاع
front hand locking spring	نابض تثبيت السوار الامامي
actuator spring	نابض التشغيل
	(نابض الارجاع الرئيسي في السلاح ويقوم باعادة المجموعات الى اماكنها بعد الاستعمال)
main spring	نابض رئيسي
valve spring	نابض الصمام
coil spring	نابض لولبي
magazine spring	نابض المخزن
hammer spring	نابض المطرقة
North Atlantic Treaty Organisation	ناتو
	[منظمة حلف شمال الاطلسي]
supporting fire	نار الاسناد
deep supporting fire	نار اسناد عميق
close supporting fire	نار اسناد قريب
direct supporting fire	نار اسناد مباشر
hold fire	ناراً اقطع
harrassing fire	نار الازعاج / التشويش
fire for effect	نار التأثير
interdiction fire	نار التحريم
preparatory fire	نار تمهيدية

sweeping fire	نار جارفة
enfilade fire	نار جانبية
final protective fire	نار الحماية النهائية
protective fire	نار واقية / وقائية
final protective fire	نار واقية / وقائية نهائية
defensive fire	نار دفاعية
defensive fire in depth	نار دفاعية في العمق
close defensive fire	نار دفاعية قريبة
defensive fire (SOS)	نار دفاعية (للانقاذ)
covering fire	نار ساترة / نار تغطية
call fire	نار عند الطلب
indirect fire	نار غير مباشرة
deliberate fire	نار متعمَّدة
reinforcing artillery fire	نار مدفعية الدعم
observed fire	نار مرصودة
counter penetration fire	نار مقاومة الاختراق
hold fire	نار مقيدة أو اوقف النار
area fire	نار منطقة
distributed fire	نار موزعة
fire and movement	نار وحركة
fire and manœuvre	نار ومناورة
link stripper	نازع الفقرات (اسلحة)
erector/launcher	ناصب / قاذف (جهاز)
blower	نافخ(جهاز لدفع الهواء الى الاسطوانات في محركات الديزل)

نافذة الاملاء loading gate

نافر embossed

نافستار (قمر صناعي من عناصر نظام غلوبيل زبشوينغ) Navstar

ناقصيّ او ايجازيّ elliptical

ناقل حركة نهائي final drive

(تحكم نهائي ، قيادة نهائية ، مقود نهائي)

ناقلة جنود مدرعة armoured personnel carrier

ناقلة صواريخ missile transporter

نباض pulse (radar)

النبض الكهرمغنطيسي electromagnetic pulse

نبضة pulse

نبضة في الثانية pulse per second

نتاش extractor

نتروجين سائل liquid nitrogen

نتوء (في قماش المظلة) float

نتوءات bulges

النجم القطبي North Star

نداء call sign

ندف (مطر وبرد) sleet

نزع الأغطية unmasking

نسافة torpilleur

نسبة الانحدار gliding ratio

نسبة الانضغاط compression ratio

نسبة الاوكتين (قياس نسبة صفاء البنزين) octane number

نسبة بَاعِيّة aspect ratio

نسبة السرعات gear ratio

نسبة تغيير الاشارة rate signal

نسبة الدفع الى الوزن thrust-weight ratio

نسبة القوى force ratio

نسبة المَيْل slanting ratio

نسبة الهواء الى الوقود air fuel ratio

(نسبة الوقود الى الهواء بالوزن في المزيج)

نسبة الوقود الى المؤكسد fuel to oxidizer ratio

نسخة version

نسف أو نَسِيفة ، او اصبع متفجرة torpedo

نسق أو رَعِيل echelon

نشرة نسيفة leaflet torpedo

نشر / انتشار deployement

نصف جراية (نصف تعيين) half ration

نصف عائم semi-floating

نصف قطري ، شعاعي radial

نصف مزنجرة half track

نصف مقطورة semitrailer

نصب طارق البندقية to cock a gun

نصل الدبابة tank shovel

نصل المنشار saw blade

نصل منشار المعادن hacksaw blade

نضيدة أو مُجَمِّع accumulator

نطاق تردد اكس (موجة) X-band (frequency)

نظارات واقية goggles

نظارة تسديد optical sight

نظارة عاكسة reflecting sight

نظارة واقية bull's eye

نظام الاحداثيات المطلق absolute coordinate system

نظام الإطلاق العمودي vertical launch system

نظام اكرمان (نظرية التوجيه في الاليات) Ackerman system

النظام التلقائي لمعالجة البيانات automatic data processing system

نظام التبريد cooling system

نظام تتبع فعّال active tracking system
نظام التحرك actuating system
نظام التخفية او التمويه camouflage discipline
نظام التشحيم lubrication system
نظام التعليق suspension system
(نظام ربط المحاور بجسم الالة)
نظام التوجيه guidance system
نظام ثنائي binary system
نظام جيروف **georef** reference system
(للخرائط)
نظام حفظ الحياة life-support system
نظام خوائي ، فراغي vacuum system
نظام الدفاع الجوي البري لحلف شمالي الأطلسي
NADGE
نظام سيطرة توافقي adaptive control system
نظام السيطرة على الطيران
flight control system
نظام العمل القياسي
standard operating procedure
نظام القافلة convoy discipline
نظام القياس المتري metric system
النظام القياسي للقذف في الفضاء
standard space launch system
نظام لاَلَوْنيّ achromatic system
نظام متر ـ كغم ـ ثانية MKS system
نظام المعركة order of battle
نظام المفتاح المزدوج dual-key system
نظام الوقود fuel system
نعال الأقفال locking shoes
نعل الكابحة brake shoes
نفاث jet
نفاث عنقي turbojet engine
نفاث عنقي بمروحة turbofan engine
نفاذية (للضوء للمغناطيس) permeability

النفاذية النسبية relative permeability
نفط زيت وتشحيم
petroleum oil and lubricant
نفقات اضافية extracharges
نفق الريح wind tunnel
النفير،إعلان تعبئة mobilization
نقارة (جهاز يستعمل لفحص growler
عضو الانتاج في المولد)
نقاط الأصل origin points
نقاط بارزة outstanding points
نقص في دقة الصنع lack of taper
نقطة ابتدائية او أولية initial point
نقطة اتصال junction point
نقطة ارجاع او استعادة salvage point
نقطة الرصد observing point
نقطة ارزاق ration point
نقطة أساسية datum point
نقطة استبدال cannibalization point
نقطة استدارة turn in point
نقطة اسقاط القنابل bomb release point
نقطة اسقاط جوية محسوبة
claculated air release point
نقطة اسقاط من الطائرات العمودية
helicopter drop point
نقطة اطلاق او تحرير او اعتاق release point
نقطة الاتصال النجمي star point
نقطة الارتطام impact point
نقطة الارشاد marshalling point
(نقطة الدخول لاول المدرج للاقلاع)
نقطة الاصابة المتوسطة mean point of impact
نقطة الاعتراض intercept point
نقطة الالتقاء meeting point
نقطة القاء helicopter drop point
من الطائرات السمتية / المروحية

نقطة اللاعودة	point of no return
نقطة انزال	landing point
نقطة انطلاق	release point
نقطة انفجار	point of burst
نقطة البدء	start point
نقطة تبديل النقالة	litter relay point
نقطة تثليثية	trigonometrical point
نقطة تجسير (إنشاء جسور)	bridge point
نقطة تجسير الفيلق	corps bridge point
نقطة تجزئة	bulk breaking point
نقطة التجميع ، التركيم	point of accumulation
نقطة تجمع	rallying point
نقطة تحميل	bearing point, loading point
نقطة التحميل الخلفي	back loading point
نقطة تسجيل	registration point
نقطة التسليم	delivery point
نقطة التشحيم	greasing point
نقطة التصادم	point of impact
نقطة تصويب	aiming point
نقطة تصوير عمودية	plumb point
نقطة تعديل	adjusting point
نقطة تفتيش ، تفقد	check point
نقطة تفرق ، انتشار	dispersal point
نقطة تفرق الطائرات السمتية	helicopter break up point
نقطة تفقد او تفحّص	check point
نقطة تفقد مراقبة التنقل	movement control check point
نقطة التقاط	pick up point
نقطة التقرب من الهدف	target approach point
نقطة تماس	contact point
نقطة تموين	supply point
نقطة تموين	ammunition supply point
نقطة تموين عتاد خاص	special ammunition sypply point
نقطة تموين متنقلة	mobile supply point
نقطة التنسيق	co-ordinating point
نقطة تنظيم	regulation point
نقطة التوجيه	directing point
نقطة توزيع	distribution point
نقطة توزيع بالجملة	bulk breaking point
نقطة التوازن	point of balance
نقطة توزيع	distributing point
نقطة توزيع الذخيرة	ammunition distributing point
نقطة توزيع المياه	water supply point
نقطة جمع	collecting point
نقطة جمع اسرى الحرب	prisoner of war collecting point
نقطة جمع الاليات	vehicle collecting point
نقطة جمع المتخلفين	straggler collecting point
نقطة جمع المرضى	patient collecting point
نقطة جمع المعدات	equipment collecting point
نقطة حرجة ، خطرة	critical point
نقطة حصينة	strong point
نقطة حيوية	key point
نقطة الخروج	departure point
نقطة خلفية	rear point
نقطة دلالة او مراجعة	reference point
نقطة ذخيرة	ammunition point
نقطة رئيسية	principal point
نقطة هدف الرشقة	salvo point
نقطة ركوب	embussing point
نقطة الركود	stagnation point

النقطة الساخنة **hot point**
نقطة السحب **pull up point**
نقطة السقوط **point of fall**
نقطة سوقية / استراتيجية **strategic point**
نقطة سيطرة أو مراقبة **control point**
نقطة السيطرة على التلوث **contamination control point**
نقطة شروع او بدء او انطلاق **start point**
نقطة صعبة **hardpoint**
نقطة الصفر **zero point**
نقطة طلقة التجربة **trial shot point**
نقطة علامة **picture point**
نقطة اللاعودة **point of no return**
نقطة ماء **water point**
نقطة متوقعة **predicated point**
نقطة مدارية **orbit point**
نقطة مراقبة السابلة او حركة المرور **traffic control point**
نقطة مراقبة جوية **air control point**
نقطة مراقبة مساحة **survey control point**
نقطة المستوى **level point**
نقطة مشاهدة **witness point**
نقطة المطاوعة (الحد الأقصى لعودة المعدن الى شكله الاصلي بعد نزع الحمل) **yield point**
نقطة معلمة **pin point**
نقطة معينة **agreed point**
نقطة ملاقاة **meeting point**
نقطة واهنة او ضعيفة **vulnerable point**
نقطة وقود **petrol point**
النقطة الميتة (نقطة انتقال اتجاه المكبس من اعلى الى اسفل او العكس عند دوران عمود المرفق) **dead point center**
النقطة الميتة السفلى في محرك الاحتراق الداخلي **dead centre bottom** **bottom dead center**
النقطة الميتة العليا **top dead center**
نقطة النزول **landing point**
نقطة نزول الجنود **debussing point**
نقطة النزول من الاليات **point of disembarkation**
نقطة الهجوم **point of attack**
نقل **transportation**
نقل جوي **air transport**
نقل جوي استراتيجي **strategic air lift**
نقل حرارة **heat transfer**
نقل حيواني **animal transport**
نقل عسكري **army transport**
نقل على العجلات **wheeled transportation**
نقل مائي داخلي **inland water transport**
نقل متوسط المدى **medium range transport**
النقل الميداني **field transport**
نسق او رعيل ب **B. echelon**
نقليات الخط الأول **first line transports**
نقليات عامة **general transport**
نمط انزال المظليين **parachute dropping**
نموذج ، نمط ، طراز **pattern, model**
نموذج اولي **prototype**
نموذج جيش **army form**
نموذج مشابه **mock up**
نموذجي **standard**
نواة **nucleus**
نوراد (القيادة الاميركية والكندية المشتركة المنوط بها المراقبة العالمية) **NORAD, North American Air-Defence Command**
نوع **model/type**
نوع الحاوية ، او الصندوق ، او الخزان **type of container**
نوع ثابت ، نوع قذيفة ثابتة **fixed type**

نوع الهجوم fixed ammunition

نوكلون (احد مكونات نواة الذرة) nucleon

نووية nuclear

نيران ارضية ground fire

نيران اسكات المدفعية المضادة للطائرات
flak suppression fire

نيران تحت الطلب call fire

نيران جانبية enfilade fire

نيران طويلة المدى long rage fire

نيران متقاطعة interlocking fire

نيران مدفعية مضادة للطيران flak

نيزك (نيزك يسقط على الأرض) meteorite

نيوترون neutron

هـ

howitzer	هاوتزر (مدفع قوس أو قذاف)
	المقذوف لمسافة أبعد من المواقع العادية الا أنه
	ادنى سرعة)
mortar	هاون
divisional mortars	هاونات الفرقة
hidyne	هاديدين
gust	هبة ريح
forced landing	هبوط اضطراري
blind landing	هبوط اعمى
soft landing	هبوط برفق او بلطف
flapless landing	هبوط دون قلاب
pair landing	هبوط زوجي ، ازدواجي
belly landing	الهبوط على بطن الطائرة
splashdown	الهبوط على الماء
assymetric landing	هبوط غير متوازن
hard landing	هبوط مباشر (الهبوط على كوكب
	دون مساعدة صاروخية مضادة للجاذبية
gross wind landing	هبوط متعامد مع الريح
attack	هجوم
spoiling attack	هجوم احباط
ground attack	هجوم ارضي
strategic attack	هجوم استراتيجي
landing	هجوم ، انزال
spray attack	هجوم بالرش

gun attack	هجوم بالرشاشات
gas attack	هجوم بالغاز
casualty attack	هجوم فتاك
holding attack	هجوم تثبيت
exemplary attack	هجوم تحذيري
frontal attack	هجوم جبهي
air attack	هجوم جوي
main attack	هجوم رئيسي
beam attack	هجوم زاوي
toxic attack	هجوم سام
quick attack	هجوم سريع
strike	هجوم (ضربة)
accidental attack	هجوم عرضي
flank attack	هجوم على الجناح
indirect attack	هجوم غير مباشر
surprised chemical attack	هجوم كيمياوي مباغت
night attack	هجوم ليلي
piecemeal attack	هجوم مجزأ
limited attack	هجوم محدود
deliberate attack	هجوم مدبر
armoured attack	هجوم مدرع
visual attack	هجوم مرئي
counter attack	هجوم مضاد
quick counter attack	هجوم مضاد فوري

هجوم مضاد محلي	local counter attack
هجوم مضاد مدبر	deliberate counter attack
هجوم معاكس ، مضاد	counter-attack
هجوم منسق	co-ordinated attack
هجوم نجمي	star attack
هجوم وقائي	pre-emptive attack
هجوم وهمي	diversionary attack
هجين (سلاح)	hybrid weapon
هدف	target
هدف اساسي	primary target
هدف استراتيجي (سوقي)	strategic object
هدف اضافي	suplementary target
هدف تدريب	banner target
هدف تخريب مهيأ	charged demolition target
هدف تخريب غير مهيأ	uncharged demolition target
هدف تخريب مؤجل	reserved demolition traget
هدف تصادفي	target of opportunity
هدف ثابت	fixed target
هدف ثانوي	secondary target
هدف جوي	air target
هدف جوي عابر	fly through target
هدف الحرب النفسية	psychological warfare objective
هدف الدبابة الرئيسي	tank primary target
هدف رئيسي	main objective
هدف راداري	radar target
هدف سريع	fleeting target
هدف شبح	silhouette target
الهدف الصلب	hard target
هدف على السطح	surface target
هدف لينّ	soft target
هدف عند الطلب	on call target
هدف كُمّي	sleeve target
هدف متحرك	moving target
هدف متوسط	intermediate objective
هدف محصور (بالرادار)	radar lock on
هدف مدبّر	deliberate target
هدف مفاجىء	surprise target
هدف منطقة	area target
هدف نقطي	point target
الهدف النهائي	final objective
هرتز وحدة التردد : دور في الدقيقة	Hertz
هرولة	double quick march
هش قصيف	brittle
هن (رادار سوفييتي طويل المدى)	hen
هندسة بشرية (فرع هندسي يبحث في حركة الانسان حول المعدات الالية)	human engineering
هوائي	aerial, antenna
هوائي انشوطي	loop antenna
هوائي ثنائي القطب	bipolar antenna
هومينغ اوفرلي اكسبريمانت [تجربة لنوع من أنظمة الدفاع ضد المقذوفات البالستية]	homing overlay experiment
هيدروجين سائل	liquid hydrogen
هيدروستاتيكا ، مستوى متعلق بتوازن الموائع وضغطها الاستواء الهيدروستاتي	hydrostatic (level)
هيكل	hulk, chassis
هيكل الدبابة	tank hulk
هيكل الصاروخ	stovepipe
هيكل طائرة	air frame
هيليوم عنصر غازي	helium
هيئة الاركان المشتركة	joint chiefs of staff

و

واجبات الاركان staff duties
واجبات العمليات operational duties
واجب عسكري military duty
واصل فاصل clutch
واط وحدة القوة الكهربائية watt
واط / ساعة وحدة العمل والطاقة watt hour
وهي تساوي عمل آلة قوتها واط واحد في ساعة واحدة
واقي الحرارة heat shield
واقية الركبة toggle joint
واقية الزناد trigger guard
واقية السدادة الأمامية foresight protector
واقية السدادة الخلفية backsight protector
واقية البصر eye shield
واقية مشبكة mesh face shield
واقية اليد hand guard
وايت كلاود (أي white cloud
السحابة البيضاء) [برنامج اميركي لمراقبة المحطات بواسطة رادارات الأقمار الصناعية]
وتد peg
وتر chord
وتر الجناح chord line, wing chord
وتر المثلث hypotenuse
وثائق غير مصنفة unclassified documents
وثائق مصنفة classified documents

وثبة ، اندفاع rush
وثوقية reliability
وثيقة تأمين insurance policy
وجه الترباس bolt face
الوحدات غير النظامية / الانصار partisan units
وحدات فرعية sub-units
وحدات محمولة جوا airborne troops
وحدة unit, module
وحدة ادارية administrative unit
وحدة استطلاع آلية mechanised reconnaissance unit
وحدة اسناد supporting unit
وحدة اسناد مباشر direct support unit
وحدة الاخلاء الطبي الجوي aeromedical evacuation unit
وحدة آلية motorized/mobile unit
وحدة امامية front unit
وحدة انقاذ سفينة الانزال landing craft recovery unit
وحدة برمائية amphibious unit
وحدة بل لقياس كثافة الصوت bel
وحدة تحريك الصمام valve train
وحدة تعبوية tactical unit
وحدة تعبوية أساسية basic tactical unit

وحدة ترحيل جوي **air staging unit**
وحدة التكامل البحرية **naval build -up unit**
وحدة التوجيه والتخميد
steering and damping unit
وحدة خدمات **service unit**
وحدة الركوب **embarkation element unit**
وحدة الرمي **fire unit**
وحدة شبه آلية **semi-mobile unit**
وحدة صولة / اقتحام بحرية
naval assault unit
وحدة فلكية **astronautical unit**
وحدة قتال **combat unit**
وحدة طاقة **power unit**
وحدة طاقة ثانوية **auxiliary power unit**
وحدة الكتلة **mass unit**
وحدة متناقصة القوة **reduced strength unit**
وحدة مخابرة الاسناد الجوي
air support signal unit
وحدة مرشد او دليل الساحل
beach master unit
وحدة مفرزة **detached unit**
وحدة واجب **task unit**
وحيد الطور **single-phase**
وديعة ، ارسالية **consignment**
ورق صنفرة ، او تنعيم **sand paper**
ورنية مقياس صغير منذلق على **vernier**
اداة مدرجة لتبيان كسور تقسيماتها وهي بـاسم مخترعها
ورود ، وقوع ، سقوط **incidence**
وزارة التموين **ministry of supply**
وزن **weight**
الوزن اثناء الاشتباك **weight in action**
الوزن الاجمالي **all-up weight**
وزن بلا حمولة **dry weight**
وزن المتفرجات الصافي **net explosives weight**
وزن الطرح **throw weight**
الوزن العادي **normal displacement**
وزن الفارغ **empty weight**
الوزن القياسي **standard displacement**
الوزن النوعي **specific gravity**
وسائل الاختراق المساعدة **penetration aids**
وسائل دفاعية الكترونية **defence electronics**
وسائل مراقبة الية **mechanical checks**
وسادة ذراع الوصل **connecting rod cap**
وسادة هوائية **air cushion**
وسام عسكري **military decoration**
وسيلة تفجير سريعة **rapid demolition device**
وصل **connection**
وصلات الانابيب **pipe fittings**
وصل ثلاثي **delta connections**
وصلة **jumper**
وصلة تنقيص **reduction socket**
(لتدقيق الجهد الكهربائي)
وصلة الخانق **choke coupling**
وصلة خطف **quick snub connector**
وصلة سائلة **fluid coupling**
وصلة السبطانة **barrel extension**
وصلة الطارق (اسلحة) **hammer strut**
وصلة عامة **universal joint**
وصلة عزل **removable connector link**
(حلقة عزل في الموصل ، يتم التـوصيل لـدى عزلها) .
وصلة قالب الطرق **swage fitting**
وصلة كروية **ball joint**
وصلة مفصلية **toggle**
وصلة الموجة **sight extension**
وُصَيْلة **half-leg**
وضع ، مكان **emplacement**

وضع الاقتحام assault position
وضع الانبطاح lying position, prone position
وضع الرمي firing position
وضعية posture
وقود منخفض درجة الحرارة metallic fuel:01
وقود النفاثات jet propellant fuel

وقود نووي nuclear fuel
وقود يشتعل بملامسة الهواء pyropheric fuel
وكيل نائب ضابط warrant officer
وميض flash
وهن (توليد القوة) degeneration

ي

ياردة	yard
يبرشم ، يبشم	rivet
يتذبذب	oscillate
يتسارع	accelerate
يحدد	definitize
يخدش	etch
يرقق السائل ، (يخفف)	dilute
يدمر ذاته (الصاروخ)	self-destruct
يدوي	manual
يرسل (راديو)	transmit
يرفع	lift
يستخلص المعلومات	debrief
يسدد	to sight, to aim
يسنن	serrate
يشحم	lubricate
يشعل	ignite
يشوه (يشوش)	distort
يصون	maintain
يضخم	amplify
يطلق ، اطلاق	launch
يعزز	boost
يعمل بطاقة نووية	nuclear-powered
يعود للظهور	reappear
يفجر (الانفجار الشديد المصحوب باللهب والعصف)	deflagrate, detonate
يفرغ	discharge
يفصل	disconnect
يفك	disengage
يفكك	disassemble
يقترن	mate
يقلع ، ينزع	extract
يكبر	magnify
يكنس ، يكسح	scavenge
يلتقط	acquire
يلغي ، يشطب	scrub
يلوكيك (أي الكعكة الصفرا) أي اوكسيد اليورانيوم	yellowcake
يمسح (بالرادار)	scan
ينزع ، يجرد	dismantle
ينساب	glide
ينقل	transfer
ينير	illuminate
يولد	generate
يوم الضباط	officers, day
يوم قمري	lunar day
يتريوم	yttrium

REFERENCES

1- Webster's Seventh New Collegiate Dictionary.
2- The American College Dictionary.
3- Encyclopedia Britannica.
4- Janes Dictionary of Military Terms
5- Janes Dictionary of Naval terms, Macdonald and Jane's-London
6- Mcgraw Hill Dictionary of Science and Technical terms-Second Edition

المراجع العربية

* المعجم العسكري الموحد ـ تأليف اللواء الركن محمود شيت خطاب وآخرون ـ جامعة الدولة العربية ١٩٧٠ .

* موجز المصطلحات العسكرية ـ اللواء شوقي بدران .

* قاموس المصطلحات العسكرية ـ الفريق محمد فتحي أمين ـ بغداد ١٩٧٧ .

* معجم المصطلحات الفنية والعلمية ـ مكتبة لبنان ـ الطبعة الخامسة .

* نشرة المصطلحات العسكرية ـ مجمع اللغة العربية الاردني ـ الطبعة الأولى ١٩٨٤ .

* الموسوعة العسكرية ـ المؤسسة العربية للدراسات والنشر ـ ١٩٨٥ .

* موسوعة السلاح المصورة ـ دار المختار للطباعة والنشر ١٩٨٤ .

* المورد (انكليزي ـ عـربي) ـ منير البعلبكي ١٩٨٥ .

* القـاموس العصـري (انكليزي ـ عـربي) ـ الياس انطوان الياس .

* المنهل ـ (فرنسي ـ عربي) د. سهيل ادريس وجبور عبد النور ١٩٨٥ .